灼眼のシャナXV

高橋弥七郎
イラスト／いとうのいぢ

Design : Yoshihiko Kamabe(zen)

ニイハウ島
カウアイ島
オアフ島
ホノルル
モロカイ島
マウイ島
太平洋
ラナイ島
カホオラヴェ島
ハワイ島
マウナ・ロア山

灼眼のシャナXV

プロローグ

世の空を、人知れず彷徨《さまよ》う移動要塞《ようさい》『星黎殿《せいれいでん》』。

この世における〝紅世《ぐぜ》の徒《ともがら》〟最大級の集団［仮装舞踏会《バル・マスケ》］の本拠地《ほんきょち》たる宝具——その奥底を、男と女が靴音《くつおと》も硬く、歩いている。

その右、

「今になって、どこへ案内する気だ？　俺は、貴様《きさま》ら［仮装舞踏会《バル・マスケ》］の一員でもなければ、客分《きゃくぶん》でもない、一時雇《やと》いの殺し屋だ。あの〝祭礼《さいれい》の蛇《へび》〟が仮の帰還《きかん》を果たしたというのは、あくまでも貴様ら組織の中での話、儀礼《ぎれい》の上から拝《はい》しはしても、僕として仕《つか》える気はない」

ブツブツと聞こえる最低限の声で呟《つぶや》いているのは、顔を巻き布で覆《おお》ったマントの男。

〝紅世《ぐぜ》の王〟、殺し屋〝壊刃《かいじん》〟サブラクである。

その左、

「そろそろ、おまえにも最低限以上《いじょう》のことを知ってもらおうと思ってね。安心しておくれな、無条件な服従《ふくじゅう》や犠牲《ぎせい》を強いる奉仕《ほうし》じゃあない、あくまで依頼する仕事の一環《いっかん》さ」

不透明《ふとうめい》な笑いで答えたのは、三眼《さんがん》の右目に眼帯《がんたい》、装飾品《そうしよくひん》を多く身に纏《まと》う美女。〝紅世《ぐぜ》の王〟、［仮装舞踏会《バル・マスケ》］の参謀《さんぼう》〝逆理《ぎやくり》の裁者《さいしや》〟ベルペオルである。

漆黒《しつこく》の水晶《すいしよう》のような床は二人を正反対に映し、銀色の雫《しずく》が両脇《わき》に列柱《れつちゆう》を描き、壁や天井《てんじよう》は虚《こ》空《くう》に溶けて見えない。『星黎殿《せいれいでん》』内部の空間《せい》を組み替え、離れた場所と場所を繋《つな》ぎ合わせる移動簡略化装置《かんりやくか》『銀沙回廊《ぎんさかいろう》』内の光景だった。

やがて、二人の前方に、銀色の粒《つぶ》が集《つど》い、大きな円を描く。

半秒、円の中に虚空とは異なる、複雑な機械の塊《かたまり》が覗《のぞ》いた。

ベルペオルが一歩、先に出て促《うなが》す。

「さあ」

サブラクは、美女ゆえに不気味《ぶきみ》な誘いに無言のまま、銀色の輪を潜《くぐ》った。

その先に広がったものは、ひたすら機械、機械で占《し》められた静謐《せいひつ》の区画。意味不明《ふめい》なパネルやランプ、パイプやコードを床にまで撒《ま》き散らした歪《いびつ》な機関等々《などなど》が、時代年代形式規格《けいしき》、なにもかも混沌《こんとん》と、区画の広さを感じさせないほどに詰め込まれていた。

サブラクには、これら製作者の見当《けんとう》が付いている。

才《さい》を恃《たの》んでその場の欲求に生きる、身勝手《みがつて》にして不快極《きわ》まりない〝紅世《ぐぜ》の王〟に違いなかった。その男は、現在も［仮装舞踏会《バル・マスケ》］の客分《きやくぶん》として様々な陰謀《いんぼう》に加担《かたん》している。以前から請《う》け負っている一連《いちれん》の大きな仕事も、その一つ――。

（ふん、その大きな仕事について、差し障《さわ》りのない程度に教え、より深入りしたと感じさせることで足止めを謀《はか》る、か……いかにもこの女怪《じょかい》の考えそうなことだ……とはいえ、その謀《たばか》りに乗ってやることに吝《やぶさ》かではない……今の俺には、腰を据《す》えて取り組むべきことがある）

それら内心《ないしん》に渦巻《うずま》く思索《しさく》や執念《しゅうねん》を、口先ではブツブツと意味のない言葉に変換して零《こぼ》す。

と、先導《せんどう》していたベルペオルが立ち止まった。上を振り仰いで、言う。

「着いたよ」

「！」

サブラクは、ここ……と言うより、これに、見覚《みおぼ》えがあった。「仮装舞踏会《バル・マスケ》」の盟主《めいしゅ》が降り立つ際、汚れて歪《ゆが》んだ板金鎧《ばんきんよろい》が磔状《はりつけじょう》に架《か》けられていたもの……『銀沙回廊《ぎんさかいろう》』で、鎧の周囲だけを切り取るように現していた、何らかの装置だった。

全体は機械を織り合わせた柱状《ちゅうじょう》で、天井に枝を這《は》わせ床に根を張っていることから、大樹《たいじゅ》のようにも見える。鎧が磔にされていたのは、柱の中ほど、樹の洞《うろ》のように見える窪《くぼ》みで、繋がれていたパイプやコードが、そのまま放置され垂れ下がっていた。

根の部分が抱え込んでいる、やや崩れた鉄の球体に、サブラクは目を留める。

球体には、根のように表面を覆《おお》うパイプやコードの合間《あいま》、細い覗き窓が開いており、奥には銀色の炎《ほのお》が、粘性《ねんせい》の高い溶岩《ようがん》のようにドロドロと乱れ舞っていた。

サブラクは、この炎に得体《えたい》の知れない意思の存在を感じ、当惑《とうわく》に僅《わず》か声を重くする。

「ふん……このカラクリが、未だ稼動《かどう》していたとは意外《いがい》だな。貴様《きさま》の言う、最低限《さいていげん》以上のこと、というのはつまり、ここから抜け出た、貴様らの盟主《めいしゅ》に関することか?」

ベルペオルは唇《くちびる》の端《はし》を釣《つ》り上げ、頷《うなず》いた。

「そう、この装置は『吟詠炉《コンロクイム》』。我らが盟主の仮想《かそう》意思総体《そうたい》を融合《ゆうごう》・編成するために作られた、坩堝《るつぼ》のようなものだ。我らが盟主のご帰還《きかん》以前なら、模擬《もぎ》実験的に会話することも可能だったんだがね。今は見ての通り、万一《まんいち》のときのための予備《よび》情報を保存する倉庫《そうこ》状態さ」

「なるほど、帰還後《ご》の抜け殻《がら》か。だからこそ、俺のような部外《ぶがい》者を、こうして案内することもできる。そうして秘密を語り、暗に重圧をかける……全く、無駄《むだ》のないことだ」

「ふふ、その程度で言いなりになる、おまえとも思えないが、どうだろうねぇ」

彼女の笑いや言葉には、常に思わせぶりな含みがある。

まともに取り合うだけ無駄、とサブラクは勘繰《かんぐ》りを切り上げ、もう一度、目の前にある奇怪《きかい》な装置『吟詠炉《コンロクイム》』の奥を覗《のぞ》き込んだ。

不気味《ぶきみ》な銀色の乱れ舞いは、炎《ほのお》の一片《いっぺん》一片が協調しようとせず、互いに押し合い圧《へ》し合いしているために起きている。それぞれ性質の違う欠片《かけら》が数多く集められ、また無理矢理《むりやり》に混ぜ合わされることで、この一つの炎はできあがっていた。

背後から、ベルペオルが説明を続ける。

「おまえも知っている我々の『大命《たいめい》』には、実のところ三つの段階があってね。先ほど完遂《かんすい》されたのが、第一段階……つまり〝久遠《くおん》の陥穽《かんせい》〟に放逐《ほうちく》された盟主の意思を受信し、御身《おんみ》が思いの儘《まま》に動く代用体《だいようたい》を精製《せいせい》する。その要《かなめ》となった装置が、この『吟詠炉《コンロクイム》』さ」

「代用体、か。貴様らが盟主に仕立て上げた、あの〝ミステス〟のことだな。俺が先日、奴《やつ》に打ち込んだ自在式《じざいしき》、『大命詩篇《たいめいしへん》』とやらには、一体どのような効果があったのだ？」

サブラクの問いに、ベルペオルは少し考えてから、口を開いた。

「……順序立《だ》てて話すとしようか。我々は大命第一段階《だんかい》である代行体《だいこうたい》精製のため、まずその核《かく》となる仮装意思総体の構築《こうちく》に取り掛かった。これは、盟主の意思を受け取り再現する、いわば人間の真似《まね》をさせるため、人間を象った『人形』、その意思版《ばん》と言えるかね。初期状態《しょきじょうたい》では空《から》っぽで真っ白《しろ》な『それ』を、一つ人格として遺漏《いろう》なく機能させるためには、あらゆる感情のサンプルを採集《さいしゅう》し、融合《ゆうごう》・編成しておく必要があった。おまえも見た鎧《よろい》、教授が『暴君《ぼうくん》』の『II』と呼んでいるアレが、その実《じつ》作業に当たっていたわけだ」

三分の二の目が装置の中ほど、今や空になった洞《うろ》を、指し示すように見上げる。

『暴君II』は、強烈な感情の発生を感知《かんち》したとき、当該地《とうがいち》に分身《ぶんしん》を転移《てんい》させる。感知した場所の周辺に在る人間を動力源《どうりょくげん》に、本体の受信機を一時的に形成する、という仕組みさ。そうして作られた分身は、感情の主《あるじ》の願望《がんぼう》を忠実《ちゅうじつ》に、まるで鏡に映し取ったかのように実行する……そうすることで『暴君II』は感情と、感情に伴う行動を、採集するのさ」

黙って聞くサブラクは、炉《ろ》の奥に在る炎の成り立ちに、ようやくの見当《けんとう》をつけた。

「これら一連の採集行為《さいしゅう》を、我々は『鏡像転移《きょうぞうてんい》』と呼んでいる。分身は呼び出した人間に、幸せで呼び出したのなら歓喜《かんき》の、怒りで呼び出したのなら憤怒《ふんぬ》の姿を、各々《おのおの》幻視《げんし》させているそうな……まさに、自身の鏡像というわけだ。そうして採集した人格の鏡像は、この『吟詠炉《コンロクイム》』に蓄積《ちくせき》され、一つ意思を形成する材料となる……ここ数十年は、断片を組み合わせて我々と擬似《ぎじ》的な会話を交わしたり、採集以外の目的で外界《がいかい》を彷徨《さまよ》ったりするまでに成長していたよ」

言って、ベルペオルはようやく、サブラクに視線を移した。

「二、三年ほど前にも、おまえに同じ依頼をしただろう？　あのとき標的《ひょうてき》へと打ち込んでもらった『大命詩篇《たいめいしへん》』は、その『鏡像転移』の機能を改造《かいぞう》したものなんだよ」

依頼を請《う》け負った殺し屋は、不本意《ふほんい》な仕事の結果を思い出し、不機嫌《ふきげん》の色を濃くする。

「あの依頼は、可能ならば〝ミステス〟の捕獲《ほかく》、最低でも自在式《じざいしき》の打ち込み、だったな。結局、捕捉《ほそく》に今年の春頃《はるごろ》までかかった挙句《あげく》、標的の同行者二人に妨害《ぼうがい》され、依頼もその最低を果たすのがやっと、俺《おれ》自身も黒海《こっかい》に叩《たた》き落とされる、という失態《しったい》を演じてしまったが……」

いやいや、とベルペオルは首を振った。

「最低で十分だったともさ。あの『大命詩篇《たいめいしへん》』は、宝具《ほうぐ》に『暴君II』からの受信機能《きのう》を備え付けるためのもの。打ち込まれた時点で、もう素体《そたい》たる〝ミステス〟の蔵する宝具は、代行体《だいこうたい》の動力源《どうりょくげん》『暴君』の『I』へと変化を始めていたんだからね。後は入れる器がどう変わろうとも、こちらにある本体《ほんたい》『暴君II』から送られる人格《じんかく》鏡像を宝具へと転写《てんしゃ》し続け、いずれ来る

『I』と『II』合一の下地を勝手《かつて》に作ってゆくだけ」

「しかし、無作為《むさくい》転移によって、貴様《きさま》らも一時《いっとき》宝具を見失っていたではないか。いかに特別製《せい》とはいえ、一旦《いったん》手元から逃した〝ミステス〟を、そう容易《たやす》く探せたとも思えんが」

サブラクの、疑問を伴った反論にも、ベルペオルは全く動じない。

「長い年月をかけてきた計画だ、特段《とくだん》焦るつもりもなかったんだよ。あの時点では、解析《かいせき》すべき『大命詩篇《たいめいしへん》』が数多く残っていた。それを打ち込んで改良を行い、人格鏡像を採集《さいしゅう》する役割を持つ『暴君II』も我々の手に在った。完成へと近付けば、本来一つだった二つの『暴君』は自《おの》ずと引かれ合う。そうなるまでは、じっくり天の時を待つ算段《さんだん》だったんだよ」

そして彼女は、今年の半《なか》ば頃に起きた椿事《ちんじ》を思い出して、笑う。

「幸い、早くに再発見の報を受けたがね」

仕事嫌《ぎら》いの将軍が、突如《とつじょ》『星黎殿《せいれいでん》』を訪れ齎《もたら》した吉報《きっぽう》。十年百年の単位で発見を待つつもりだった代行体の核《かく》となる宝具が、ほんの数ヶ月で見つかったのだった。全てが急転直下《ちょっか》、彼女らを大命の落着《らくちゃく》へと動かした瞬間《しゅんかん》だった。

「だからこそ、残った『大命詩篇《たいめいしへん》』の解析《かいせき》を急ぎ、その結果完成《かんせい》した最後の式をおまえに託した。全ては早い遅い、というだけの話で、既《すで》に道は敷《し》かれていたのさ」

ああ、と気が付いて補足《ほそく》する。

「しかし、さすがに〝彩飄《さいひょう》〟フィレスが、仮装《かそう》意思総体《そうたい》を過剰《かじょう》に活性化《かっせいか》させたときは気を揉《も》んだかもしれないね。もしあの状態が進行していたら、未だ盟主《めいしゅ》の意思を宿さない、断片《だんぺん》的な集合人格《じんかく》だけの『暴君《ぼうくん》I』と『II』が不完全な合一《ごういつ》を果たし、その場で破壊、あるいは拘束《こうそく》されていた可能性もあったわけだから。しかも、入れ物たる〝ミステス〟の主体が以前の宿主《やどぬし》に入れ替わるような異変《いへん》まで起こしている……まったく、世の中とはままならぬものよ」

「それは俺の与《あずか》り知らぬ件だ、聞いたところで意味はない。それより、一度目の依頼の意味は分かった。俺の最初の質問、二度目の依頼で渡された方の式は、一体なんだったのだ」

「せっかちだねえ、今から触れるところだよ」

一度、吐息《といき》で笑ってから、ベルペオルは質問の答えに辿《たど》り着く。

「おまえに渡した式は、『暴君II』から『I』に転写《てんしゃ》し続けた無数の人格鏡像《じんかくきょうぞう》を一つに繋《つな》ぎ合わせ、仮装《かそう》意思総体《そうたい》を完成させる……分かりやすく言えば〝久遠《くおん》の陥穽《かんせい》〟に御座《おわ》す我らが盟主の人格を代行体《だいこうたい》に宿らせる、起動《きどう》スイッチのようなもの。全ての総《そう》仕上げの、一撃《いちげき》さ」

「なるほど、な。無作為《むさくい》転移《てんい》など問題ではなく、とうに〝ミステス〟は掌《てのひら》の上にあり、本気で動けば即座《そくざ》に盟主を呼び戻す……なにもかもが思い通りになって、まこと重畳《ちょうじょう》の限りだ」

サブラクの感嘆《かんたん》に見せかけた皮肉《ひにく》、と見せかけた感嘆を、しかし世に鬼謀《きぼう》の持ち主と恐れられている〝王〟は再びの、意外《いがい》な言葉で受けた。

「そうでもないさ」

「?」

「本来の計画では、あの宝具は単なる動力源《どうりょくげん》として取り出し、盟主の仮装意思総体は、あの鎧《よろい》の『暴君』に宿すはずだった。それをこそ、合一と呼称《こしょう》していたのだから」

そういえば、と今さらのようにサブラクは気付く。

「なぜ貴様《きさま》らは、わざわざトーチの形骸《けいがい》などを残したまま、本体と合一などさせたのだ。動力源となる宝具《ほうぐ》はともかく、〝ミステス〟であることに必要性があるとも思えん」

「仕様《しよう》がない、主命《しゅめい》だからね」

ベルペオルは、大きな歓喜《かんき》を表して、笑っていた。

「人格鏡像の断片越しに意識を共有された盟主が、興味を抱かれたんだよ……あの『坂井悠二《さかいゆうじ》』なる存在にね。まったく……ああまったく、ままならぬ」

まるで、ままならないことをこそ、楽しむように。

「まあ、仮装意思総体は盟主の統制下《とうせいか》にある。大命《たいめい》の遂行《すいこう》にはさほどの障《さわ》りもあるまいよ。要は、あの宝具さえあればいいわけだからね」

最後にもう一つ、根本《こんぽん》の疑問を、サブラクは口にする。

「あの宝具……そこまで拘《こだわ》るほどのものなのか。たしかに、人間を喰らう手間《てま》は省《はぶ》けるだろうが、それは持っていれば助かる程度の便利さであって、必須《ひっす》の条件ではなかろう？」

「普通に使えば、ね。だが我々[仮装舞踏会《バル・マスケ》]はそのようには使わない。盟主のお望みが儘《まま》、自らを由《よし》とし、どこまでも心任《こころまか》せに、御手《みて》を振るわれるよう……取り計らうつもりだよ」

「馬鹿な、あれが恣《ほしいまま》に力を――」

言いかけて、サブラクは声を切った。一つの可能性に、気付いていた。

可能なのか、しかし、そうするために彼女らは営々と準備をしてきた。

ここに案内したベルペオルの真意が、今口にした秘密を明かすことによる圧倒的な優位《ゆうい》を見せ付けるためだったことを、ようやく悟《さと》る。長口舌《ながこうぜつ》の殺し屋が、一言だけを、口にした。

「まさか」

ベルペオルは彼の、驚愕《きょうがく》に見開かれた目に目を、いっぱいに近付けて、笑う。

「ああ、そのまさかが可能なのさ、我々が手に入れた宝具《ほうぐ》……『零時迷子《れいじまいご》』ならね」

1　絶海《ぜっかい》の楽園《らくえん》

西暦《せいれき》一九〇一年――二十世紀最初《さいしょ》の年。

絶海の太平洋上に、アメリカ合衆国《がっしゅうこく》の準州《じゅんしゅう》が浮かんでいる。

ハワイ諸島。

ほんの数年前、白人勢力《せいりょく》によって先住民《せんじゅうみん》の王制が滅ぼされ、合衆国に組み込まれるまでの繋《つな》ぎとして『ハワイ共和国』の名を掲げている、熱帯の島々である。

東西約五百キロに渡って居並《いなら》ぶ、これら主要《しゅよう》八島の中ほどに、州都《しゅうと》ホノルルを擁《よう》するオアフ島が存在する。この当時、恐らくは太平洋上《じょう》で最も重要な島であり、街であり、港だった。

そのオアフ島南岸《なんがん》に海路《かいろ》を開くホノルル港に、男が一人、しゃがみこんでいた。

港に溢《あふ》れる人と人の喧騒《けんそう》から離れた埠頭《ふとう》の端《はし》、所狭《ところせま》しと停泊《ていはく》する船と船の狭間《はざま》に覗《のぞ》く水平線へと――正確には、その中に没しつつある同業者の一団を乗せた船影《せんえい》へと、名残《なごり》を惜しむでもない気の抜けた目線《めせん》を向けて、男は呟《つぶや》く。

「行ったな」

潮風《しおかぜ》の中、窮屈《きゆうくつ》そうに足を折り曲げる、ひょろんとした体格。カウボーイハット、厚手《あつで》の外套《がいとう》、中に覗《のぞ》くガンベルトは、いずれも旅塵塗《りよじんまみ》れ……要するに、時代後《おく》れで場違《ばち》がいなガンマンスタイルなのだった。燦々《さんさん》と輝く常夏《とこなつ》の日下《にっか》には、全くそぐわない異装《いそう》である。

帽子《ぼうし》の下に潜《ひそ》む面相《めんそう》は、三十前後。肉をこそぎ取ったような鋭さが、無精髭《ぶしょうひげ》と垂れ目によって相当分《ぶん》、減免《げんめん》されている。全体に、倦怠《けんたい》と弛緩《しかん》の雰囲気《ふんいき》があった。

と、零《こぼ》した呟《つぶや》きに、どこからともなく、気障《きざ》ったらしい男の声での答えが返る。

「寄せては返す波の如《ごと》く、行きて帰るが流離《さすら》い人の運命……いいね」

しゃがんだ男は戸惑《とまど》うでもなく、訊《き》く。

「いいのか」

「……いいね」

再び、気障な声が返った。

男はそのまま口を閉じ、紺碧《こんぺき》の波洗う埠頭《ふとう》に、間の抜けた沈黙《ちんもく》が落ちる。

そうして、影を焼け付かせそうな陽光、足元のカッター船が古木《こぼく》の埠頭を擦《こす》る音、客船のデッキへと群がり上る物売らの歓声《かんせい》、濃密《のうみつ》な緑の香りを混ぜた潮風——諸々賑《もろもろにぎ》やかな港町の風《ふ》情《ぜい》に心地《ここち》よく、あるいはなんとなくたゆたうこと数秒、

「てめえ、このガキ！」

「人の服を汚しといて、なんだその態度は！」

背後に、全く分かりきった怒声《どせい》が上がった。

男は振り返らず、ただがっくりと頭を垂れる。

「あー」

「新しき地に、新しき出会い……それこそが、ああ、波乱の始まり」

「たまには、平穏《へいおん》の始まりが欲しいんだがな」

男は億劫《おっくう》そうに長身を立ち上がらせた。背後、いささか以上に鮮《あざ》やかな緑が眩《まぶ》しい、ホノルル港の倉庫街、その前で揉《も》める一団へと、ゆっくり歩み寄る。

（やっぱり）

誰かを囲んで輪を作っているのは、六人ほどの西洋系《けい》の男たち。

「今、なんて言いやがった⁉」

「生意気《なまいき》なんだよ！」

いずれも大柄《おおがら》で筋骨隆々《きんこつりゅうりゅう》、荒くれの船員であることが一目《ひとめ》で分かる。

男は溜《た》め息をついて、帽子の鍔《つば》を指で摘《つま》み、深く下げた。

「なんであいつは、いつもいつも絡まれるんだ」

「それは、彼女が花ゆえに……摘《つ》むを求め欲させる美しさは、まさしく罪の花」

「そーいう表現するには、外見が十年、中身が百年ばかし足りん」

気障な声に力なく返しつつ、船員たちの輪の外に立つ。

その人垣越《ひとがきご》しに、

「だから、何度も言ってるでしょ！」

少し怒った、少女の声が響《ひび》く。

「ぶつかってきたのはそっちなのに、どうして私が謝らなきゃいけないの!?　寄港《きこう》に浮かれてお酒を飲み過ぎるから、人の前に倒れこんだりするんだわ！」

明晰《めいせき》な糾弾《きゅうだん》は、しかし当然、船員たちを激昂《げっこう》させる。

「この、ガキが偉そうに！」

「大人《おとな》への口の利き方を教えてやる！」

幾人《いくにん》か、酒瓶《さかびん》を振り上げて叫ぶ背中に、男は気の抜けた声をかけた。

「もしもし」

全員が振り返り、邪魔者《じゃま》を睨《にら》みつける。

その輪の中心で、先の声を上げたらしい少女が、あっと驚き、すぐシュンとなった。年の頃は十五、六。先の声が必死に虚勢《きょせい》を張っていたのだとすぐ分かる、ごくごく普通の女の子である。二つに纏《まと》めたブラウンの髪《かみ》を肩から前に垂らしており、頑丈《がんじょう》な旅拵《たびごしら》えである点が男と同じ、小さくも真《ま》っ直《す》ぐに立つ姿が男とは逆だった。

その少女を隠すように、リーダー格《かく》らしい大柄《おおがら》な船員が一人、詰め寄ってくる。

「ああん、なんだてめーは？」

潮風《しおかぜ》を追い払うような酒臭い息に、男は思わず顔を伏せた。

「その子は俺の連れでね。解放してもらえると、ありがたいんだが」

弱腰《よわごし》な（と彼らには見えた）その態度に、船員は調子付く。

「教育がなっちゃいねえな、オッサン。このガキ、俺のシャツにオレンジぶつけて汚しやがったんだ……見ろ」

言って、汚れが増えても大して変わりのなさそうな使い古しのシャツを引っ張り出した。見せたい汚れとは、どうやらシャツの裾《すそ》にある、小さな濡《ぬ》れ染《じ》みのことであるらしい。

「な、ひでえだろ？　これから街に繰り出すってのに、一張羅《いっちょうら》が台無《だいな》しよ」

「あなたが私の前によろけて――」

再び言おうとした少女を、

「キアラ」

男は名を呼んで黙らせた。帽子《ぼうし》の鍔《つば》の下で、オレンジを始めとする果物の切り身が、船員たちの足元で踏み潰《つぶ》され、果肉《かにく》と果汁《かじゅう》をぶちまけているのを見て、

（もったいない）

と思う。着いた御《ご》当地の新鮮な果物を食べよう、と弟子《でし》に買いに行かせたのは自分だから、責任も自分にあるのだろう……そんな諦観《ていかん》の元、鍔の下から大柄《おおがら》な船員を見上げる。

「で、どうしろと？」

「なに、ちょいとばかし洗濯《せんたく》の代金をもらえりゃいいんだ」

「分かった、幾《いく》らだ？」

「師匠《ししょう》！」

あっさり折れた師匠に叫ぶ少女・キアラを、船員は振り向いて嘲笑《ちょうしょう》する。

「へへ、てめーと違って、すいぶん物分かりがいいシショウじゃねーか」

「……」

悔《くや》しげに黙りこくる少女の姿に溜飲《りゅういん》を下げた船員は、請求額《がく》について思案《しあん》を始める。

「俺たちも強盗《ごうとう》じゃねえからな、全財産よこせとまでは言わねえ。そうさな——」

「ヘイ、悪漢《ラスカル》ども」

突然、

「君たちに恵《めぐ》んでやるような金は……ない」

新たな、やたらと気障《きざ》ったらしい男の声が割って入った。

船員たちの前に立つ、師匠というらしい男から。

「え……？」

「い、今、おい」

「誰が喋《しゃべ》った？」

戸惑《とまど》いの視線を受ける、その師匠は、頭に手を当てて溜《た》め息をついている。

と、また、

「聞こえなかったか？『犬に骨を投げてやれ』とは言うが、その骨すら過ぎた相手に金を恵《めぐ》んでやるなんて無意味にも程《ほど》がある、と言ったのさ」

明らかな侮辱《ぶじょく》の言葉は、気障《きざ》ったらしさで何倍にも増幅される。

「て、てめえ！」

「ぶっ殺してやる!!」

師匠《ししょう》は溜《た》め息を最後まで吐いてから、制止の掌《てのひら》を前に出す。

「腹話術《ふくわじゅつ》だ」

「反論を構成する文章力がなければ、腕力《わんりょく》での抗議《こうぎ》も受け付けている……かかって来るかい、陸《おか》に上がった人魚《ミスター・マーマン》？」

「いや、今の腹話術はなし」

ヒラヒラと手を振る、その仕草《しぐさ》に船員たちは堪忍袋《かんにんぶくろ》を緒《お》ごと爆発させた。

「ふっざけやがって!!」

「この野郎!!」

飛びかかる荒くれたちを、師匠は再びの溜め息と、

「ちょい待ち」

広げた掌で出迎えた。

瞬間《しゅんかん》、船員たちが静止する。

まるで首から下を石像《せきぞう》に変えられたかのように、片足を上げたままの、バランスを取れるわけのない不自然な姿勢で、静止する。首だけが自由に動くのか、飛びかかった勢いのまま、一斉《いっせい》に前へと凄《すご》い速さで俯《うつむ》いたのは、全く奇観《きかん》と言えた。

「ふごっ!?」

「な、なんだ」

「体が!?」

差し出した掌はそのままに、師匠は自分の腰、ガンベルトの辺りを見た。

「おい、ギゾー。こういうことは止めろ、って言ってるだろ」

「弟子《でし》の前で面目《めんぼく》一つ保てないで、師匠を名乗るわけにもいかないだろう？　その片割れとして善処《ぜんしょ》してみたのさ」

「師匠！」

言って、キアラが駆け寄ってくる。

「すいません。なんとか、お話で解決しようと思ったんですけど」

「あんな話し方で解決できるか」

呆《あき》れる師匠に、まず艶《つや》っぽい声で、

「力振《ふ》るうのを止められてなきゃ、速攻で解決してたわよ」

続いて軽くはしゃぐように、

「そーそ、話した方がこじれるよーな連中《れんちゅう》も世の中には山ほどいるってのにさ！」

各々《おのおの》、色合いの違う女の声で不平があがった。

それらは、キアラが肩から前に回したお下《さ》げの先、左右に一つずつ結《ゆ》わえられた鏃《やじり》の髪飾《かみかざ》り
から発せられたように聞こえる。

背後では男たちが、

「おい、てめーら！」

「さっきから何ごちゃごちゃ話してやがる！」

「くそっ、なにしやがった！」

「はなせ、ほどけ、畜生《ちくしょう》！」

まるで大道芸《だいどうげい》のパントマイムのように不自然な格好《かっこう》のまま騒いでいた。

師匠《ししょう》はそちらを一瞥《いちべつ》して、

「ごめんな。全部夢《ゆめ》だから、忘れてくれ」

差し出していた掌《てのひら》、その指を複雑に蠢《うごめ》かせる。

瞬間《しゅんかん》、

「ぐえっ！」「ごぼはっ⁉」「んぐぁ！」「ぶへっ」「ほが⁉」「んぶお⁉」

六人は素早く、絡み合うように互いの鳩尾《みぞおち》へと拳《こぶし》を綺麗《きれい》に入れて、倒れこんだ。

「さすが、お見事」

「よく繰《く》りがこんがらないわねー」

キアラの髪飾《かみかざ》りから上がる能天気《のうてんき》な喝采《かっさい》に、ギゾーと呼ばれた気障《きざ》な声が軽く、

「師匠として、この程度で賞賛《しょうさん》を受けるのは……なんとも面映《おもはゆ》いな」

逆に、師匠の方はウンザリして答える。

「お気楽《きらく》でいいな、おまえたちは」

そこに、

「ええ、まったくです」

険しい声が、新たに割って入った。

師匠と弟子《でし》が目を向けた先、いつしか騒動《そうどう》を遠巻《とおま》きに囲んでいた群集の中から、暑い中にも折り目正しくスーツを着込んだ青年が一人、歩み出ていた。

「探しましたよ、『鬼功《きこう》の繰《く》り手《て》』サーレ・ハビヒツブルグ、それに『極光《きょっこう》の射手《いて》』キアラ・トスカナ」

目線《めせん》を巡らせて、叱責《しっせき》する。

「着いて早々、こんな騒ぎを起こすなんて……当地における複雑な情勢を、あなたたちはまるで分かっていない。それでも欧州《おうしゅう》から派遣《はけん》されたフレイムヘイズですか!」

言われた師弟《してい》二人は、

「「ごめんなさい」」

声を合わせて謝った。

この世の日に陰に、人ならぬ者たちが跋扈《ばっこ》している。

古き詩人が与えた彼らの総称《そうしょう》を、〝紅世《ぐぜ》の徒《ともがら》〟という。

彼らは、同じく〝紅世《ぐぜ》〟と名づけられた〝歩いてゆけない隣《となり》〟から渡り来た異《い》世界人であり、人間の持つ、〝存在の力〟というそこに在るための根源的な力を喰らうことで、〝徒《ともがら》〟たる自分自身を顕《あらわ》させ、自在法《じざいほう》の名を持つ技法によって在り得ない不思議《ふしぎ》を現す。

彼らに〝存在の力〟を喰われた人間は、いなかったことになる。

その人間が得、失い、関わり、接するはずだった全ては、この欠落により、歪《ゆが》んだ。生まれ、決して埋め合わされない歪みは〝徒《ともがら》〟の跋扈に伴い、大きくなっていった。この世そのものにすら、大きな歪みを生じさせるほどに。

やがて〝紅世《ぐぜ》〟において、この歪みは双方《そうほう》の世界への大災厄《だいさいやく》に帰着する、との観念《かんねん》が広まり、危機感が高まり……最終的に、一部の〝王〟たちは、苦渋《くじゅう》の対策に乗り出した。

同胞《どうほう》たる存在の乱獲《らんかく》者たちを討《う》ち滅ぼす、という対策を。

その尖兵《せんぺい》、あるいは道具となったのは、〝徒《ともがら》〟への復讐《ふくしゅう》を誓った、人間たち。

己《おの》が全《ぜん》存在を、契約する〝王〟に捧《ささ》げ、代償《だいしょう》として異能《いのう》の力を得た、復讐鬼《き》たち。

彼らの総称を、フレイムヘイズという。


ホノルル市街には、未だ緑が多い。

草葺《くさぶ》き屋根を頂く開放的な先住民《せんじゅうみん》の様式《ようしき》、隙間《すきま》のない羽目板《はめいた》を備えた西洋の様式、いずれの家屋《かおく》も、信じられないほどに大きな葉の陰に隠《かく》れ、柱に手すりに蔓《つる》を巻きつかせている。庭も大きく取られて、花はユリからゼラニウム、ドラセナにグラジオラスと色とりどりに咲き誇り、軒先《のきさき》を飾っていた。

数十年の時を費やし、西洋文明を積極的に受け入れて、なんとか一国の体裁《ていさい》を作ろうとしていたハワイ王家《おうけ》の努力は、大きな通りにおいては徐々に実を結びつつある。とはいえ、元の繁《はん》茂《も》が尋常《じんじょう》なものではない。緑の量は景観《けいかん》全体から見れば、やや削《けず》られた、という程度の減り具合だった。

その、日の輝きに彩《いろど》りを撒《ま》き散らし、水と花の香りも濃く漂う街路を歩きながら、

「あんな公衆《こうしゅう》の面前《めんぜん》で、安易に力を使われては困ります。一時の不思議《ふしぎ》で済ませ、人の語る間に伝説となる時代では、もうないのですよ？」

スーツの青年は、後に続く二人、だらけた師匠《ししょう》ことサーレ、および背筋《せすじ》を伸ばした少女こと

キアラを糾弾《きゅうだん》していた。

「相手が相手ですから穏便《おんびん》にとは言いませんが、せめて異能《いのう》の力を人前《ひとまえ》で見せない程度には気を遣《つか》っていただきたいものです」

青年は、ハリー・スミスと名乗った。

フレイムヘイズの情報交換《こうかん》・支援施設《しせつ》たる外界宿《アウトロー》の構成員で、サーレとキアラのハワイにおける任務遂行《すいこう》の補佐を命ぜられた、ホノルル当地に駐在《ちゅうざい》する人間の調査官である。

年齢《ねんれい》は二十代半《なか》ば。ほっそりした体格《たいかく》で、この暑い中、見る側に汗《あせ》を掻《か》かせるようなスーツをきっちり身に着けている。まさに堅苦しさが服を着て歩いているような男だった。

容姿《ようし》自体は、髪《かみ》を後ろで纏《まと》める役者のような優男《やさおとこ》だったが、どうにも目付きに険がありすぎて、素直に感嘆《かんたん》を抱けない。若年の身で重大な任務を拝命《はいめい》して緊張《きんちょう》しているのか、外界宿《アウトロー》の構成員には少なくない、異能者フレイムヘイズへの屈折《くっせつ》した感情を抱く人間なのか……いずれにせよ、言葉も態度も妙《みょう》に手厳《てきび》しい。

（ま、無理もないか）

諸事《しょじ》に感情の反発を持たないサーレは、事前に知らされた彼の境遇《きょうぐう》から、それらを平然と受け入れる。あえて知らん振りをして、異国情緒《いこくじょうちょ》へと目線《めせん》を流すことにした。

代わりに、彼と契約して異能の力を与える〝紅世《ぐぜ》の王〟、〝絢《あや》の羂挂《けんけい》〟ギゾーが答える。

「気にするほどのことじゃないだろう、ミスター・スミス。不可思議《ふかしぎ》を見たとして、理解が及ばなければ、人は全てを曖昧《あいまい》に……そう、まろやかに溶かし込み、忘れてしまうものさ」

「今というデリケートな時期にそうされては困る、と言っているんです！」

即座《そくざ》の反論に、

「ごめんなさい！」

なぜかキアラが跳ねるように謝った。

また代わりに呑気《のんき》な声を、

「そんなカリカリすることないじゃない」

「デリケートったって、今は海魔《クラーケン》も追い出されて情勢も落ち着いてんでしょ？」

彼女と契約し異能の力を与える〝紅世《ぐぜ》の王〟、〝破暁《はぎょう》の先駆《せんく》〟ウートレンニヤと〝夕暮《せきぼ》の後塵《こうじん》〟ヴェチエールニヤが、それぞれ髪飾《かみかざ》りから返す。

しかし、馴《な》れ馴れし問いへの答えは、あくまで堅苦しい。

「事は、そう単純ではないのです。もっと自覚を持ってください」

二十世紀を迎えた世界は、激動の時を迎えていた。

他《た》地域に先んじて強大な工業力と機動《きどう》力を得た欧州列強《おうしゅうれっきょう》諸国が、怒涛《どとう》のように世界中へと溢《あふ》れ出し、日毎《ひごと》に地図を塗り替える『地球の大《だい》再編』とでも呼ぶべき事業を始めていたのである。

その中の、特に重要なポイントとして、ハワイ諸島は在った。

容易に人間の渡航《とこう》を許さない、地球表面積《ひょうめんせき》の三分の一は占《し》めようかという広大な海洋の中央に、全く奇跡《きせき》のようにポツリと浮かぶ熱帯の楽園《らくえん》。

一七七八年のジェームズ・クック来航《らいこう》以来、当初は捕鯨《ほげい》船の補給《ほきゅう》基地として、昨今はサトウキビの一大《いちだい》生産地として、西洋文明圏《けん》からの緩やかな侵食《しんしょく》に晒《さら》されていたこの地は、一八九八年の米西《べいせい》戦争を機に、是《ぜ》が非《ひ》でもという強引《ごういん》さでアメリカ合衆国《がっしゅうこく》へと併呑《へいどん》された。スペイン領フィリピンを始めとする、太平洋西岸《せいがん》地域への中継拠点《きょてん》として、俄《にわ》かに戦略《せんりゃく》的価値《かち》が高まったためである。

法的には未だハワイ共和国（地生《じば》えの王国は、戦争に先立つ一八九四年、白人勢力《せいりょく》の武威《ぶい》と脅迫《きょうはく》により転覆《てんぷく》させられている）を名乗り、合衆国の保護を受ける『準州《じゅんしゅう》』の扱いだったが、実質は占領《せんりょう》された植民地に他ならない。

そして、これら流動する世界情勢は――今までもそうであったように――同じ世界の中に跋扈《ばっこ》する〝紅世《ぐぜ》の徒《ともがら》〟、彼らを追うフレイムヘイズにとっても大きな意味を持っていた。

両陣営《じんえい》はともに、概《おお》ね人間の交通路と到達範囲《はんい》に沿って活動している。

これは〝徒《ともがら》〟に『人間を喰らって力を得る』という必然の理由が在るためだった。余程《よほど》の理由がない限り、彼らが人も疎《まば》らな土地に関わりを持つことはない。また、そういう土地は往々《おうおう》にして、彼らの欲望を刺激《しげき》する文明文化に乏しい。そして〝徒《ともがら》〟を追う存在であるフレイムへイズも、必然の結果として、同じ地域、交通路を行き来することとなる。

太平洋地域《ちいき》も、その傾向の例外ではなかった。

西洋人がこの大海《たいかい》に乗り出すことで初めて、〝徒《ともがら》〟は喰らう、フレイムヘイズは討滅《とうめつ》する、常の行動を開始した。

実はクック来航時点で、無双《むそう》の絶海《ぜっかい》に守られたハワイには〝徒《ともがら》〟が我が世の夏を謳歌《おうか》するには十分な、三十万からの先住民《せんじゅうみん》が無垢《むく》のまま存在していたが、どういうわけかフレイムヘイズ陣営の調べた限りでは、当地で〝徒《ともがら》〟が活動した痕跡《こんせき》は発見されなかった。

惹《ひ》かれる文明を見出せず渡り来なかったのか、既《すで》に現れてこの地を後にしたのか――先住民の九割近くが、西洋人の持ち込んだ病原菌《びょうげんきん》で斃《たお》れ、口伝《くでん》（彼らは岩刻《ペトログリフ》以外の文字を持たなかった）の多くも失われたため、現在に至るも真相は不明である。

ともあれ、西洋人たちの来航繁《しげ》くなるとともに、〝徒《ともがら》〟やフレイムヘイズも、このハワイ航路を利用し、またハワイそのものにも目的を求めるようになった。

なにしろ、南洋諸島《しょとう》へと遠回りせず、直進して太平洋を横断《おうだん》する船が必ず通る交通の要衝《ようしょう》である。海で人を喰らう海魔《クラーケン》（とはいえ彼らも、ハワイ航路の確立《かくりつ》以前の太平洋では沿岸を荒らすのみだった）を例外とした、ほぼ全ての〝徒《ともがら》〟は、人《ひと》多く活気の生まれ始めた島を支点に、世界を股《また》にかけることを欲した。逆にフレイムヘイズは、この地点を押さえて彼らの動きに掣肘《せいちゅう》をかけようとした。

結果として、全く当たり前に、この地は両陣営《じんえい》にとって争いの巷《ちまた》となった。

そんなハワイに、フレイムヘイズ陣営が橋頭堡《きょうとうほ》たる外界宿《アウトロー》を開くことに成功したのは、ほんの半世紀ほど前のことである。幾十度《いくじゅうど》にも渡る熾烈《しれつ》な争奪《そうだつ》戦の末、彼らは気配《けはい》隠蔽《いんぺい》の結界《けっかい》を展開する宝具《ほうぐ》『テッセラ』の設置に成功したのだった。

不可知《ふかち》の隠《かく》れ家《が》にして迎撃《げいげき》の基地を得た討《う》ち手らは、この太平洋回りの航路から"徒《ともがら》"をほぼ一掃《いっそう》し、新しい世界の要路《ようろ》に平穏《へいおん》を齎《もたら》した……しかし、

「今回の任務のため派遣《はけん》されたあなたたちなら、お分かりでしょう」

先を行くハリーが、通りの突き当たりで足を止めた。

パンチボール・クレーターも程近《ほどちか》い、周囲には真新しい西洋風《ふう》の家屋も目立つホノルルの一等地。その脇道《わきみち》、少し奥にある空《あ》き地が、彼らの目的地だった。

「スミス、さん?」

一歩先《さき》を壁で塞《ふさ》がれたような急《きゅう》停止を、キアラは不審《ふしん》げに見上げた。

サーレが、ハリーに並んで覗《のぞ》き込む。

「ここか」

横にある青年の表情は、できるだけ見ないようにした。

追って目線《めせん》を転じたキアラは、

「あ……」

その先に、フレイムヘイズとして見慣れたものを認め、意味するところの状況を理解した。

花をも混ぜた下草《したくさ》の生い茂る空き地。

元は拓《ひら》かれた場所であったことが、一目で分かる。生《は》えているのが草花だけで、根を張り大きな葉を広げる木がないためである。そして、サーレが自分の目で確かめようと案内させたものが、色鮮《いろあざ》やかな草花に垣間《かいま》見え、また埋もれていた。

朽《く》ち果てた梁《はり》、溶け落ちたガラス片、焦《こ》げ砕けた煉瓦《れんが》……堆《うずたか》い場所は、燃え滓《かす》の名残《なごり》か。

「ここに、外界宿《アウトロー》があったんですね」

過去に起きた襲撃《しゆうげき》事件の痕跡《こんせき》を、キアラは観察する。

ハリーは頷《うなず》き、

「ええ。ホノルル港からも近く、市街でも注目されない脇道の奥、しかし栄える場所と適度に密接《みっせつ》している、良い立地でしょう?」

言う中で、在りし日へと思いを馳《は》せていた。

説明を受けたキアラは、改めて辺りを見回す。

「新築は隣《とな》り合わせの数件だけで、表通りの方は古い建物がそのまま残ってる……この地点がピンポイントに狙《ねら》われた、つまり外界宿《アウトロー》の在《あ》り処《か》が襲撃側《がわ》の〝徒《ともがら》〟に知られていた、という推測は正しいと見るべきでしょうか」

「え、ええ」

少女が示した意外《いがい》な鋭さに、ハリーは少し驚いた。人に自覚を求めておきながら、自分の方が感傷的《かんしょう》になっていたことを恥じ、改めて居住《いず》まいを正す。

「流石《さすが》に、よくお分かりですね」

「ふふ、私たちのキアラを、舐《な》めてもらっちゃ困るのよね」

「これでも、ドレル・クーベリック直々《じきじき》の命令を受けてやって来たんだから」

自分たちの契約者を誇らしげに自慢するウートレンニャヤとヴェチエールニャヤ……お下《さ》げの先にある二つの髪飾《かみかざ》りを、照れて頬《ほお》を赤く染めたキアラが掌《てのひら》で押さえた。

「もう、やめてよ」

「まったくだ。クーベリック爺《じい》さんから依頼されたのは俺たちで、お前たちの方はついで。俺の弟子《でし》だったから一緒に来たってだけのことだ」

サーレが身も蓋《ふた》もない事実を言って、キアラをまたシュンとさせた。

「ん、ああ、すまん」

気付いて謝った契約者に、ギゾーがフォローを入れる。

「気にしちゃいけないよ、僕たちのキアラ・トスカナ。分かっているだろう？　この男は嫌味《いやみ》や嘲弄《ちょうろう》から言ったわけじゃない……ただ、口下手《くちべた》でデリカシーに欠けているだけなんだ」

その通り、と自覚しているサーレは、反論をしない。ただ、付け加える。

「まあそれに、ミスター・スミスの手前、あんまり騒ぐのもどうかと思ったんでな」

「えっ？」

振り向いたキアラに、ハリーは少し困った風《ふう》な笑顔を作った。

「私は、別に……」

戸惑《とまど》う弟子を措《お》いて、サーレが帽子《ぼうし》の先を摘《つま》んで頭を下げる。

「すまん。構成員のことをベラベラ喋《しゃべ》るわけにも行かなかったんでな。こいつには現地についてから説明するつもりだったんだが……かえって間が悪くなったか」

「いえ、分かります。事実ですし、気にされることもありません。なんなら今、私から説明しても……」

困り顔に、悲しみの色が差した。

なんのことか分からないキアラに、ギゾーが告げる。

「ミスター・ハリー・スミスは、このホノルル外界宿《アウトロー》ただ一人の生き残り……ということで分かってもらえるかな？」

「あっ」

「外界宿《アウトロー》の仲間たちも、一緒に働いていた妹も……まあ、そういうことです。あの日、私だけが、島外《とうがい》に出ていて、助かったんです」

ハリーの言葉を受けたキアラは、自分の浮ついた態度に今さらの自己嫌悪《けんお》を覚え、先の数倍は萎《しお》れた。

その垂れ下がった髪《かみ》の先から（契約者と同じく初耳《はつみみ》だった）、叱咤《しった》が二つ。

「この程度のことで、いちいち落ち込んでどうするの」

「同情も度が過ぎると嫌味《いやみ》になる、って常識は覚えといた方がいいわよー」

「……」

キアラは恐る恐る、顔を上げた。

ハリーは困り顔に気遣《きづか》いの笑《え》みを加え、しかし同情を拒絶《きょぜつ》する確固《かっこ》とした声で返す。

「気にされることは、本当にありません。六年も前のことですし……それに、初めてのことでもないのです。外界宿《アウトロー》の構成員だった私の母も、フレイムヘイズと〝徒《ともがら》〟のハワイ争奪《そうだつ》が本格的になる前に、喰われて死んでいます」

「！」

あまりに平然と出た言葉に、フレイムヘイズの少女は絶句《ぜっく》した。

対して、語りかける青年の声は、あくまで平淡《へいたん》である。

「そうして今度は、妹や仲間も……私は『この世の本当のこと』に関わり過ぎたせいで、人間の身でありながら、皆の死を忘れていません。でも、それで良かったと思っています」

が、彼の平淡さは情動《じょうどう》の薄さから来るものではない。むしろ渦巻《うずま》く執念《しゅうねん》や怒り、溢《あふ》れる悲しみや悔《くや》しさを隠《かく》す、意志の固さの表れだった。それは、見る者にも伝わっていた。

「皆と共に在ったここを、私の手で再建《さいけん》するという……六年間、待ちに待った任務に就《つ》くことができたのですから。ミス・トスカナも、どうか協力してください」

サーレも自分から言える事実を、少女に示す。

「そういうことだ。俺も、命令を受けた経緯《いきさつ》はともかく、戦力としてはちゃんと当てにしてんだ、頼むぜ」

「……はい！　頑張《がんば》りまぃ痛っ!?」

勢いよく背を伸ばして、二人に向き直ろうとしたキアラは、石を踵《かかと》に引っ掛けて転んだ。

ハリーの苦笑《くしょう》と、サーレの溜《た》め息が、その場に漏れる。

そう、遠く欧州《おうしゅう》から派遣《はけん》された、彼ら二人のフレイムヘイズの任務とは、このホノルルに外界宿《アウトロー》を再び設置することなのだった。


今より六年を遡《さかのぼ》る一八九五年。

この地の人間社会を、一つの小事変《しょうじへん》が襲《おそ》った。

一部の不隠分子《ふおんぶんし》が、ハワイ共和国臨時《りんじ》政府に対し、武装蜂起《ほうき》を敢行《かんこう》したのである。彼らは、白人勢力《せいりょく》が転覆《てんぷく》させた旧《きゅう》王制への復古《ふっこ》を求め、ハワイ人のためのハワイを取り戻そうと立ち上がった、いわゆる王制派《おうせい》だった。

彼らの兵力が寡少《かしよう》だったこともあり、蜂起自体《じたい》は二週間程《ほど》で鎮圧《ちんあつ》されたが（この結果、事件への関与《かんよ》の嫌疑《けんぎ》を受けたリリウオカラニ女王は廃位《はいい》へと追い込まれ、ハワイ王国は完全に滅亡《めつぼう》する）、その間、州都ホノルルは政庁《せいちよう》一帯がバリケードで封鎖《ふうさ》され、各所で散発的な市街戦《せん》も繰《く》り広げられるという、騒乱《そうらん》状態に陥《おちい》った。

そんな、市民が息を詰めて家に潜《ひそ》み、船舶《せんぱく》の運航《うんこう》業務も滞《とどこお》った、情報的空白《くうはく》の時節《じせつ》を狙《ねら》いすましたかのように――この地の人間ではない者の集団を、一つの大事変《だいじへん》が襲《おそ》った。

即《すなわ》ち、ホノルル外界宿《アウトロー》の殲滅《せんめつ》。

前兆《ぜんちよう》や経過を目撃《もくげき》した者もおらず、急を知らせる船も動かなかった十日余《よ》の内に、一体なにが起きたのか……知る者はフレイムヘイズ側にはいない。

ただ一人、騒乱《そうらん》の長期化に備え、他島での代用運航視察《しさつ》のため外出していたハリー・スミスだけが、帰ったその日、その場所で、外界宿《アウトロー》に詰めていたフレイムヘイズ、妹、施設の中核《ちゆうかく》たる宝具《ほうぐ》『テッセラ』、全てが焼け跡だけを残し消え失せた光景を、目の当《ま》たりにした。

これら結果を聞かされた誰もが、唯一《ただひと》つの結論に辿《たど》り着いていた。

〝紅世《ぐぜ》の徒《ともがら》〟の襲撃《しゆうげき》により殲滅《せんめつ》された。それ以外は、考えられない。

欧州《おうしゆう》の地で、世界の外界宿《アウトロー》を主導《しゆうどう》する地歩《ちほ》を固めつつあった幕僚《ばくりよう》団『クーベリックのオーケストラ』は、自らに課した職責《しよくせき》に従い、事の対処《たいしよ》へと動き出した。

残された結果から懸念《けねん》された案件《あんけん》は、大きく二つ。

一つは、他《た》地域における外界宿《アウトロー》の位置や連絡法《ほう》などの機密漏《きみつも》れ。

もう一つは、不可知結界《ふかちけっかい》を発生させる宝具『テッセラ』の行方《ゆくえ》。

前者については、あくまで念のためという警戒《けいかい》が布かれた程度で、さほど問題視《し》されていない。機密の根幹たる外界宿《アウトロー》の所在は、書面など他者に見られる恐れのある物体には記さず、案内し案内される経験のみで伝え合う、という古来《こらい》の慣習《かんしゅう》に則《のっと》っていたためである。

一方、後者については、同様ではない。この、掌大《てのひらだい》のガラス製正《せい》十二面体《めんたい》は、一定範囲内《はんいない》の気配《けはい》を遮断《しゃだん》する結界を発生させる、外界宿《アウトロー》の核《かく》である。結界を作るためには一つ場所に据《す》えておかねばならず、力も断続的に供給し続ける必要がある性質上、放埒《ほうらつ》を旨《むね》とする〝徒《ともがら》〟が使うには不向きな宝具ではあったが、過去にこれを利用した陰謀《いんぼう》がなかったわけではない。回収は早急に行われるべきだった。

以上の理由から、まずはハワイ情勢を回復、然《しか》る後、この追跡《ついせき》調査・可能ならば奪還《だっかん》、という復合的な任務を帯びたフレイムヘイズが幾人《いくにん》も、ホノルルへと上陸した。

ところが、話はここからこじれる。

当時、太平洋に縄張りを移しつつあった海魔《クラーケン》たちが、この機に乗じてハワイ諸島《しょとう》を〝徒《ともがら》〟の勢力圏《けん》に組み入れ、周辺航路《こうろ》を新たな人喰いの漁場にせんと、大挙《たいきょ》して押し寄せたのである。

主要《しゅよう》八島への襲撃は元より、航路上での待ち伏せ、果ては太平洋東西《とうざい》沿岸での主要港《こう》での妨害工作《こうさく》までが一斉《いっせい》に行われ、外界宿《アウトロー》の関係無関係を問《と》わない被害が、討《う》ち手に多く出た。

遅まきながら事態の深刻《しんこく》さに気付いた『クーベリックのオーケストラ』は、同じく外界宿《アウトロー》の間で大きな影響《えいきょう》力を持っていた顔役《かおやく》たち『モンテヴェルディのコーロ』と結束、対応に乗り出した。

一連《いちれん》の戦いは、太平洋の海魔《クラーケン》を東西から虱潰《しらみつぶ》しに叩《たた》く作業に始まり、『輝爍《きしゃく》の撒《ま》き手《て》』レベッカ・リードを頭《かしら》とする奪還《だっかん》部隊のハワイ諸島制圧《せいあつ》で最大の山場《やまば》を迎えた（海魔《クラーケン》の襲来時《しゅうらいじ》も現地ハワイから支援に当たっていたハリー・スミスは、この一団の到着とともに、切望していた任務の下《した》準備に入ることを許されている）。

そうしてようやく、ホノルル外界宿再《アウトローさい》設置の決定が正式に下り、奪還部隊と入れ替わりにサーレとキアラが派遣《はけん》されてきた、というのが事のあらましである。

時は既《すで》に二十世紀。

太平洋一面《いちめん》を舞台とした丸《まる》六年に渡る戦いの中で、遂《つい》に奪われた『テッセラ』の行方《ゆくえ》に関する情報は得られないままだった。


その、自身にとっては悲願とも言えるはずの任務に、欧州《おうしゅう》がフレイムヘイズを二人しか回さなかったことを、ハリーは不満に思っているようだった。

「戦力といえば……本当に派遣されてきたのはお二方《ふたかた》だけなのですか？　ホノルルへの外界宿《アウトロー》

再設置は、明らかな重要任務《にんむ》だというのに」

単純に、二人という戦力的に甚《はなは》だ心許《こころもと》ない数への不安も見え隠《かく》れしている。

「ああ、俺たちだけだ」

サーレは頓着《とんちゃく》なく断言した。

「そう、ですか」

力なく答えてハリーは、転んだキアラを助け起こす。

「す、すいません」

「いえ」

彼の笑顔は、先と同じく内心《ないしん》を隠《かく》せない。今は、不安が覗《のぞ》いていた。直前までいたレベッカから奪還部隊の強面《こわもて》ぶりと大人数《おお》を見ていて、引き継いだのが二人だけ、しかも増援《ぞうえん》がないという状況である。不満不安も仕様《しよう》がないといえた。

「数年をかけた戦いの、最後の仕上げだというのに、こんなことで良いのでしょうか。私のような若 輩者《じゃくはい》一人に事前《じぜん》調査を任されていた時から、おかしいとは思っていたのですが」

サーレは、草の中に埋もれる焼け跡を靴先《くつさき》で軽く蹴《け》って言う。

「そうガッカリすることもないだろ。海魔《クラーケン》はそもそも絶対数が少ない。統率《とうそつ》力のある大物をぶっ倒した今なら、俺たち二人でも十分捌《さば》ける」

「それに、ミスター・スミス。君の有能ぶりは、欧州《おうしゅう》から派遣される際に聞いているよ？　親子二代《にだい》、外界宿《アウトロー》で働いてる将来有望《ゆうぼう》な若者としてね……今度の抜擢《ばってき》はむしろ当然、君の手腕が既に一区域を任せられるほどの評価を得ている、というだけのことさ」

その腰元からギゾーが、歯の浮くような気取った口調《くちょう》で続けた。

もちろんハリーは、そんな賛辞《さんじ》一つで愁眉《しゅうび》を開いたりはしない。

彼は、自身の置かれた立場を知悉《ちしつ》している。外界宿《アウトロー》の構成員だった母や妹が〝徒《ともがら》〟に喰われて死んだ、という負の経歴《けいれき》があってこそ、造反《ぞうはん》や私利《しり》を謀《はか》る懸念《けねん》を欧州《おうしゅう》に持たれず、外界宿再《アウトローさい》設置の実務も一任《いちにん》されている、という立場を。

だからこそ、家族の死を武器に、家族のいた場所を再建する、という苦渋《くじゅう》の内心《ないしん》を隠《かく》そうと努めている。その口が語るのも、受けた任務に対する明晰《めいせき》な主張のみである。

「しかし、その海魔《クラーケン》の攻撃が、あれだけ大規模《だい》に、一つ戦略《せんりゃく》的意図の元で行われた、という事実については、未だ碌《ろく》な検証《けんしょう》もなされていません。奪われた『テッセラ』の行方《ゆくえ》も分かっていない状況で、ここを手薄《てうす》にするなんて……せめて、奪還《だっかん》部隊の駐《ちゅう》留《りゅう》を延期して、事態の沈《ちん》静化《せいか》を見守るか、再《さい》調査を行う等の方策《ほうさく》を採るべきだったのでは」

(なるほど、やり手という評判に間違いはないようだ)

思って、サーレは帽子《ぼうし》の鍔先《つばさき》を引いて目線《めせん》を隠す。

「それは確かに、ああまったく、あんたの言うとおりなんだが……本当のところ、『クーベリックのオーケストラ』はハワイを軽視《けいし》してるわけじゃや、全然ないんだ」

「どういうことです？」

訝《いぶか》るハリーを背に、外界宿《アウトロー》の跡地へと踏み込んだ。

草が、彼の長い足の膝《ひざ》まで生い茂っている。行き止まりの空《あ》き地でありながらうらぶれた印《いん》象《しょう》を受けないのは、そこここに季節を問わない明るい色の花々が咲き誇っているためである。

その花をも踏んで、サーレは空き地の中ほどに進む。

「今は、まだアメリカの方が怖い。だから警戒《けいかい》も人員も、そっちに重点を置く。それだけのことなんだよ」

「アメリカ……例の、内乱《ないらん》ですか」

内乱。

それは十九世紀後期《こうき》、アメリカにおいて勃発《ぼっぱつ》した、フレイムヘイズにとって固有名《こゆうめい》を付けることをすら恥じた、あるいは忌《い》んだ、懊悩《おうのう》の戦い。

古来《こらい》、この漠々《ばくばく》たる広野のバランスは、『大地《だいち》の四神《ししん》』と呼ばれる強力な、ネイティブ・アメリカンのフレイムヘイズによって守られていた。自らを神の戦士と呼び、同胞《どうほう》と大地を守り続けてきた彼らは、しかし十八世紀になって俄《にわ》かに激しさを増した白人の国家的侵略《しんりゃく》に晒《さら》されることとなった。

やがて、独立《どくりつ》戦争を経て誕生したアメリカ合衆国《がっしゅうこく》（彼らにとっては、侵略者同士の内輪《うちわ》揉《も》めと名義《めいぎ》換えに過ぎない）が、他人の土地を開拓するという不気味《ぶきみ》な膨張《ぼうちょう》を始め、同胞らを圧殺《あっさつ》し始めたとき、彼らは一つの考えを持った。

すなわち、討《う》ち手としての禁《きん》を破ること——人間社会への公的・大々的《だいだい》な干渉《かんしょう》である。

世界のバランスを守る異能《いのう》者・フレイムヘイズとしては、持ってはならない考えだった。

もちろん彼らも、同胞と平穏《へいおん》に暮らしている限りは、そのような道義《どうぎ》に外れた行いなど考えたりはしなかったはずである。しかし、思い悩む彼らの目の前で、太古《たいこ》から守り育ててきた同胞と大地が、無惨《むざん》に潰《つぶ》され、無道《むどう》に奪われ続けた。白人の蚕食《さんしょく》は止まらなかった。

彼らは各々《おのおの》、『大地の四神』たる身として最善と思える行動を取っていた。一人は粘《ねば》り強く双方《そうほう》の仲を取り持とうとし、一人は幾度《いくど》も同胞らの無謀《むぼう》な撃発《げきはつ》を抑え、一人は共に泣いて、一人は静観《せいかん》を続けた。が、やはり、白人の蚕食は止まらなかった。

彼らの心情は、蚕食を前に、少しずつ、討ち手としての禁を破る方向へと、傾き始めた。

彼ら四人の力なら、白人を駆逐《くちく》すること、その国家を覆滅《ふくめつ》することは、可能なのである。

他の地からやってきた討ち手らは必死に世の理《ことわり》を説き、これを思い止まらせようとした。

が、程《ほど》なく破局は来た。

とある事件、アメリカに殺される者からの、一つの祈りという形で。

「ああ神様、助けてください。もう人間にできることはありません」

誰も非難《ひなん》し得ない、しかし決して座視《ざし》し得ない、懊悩《おうのう》の戦いが始まった。

アメリカ合衆国《がっしゅうこく》の完全破壊《はかい》……これを異能《いのう》者フレイムヘイズの手で成し遂《と》げる。

起《た》った者らにとって、これは同胞《どうほう》を苦しめる世界への、隠忍自重《いんにんじちょう》の末の、反撃だった。

既《すで》に『大地《だいち》の四神《ししん》』は誰も、契約した〝紅世《ぐぜ》の王〟たちでさえ、罪悪《ざいあく》感など持ち合わせてはいなかった。持ち合わせているわけが、なかった。

彼らの前身はいずれも、天賦《てんぷ》の才《さい》を厳《きび》しい修行によって磨《みが》き上げ〝存在の力〟への適性《てきせい》を高めてから契約した、古代の神官《しんかん》たちである。永きに渡る戦歴《せんれき》の裏付けを以って振るわれる強大な力は、まさに壮烈《そうれつ》を極めた。

ただ、不幸中《ちゅう》の幸いと言うべきか。この、フレイムヘイズにとって前代未聞《みもん》の事変《じへん》は、かねてから予想され、また備えられてもいた。調停《ちょうてい》する側とされる側、当事者の誰もが、いずれこうなる、止められない、と理解していたからである。

それでも、この北米《ほくべい》を舞台にした戦いは長引《ながび》いた。

正義を掲げ怪物《かいぶつ》的な力を振るう四人、および共鳴して起ったフレイムヘイズの一団（ネイティブ・アメリカンだけではなかった）と、それを止めるために集まった世界中の強力な討ち手たちが、真《ま》っ向《こう》からぶつかったためである。ただ暴走を止めるための戦い、誰も望んでいない戦いは――〝徒《ともがら》〟から嘲笑《ちょうしょう》と揶揄《やゆ》を受けながら――十数年もの長きに渡って続いた。

結果として、『大地の四神』は矛《ほこ》を収めた。

彼らが起った事情とも、各地の戦況《せんきょう》とも関係のない、全く別《べつ》次元の理由から。

つまり、当事者同士《どうし》の戦いによって世界のバランスを過度《かど》に乱し、崩した……この本末転倒《ほんまつてんとう》な事象《じしょう》に加え、〝徒《ともがら》〟側の動きが、混乱に乗じて悪謀《あくぼう》を張り巡らせる、討《う》ち手の手薄《てうす》になった地域で暴れ回る等、無視できない規模の活発さを見せ始めたためだった。

敗北ではなく妥協《だきょう》からの休戦として、人間社会への干渉《かんしょう》を、彼らは止めた。

そして、あるいは当然のこととして、彼らは討ち手としての存在意義《いぎ》を見失った。

同胞の命と大地を苗床《なえどこ》に発展する世界を、これまでのように守ってゆく熱意をなくしたのである。一人の調律師《ちょうりつし》が提案した、外界宿《アウトロー》で同業のフレイムヘイズらの世話をする、という道は、彼らにとってほとんど唯一《ゆいいつ》の選択肢《し》だったと言える。

南北アメリカ大陸における主要《しゅよう》四都市の強力な、決して動かない重鎮《じゅうちん》として、彼ら『大地の四神』は、今もそこに在る。彼らが守ってきた大地で未だ響《ひび》き続ける同胞らの悲鳴に、血涙断腸《けつるいだんちょう》の思いで身を焦《こ》がしながら。


炭化《たんか》して半《なか》ば土に混じっている焼け跡を、サーレはさら細かく踏み砕いてゆく。

「あの『大地の四神』たちを、ようやっと外界宿《アウトロー》の管理者に押し込んで、まだ十数年しか過ぎてない。アメリカで今も続いてることを見て、いつまた連中《れんちゅう》が立ち上がらないか、欧州《おうしゅう》では冷や冷やしながら見守ってるのさ。あんたも、レベッカあたりから聞いてるだろ?」

「ええ、まあ……」

ハリーは言葉を濁《にご》した。ハ、ワ、イ、と、い、う、地、に、在、る、白、人、しかもフレイムヘイズという共通絶対《ぜったい》の立ち位置を持たない彼にとって、内乱《ないらん》は全く耳の痛い話である。

「でも、なるほど……欧州《おうしゅう》の本音《ほんね》がそうなら、一旦《いったん》制圧した場所に精鋭《せいえい》を置いておく理由はありませんね」

「そういうこと」

サーレは肩をすくめると、体を返して空《あ》き地を出る。

「ま、こっちはやることをやるだけさ。とりあえず、近辺に〝徒《ともがら》〟がいないかどうか確かめて、いなくなった『テッセラ』の手がかりを探って、それからようやく俺たちの持ってきた方の『テッセラ』で外界宿《アウトロー》を建て直す……一体いつまでかかるやら」

「気長《きなが》に頑張《がんば》りましょう」

張り切って言うキアラに溜《た》め息と共に返す、

「おまえはいつも前向きでうらやま――」

途中で、彼は不意に視線を正面、遠くにやった。

キアラとハリーもそれを追って後ろを振り返る。

「師匠《ししょう》?」

「どうかしましたか？」

細い脇道《わきみち》の正面には、表通《おもてどお》りを行き交う雑多《ざった》な人々が垣間《かいま》見えた。立ち止まって、こちらを注視《ちゅうし》しているような人影《ひとかげ》は特に見当たらない。

サーレは改めて、周りに注意を払う。

「いや、誰かの視線を感じたような……通りがかりが覗《のぞ》いただけ、か？」

ハリーは、二人のフレイムへイズの方へと僅《わず》か、歩を下げた。

「まさか、本当に〝徒《ともがら》〟が潜《ひそ》んで？」

緊張《きんちょう》する調査官を安心させるように、二人で一人の『鬼功《きこう》の繰《く》り手《て》』は言う。

「レベッカやフリーダーが、みすみす取り逃がしてるとも思えんが」

「仮に、こんな状況になるまで潜んでるほど慎重《しんちょう》な〝徒《ともがら》〟がいたとしたら、今になって軽々しく足のつくような真似《まね》をするだろうか……答えは、否だと思うね」

とりあえず、とサーレが続けた。

「ミスター・スミス、まずは俺たちが世話になる宿に案内してくれ。まさか、ここにテント張れとは言わないよな？」

ハリーは手帳を取り出して、手配を確認する。

「は、ええ、もちろんです。あまり近場《ちかば》だと危険かと思いましたので、王宮《おうきゅう》を挟んだ反対側に取らせてもらいました」

と、そこに、

「テントはテントで楽しいですよ?」

キアラが見当はずれなことを言って、一同に小さな笑いを呼んだ。

そして、脇道《わきみち》からの死角《しかく》、表通《おもてどお》りの物陰《ものかげ》に身を隠《かく》していたドレスの女が、足早に歩き去る。

二人が案内されたのは、元《もと》ハワイ王宮であったイオラニ宮殿《きゅうでん》から東、ホノルルで豪華《ごうか》さを示すステータスである二階建ての、とあるホテルだった。

ワイキキも程近《ほどちか》いが、快適な良地というわけではない。当時のそこは養魚池《ようぎょいけ》とタロイモ畑を一面に広げる湿地帯《しっちたい》だった。ここに運河を掘り、サンフランシスコから運んだ白砂で埋め立ててビーチへと造成《ぞうせい》する工事が完了するのは、一九二〇年代も終わりの頃である。

白人の宣教師《せんきょうし》によって、サーフィンが不《ふ》道徳な遊びの烙印《らくいん》を捺《お》され禁止されていたこともあり、二階のベランダから遠く細く見える海岸線には、本当の金持ちが道楽《どうらく》の一環《いっかん》として水遊びをする姿がまばらに見られる程度だった。

それでも、キアラは初めて見る緑と水のあまりに鮮《あざ》やか過ぎる対照《たいしょう》に、目を見張った。旅装《りょそう》も解かないまま、蔦《つた》の絡む手すりの上に身を乗り出し、感嘆《かんたん》の声を上げる。

「きれい」

「夜には蚊帳《かや》がないと眠れないほど虫も来ますけどね」

背後、奥行きの広いベランダの入り口で、その蚊帳を用意しているハリーが、地元で育った者らしいあけすけさで、その感激をぶち壊した。

「……」

「どうかされましたか？」

キアラは振り向かずに髪《かみ》をいじって、小声で尋《たず》ねる。

「……やっぱり、まだ少し怒ってますか？」

「えっ、――ああ」

ようやくハリーは、先の外界宿跡《アウトロー》でのことを、まだ少女が思い煩《わずら》っていると知った。気遣《きづか》いは嬉《うれ》しかったが、少し困ってしまうところもある。

「そんなこと、気になんかしてませんよ。どうせ職務上《じょう》、ミス・トスカナにも説明するはずだった事項ですから。その、さっきのことは、単に私が無粋《ぶすい》というだけのことで」

「……本当に？」

恐々《こわごわ》と振り返る少女に、強く頷《うなず》いて見せる。

「ええ」

「よかった」

安堵《あんど》する契約者に、左右の髪飾《かみかざ》りから呆《あき》れ声が漏れた。

「だから気にしすぎなのよ」

「言ったでしょ、そーいうのは嫌味《いやみ》になるって」

「そうですよ」

ハリーはキッパリと言い切る。

「もうこの話は終わりにして、お互い任務に専念《せんねん》しましょう」

「はい」

キアラもキッパリと答えた。

そうして、ふと気付く。さっきの話があったせいか、それとも任務の報告や手続きが一段落《いち》したせいか、彼の物腰《ものごし》からは、最初に見せていた剣呑《けんのん》さが抜け落ちていた。今のハリー・スミスは、どこにでもいる勤勉《きんべん》そうな青年としか見えない。

その彼は、さて、とベッド脇に蚊帳《かや》の紐《ひも》を纏《まと》めて置く。

「夜になったら、明かりをつける前に、この紐の先のフックを上の金具に付けてください。たぶん、窓を開けないと暑くて眠れないでしょうから」

「はい」

返事がスッキリきれいなのは、この少女の特徴《とくちょう》だった。

ハリーも思わず微笑《ほほえ》む。微笑んで、外界宿《アウトロー》の経歴《けいれき》も長い者として、「フレイムヘイズとは思えない」という率直《そっちょく》な感想、しかし、人ではなくなった者に対する禁句《きんく》を呑み込む。代わりの質問で、微笑みの意味を隠《かく》した。

「ミスター・ハビヒツブルグの部屋にも蚊帳を用意しようと思ったのですが、鍵《かぎ》が閉まってましたね。どこに行かれたんでしょう？」

キアラとしては決まりきった答えを返す。

「たぶん、下のラウンジでお酒を飲んでると思います」

「いつものことなのよ。ある所では必ずガブガブ、馬みたいに飲んじゃう」

「飲んでるのにちーっとも騒がない、辛気臭《しんきくさ》い飲み方なのよねー、キャハハッ！」

お下《さ》げ左右の髪飾《かみかざ》りから、ウートレンニャヤとヴェチエールニャヤが、それぞれ静動《せいどう》反対の口調《くちょう》で笑った。

「駄目《だめ》でしょ、他所様《よそ》の前で」

「いえ、平明《へいめい》な事情の報告は、これから一緒に仕事をする者として、ありがたく参考にさせて頂きますよ」

ハリーも嫌味なく答える。ベランダに出て、キアラの横、手すりにもたれて正面の緑と青に目をやった。自身を育《はぐく》んだ楽天地《らくてんち》を見つめるにしては、少々視線が険しい。

「ミスター・ハビヒツブルグとは、長いのですか？」

「はい。弟子《でし》になったのは、契約してすぐだから……もう十年近くになります」

少し驚いた顔をされることに、キアラはもう慣れていた。

「だから、これでも二十代なんですよ」

「中身は契約したての頃と、あんま変わらないけどね」

「あんま、って言うか、全然かも！」

すかさず入る二つの茶々《ちゃちゃ》に、もう、と怒る仕草《しぐさ》は確かに見た目相応《そうおう》のものである。

「――『フレイムヘイズの精神的な成長は人間より遅いのが普通だから、アンタは特別珍《めずら》しい例じゃない』ってレベッカさんも言ってたから、これでいいの！」

「それにしても、師匠《ししょう》と弟子《でし》という関係は珍しいですね」

「はい。私も他に見たことはありません。でも、外界宿《アウトロー》に保護されたとき、皆から言われたんです。サーレ・ハビヒツブルグの下で学びなさい、って」

明るい少女の表情に、当時を思い起こしたためか、刹那《せつな》の翳《かげ》が過《よ》ぎった。

ハリーはあえて見ない振りをして、話を続ける。

「ああ見えて、大きな武功《ぶこう》も片手の指で数えられない、強力なフレイムヘイズであると聞いています。やはりそういう強者《つわもの》の下で学ぶのが、上達《じょうたつ》の最短《さいたん》距離なんでしょうね」

「そういうことも、あります」

キアラは少し、不思議《ふしぎ》な言い回しをした。小さな唇《くちびる》が、小さな声を、紡《つむ》ぐ。

「でも本当は――」

「……」

ふとハリーは、日差しに煌《きらめ》く緑の中、遠くを見やる少女、その向こうに、冷たく張り詰めたなにかが過ぎったように感じた。思いか声かに遠く呼ばれた、なにかが。

「……ミス・トスカナ、着替えも用意しておきましたから、シャワーでも使ってください。フレイムヘイズでも、女性なら水浴びは大好きだと、ミス・リードに教わりました」

感じたものを誤魔化《ごまか》すように言った彼に、

「はい。ありがとうございます。私のことはキアラって呼んでください」

キアラは過ぎったものを吹き飛ばして明るく笑い、身を翻《ひるがえ》した。

ハリーも残りの報告を済ませ、退出する。

「それでは、キアラさん。お互いの職務柄《がら》、客室係は不要ということになっていますので、細かい用があれば私に申し付けてください」

「はい。色々とどうも、……」

今度は先とは違う、無邪気《むじゃき》な伺いの視線が向けられていた。

思わず足を止めて、ハリーは尋《たず》ねる。

「なにか？」

「……『私もハリーでいいですよ』、って言ってくれないんですね」

「ああ。いえ、私はどうも、あまり親し過ぎる関係が苦手《にがて》でして。すいません」

言って、青年は困った風《ふう》に頭を掻《か》いた。

キアラも拘《こだわ》らず、明るく返す。

「お嫌なら、いいです。しばらくの間、お世話《せわ》になります、ミスター・ハリー・スミス」

「こちらこそ」

二人は軽く、握手と微笑《ほほえ》みを交わした。


キアラは、退出したハリーが、鍵《かぎ》をかける音を聞き取れないくらい遠くに立ち去るのを待った。もし鍵をかける音が彼に聞こえてしまったら、彼を早く閉め出したかったように思われてしまう。ついでに、自分が今からシャワーに入るのを宣言しているようで恥ずかしい、ということもあった。

「よし！」

フレイムヘイズの聴覚《ちょうかく》を無駄《むだ》に使って、その確認を終えるや鍵をかける。

脱衣《だつい》スペースに駆け込むと、子供のように衣服をポンポン脱ぎ捨て、お下《さ》げを解いた。広がるしなやかな髪《かみ》を後ろで緩く纏《まと》め、そこに二つの髪飾《かざ》りを結ぶ。女同士《どうし》ということで、シャワーを浴びるときも一緒に入るようにしているのだった。

そうして、やや覚悟《かくご》を持って浴室の扉《とびら》を開け、ホッとする。

「ちゃんとイギリス式だ、良かった」

浴室はホテルの格に見合った設備で、水道や据付《すえつ》けのシャワー、バスタブも付いていた。

「ホント、良かったわ」

「これで汚《きたな》い水桶《みずおけ》だけだったら、素《す》っ裸《ぱだか》で文句言《い》いに行きかねないものねー」

からかうウートレンニャヤとヴェチエールニャヤに、

「そんなことしませんよーだ」

口を尖《とが》らせて言い、蛇口《じゃぐち》を捻《ひね》る。お湯が出るまでしばらくかかったが、そもそも気温が高いので、ぬるま湯でも良かった。高い場所から落ちてくる（恐らくは）清潔《せいけつ》な水は、ただ浴びるだけで気持ちがいい。

なだらかな凹凸《おうとつ》に温水を伝わす中、なんとなく髪飾りへと訊《き》く。

「しばらく、ここに滞在することになるのかな」

「さあ？」

「なんでよ？」

訊き返されて、言い澱《よど》む。

「ん……定住したら、修行とかもスムーズに進むかな、って思った」

「そんなの、本人の心がけ次第でしょ」

「できるときはできる、できないときはできない、そーいうもんよ」

キアラは桜色《さくらいろ》に染まった頬《ほお》を膨《ふく》らませた。

（いい加減《かげん》なことばっかり）

彼女らは、本当の戦いにならないと、ちっとも真面目《まじめ》に教えてくれない。

腹立ち紛《まぎ》れに、体をガシガシと乱暴に擦《こす》った。そんなことをしても、フレイムヘイズたるの身からは存在しない垢《あか》など落ちないし、本人の実感をなぞる以上の汗《あせ》も出ないが、綺麗《きれい》になるという気分は、文字通りの精神衛生《えいせい》にも良い。

やがて擦るのにも飽きた体を、湯気《ゆげ》に透《す》かしてジッと眺《なが》める。温かな水滴《すいてき》が、次々と火照《ほて》った肌《はだ》の上を滑っては落ち、流れては消えてゆく。

「……」

もう契約から十年ほどになるというのに、ちっとも大きくならない。それもフレイムヘイズとしては当たり前のことだったが、少女としては、いつまで経《た》っても未熟《みじゅく》な自分の在《あ》り様《よう》を見せ付けられているようで、辛《つら》かった。

成長の願望が、口から零《こぼ》れる。

「……早く、歌いたいな」

「そうなったら、独り立ちじゃないの？」

「お師匠《ししょう》様と離れて生きていけるのかしらねー、私たちのキアラは」

「……」

願う先と痛い所は重なっていた。全くの図星《ずぼし》を突かれて、胸が痛む。

「……んんー」

なんとなく腹が立って、結《ゆ》わえた髪飾《かみかざ》りごと頭を乱暴にワシャワシャと掻《か》き回した。

「ちょ、なにすんのよ！」

「目、目が回るー」

あはは、と明るくも切ない声が湯気《ゆげ》の中に響《ひび》いた。


階下、サーレは一人、ラウンジの片隅《かたすみ》で酒を呷《あお》っていた。

呷ると言っても、豪快《ごうかい》にガブ飲みしているわけではない。そこそこ上物《じょうもの》らしいウイスキーをロックグラスに注《そそ》いではチビチビと飲む、という形である。そのチビチビを延々《えんえん》続けて、早くも一本、ボトルを空《あ》けているが、顔には赤味《あかみ》の差す気配《けはい》すら見えなかった。

旅装《りょそう》は未だ解いていない。つまり、暑苦《あつくる》しい上に小汚《こぎたな》い、場違《ばち》いな上に古臭い、ガンマンスタイルのままである。ハリー言うところによる「上の下」級のホテルに滞在するような客には到底《とうてい》見えなかった。

ラウンジにいる他の客は、やっかみと蔑《さげす》み、少量の恐れを混ぜた目線《めせん》をチラチラと送りつつ、彼のいる片隅だけを雰囲気《ふんいき》から切り離して、遠巻《とおま》きに各々《おのおの》の談笑《だんしょう》に耽《ふけ》っている。

港町の例に漏れず、ハワイにおいてもホテルは社交の場として機能していた。場所によって等級の上下こそあれ、安酒場《やす》も高級ホテルも、外来者を現地人が迎える、という地勢《ちせい》の凝縮《ぎょうしゅく》された一面が、何処《いずこ》とも同じように広がっている。

富裕《ふゆう》な旅客は元より、海軍《かいぐん》の軍人《ぐんじん》、船長らしき老荘《ろうそう》の男、下僕《げぼく》つきの農園主《しゅ》らしい夫婦、静養中《ちゅう》らしいラフな格好《かっこう》の紳士《しんし》、東洋系《けい》も、何処かの顔役《かおやく》と見える老人三人組から忙しく立ち働く客室係まで……人種に身分《みぶん》、種々入《い》り混じってはゴシップや商談《しょうだん》、ハワイの気候の素晴らしさ等に会話の花を咲かせ、あるいは命令と返事の遣《や》り取りを行っている。

サーレはそれらに特段、聞き耳を立てているわけではない。ただ飲んで、自分の思索《しあん》を深めて行く。アルコールの回った、目を瞑《つぶ》れば失神するのではないかというほどの状態、ただでさえ低いテンションのさらに下がった平静な感覚が、彼は好きなのだった。

余計《よけい》なことをなにもせず、この中でじっくり考える。

任務についてだけではない。

他の様々な、弟子《でし》の扱いやハリー・スミス調査官の印象《いんしょう》、外界宿《アウトロー》跡地の光景、向けられた何者かの目線、今のハワイ情勢、見聞《けんぶん》したホノルル市外の様子《ようす》、港湾《こうわん》の活気、果てはホテルの調度《ちょうど》やテーブルに挿《さ》された花の色、飲んでいる酒の味からグラスの感触《かんしょく》まで……出鱈目《でたらめ》に思考《しこう》を流して、行動するために必要な、今の自分が置かれた立場と与えられた条件を、感覚として体に染《し》みこませてゆく。

結果として呟《つぶや》く言葉は、いつも同じ。酒は、そのためのツールなのだった。

「さて、なにが出るかな」

暗闇《くらやみ》に、光の穴が一つ、空《あ》いていた。

その中から、足音を硬く鳴らして人影《ひとかげ》が進み出る。

強すぎる光を背負った影は、三つ。

その一つ、中央に在る背の高い影が、声を空洞《くうどう》に響《ひび》かせて、言う。

「なるほど、『輝爍《きしやく》の撒《ま》き手《て》』たちに代わる、新しいフレイムヘイズですか」

「ああ」

もう一つ、がっしりした影が短く答えた。

背の高い影は、歩みも声も颯爽《さっそう》と、先を行く。

「確かに、予想通りの少数ですが、外界宿《アウトロー》の再《さい》設置を担《にな》っている以上、先の制圧《せいあつ》部隊とは違って、本格的な調査を任務に含んでいることも、また予定通りでしょうね」

最後の一つ、低い影が、ひよこひよこと跳ねながら、すかさず受けた。

「では、海魔《クラーケン》どもの、騒ぎのときのように、息を潜《ひそ》め、てやり過ごす、手は」

背の高い影は、笑いを声に含む。

「使えませんね。我々としては、もう後少し、僅《わず》かな日数を稼《かせ》ぐことさえできればいい……とはいえ自由に動き回らせて、偶然当たりでも引き当てられたりしてはかないません。まずは一つ、挨拶《あいさつ》に出向くとしましょう」

その笑いが、沸き立つような歓喜《かんき》を帯びた。

「へい、それでは、作業にかかっている『黒妖犬《モディ》』どもを、かき集めます」

「いいえ、不要です」

「へい？」

状況を理解していない低い影を、背の高い影は教え諭《さと》す。

「最初の接触《せっしょく》は、ただの重要な挨拶に過ぎません。我々がこの地にいるという事実を、いつもと変わらない我々であるという演出を、見せ付けるだけでよいのです」

「へい、それでは、いって、らっしゃいま――」

「あなたも来るのです」

「へい？」

背の高い影は、再び言いなおす。

「あなたも、来るのです」

「へえ？」

低い影は素《す》っ頓狂《とんきょう》な声で返した。

怒るでもなく、背の高い影は粘《ねば》り強く説明する。

「〝燐子《りんね》〟以外に、せめて二人はいないと、我々がいるという相手への顕示《けんじ》にならないではありませんか」

「へい、でも、オレ……『黒妖犬《モディ》』どもが、いないと……」

「では、少数を伴うことにしましょう。仕上げの作業に従事している以外、雑用分《ぶん》の数匹《ひき》を集めてください」

「へい、お頭《かしら》」

また数歩、足音を鳴らしてから、背の高い影は付け加える。

「同志《どうし》ドゥーグ」

「へい」

「私のことは、お頭ではなく同志と呼びなさい。何度言わせれば、気が済むのですか？」

返事が、少し遅れた。

「……へい、でも、二百年ばかし、ずっと、お頭だったもんで……」

「昔は昔、今は今です」

「へい、同志サラカエル」

そうしてやっと二人の会話が終わり、闇《やみ》に足音だけが残る。いつの間にか、三つの影の後ろに新たな影が幾《いく》つもモゾモゾと蠢《うごめ》き続いていた。

と、準備が整ったのを見計らったかのように、がっしりした影が、短く問う。

「今回、俺の出番《でばん》はなしか」

「ええ、同志クロード。本格的に仕掛けるのは、次です」

「了解《りようかい》した。引き続き、この地の警護《けいご》に当たる」

答えて、がっしりした影は再び黙り込んだ。

程《ほど》なく前方に、出口たる明かりが近付く。

どこまでも濃密《のうみつ》な、夕日の赤。

「では、行きましょう、同志ドゥーグ」

「へい、おか──同志サラカエル」

その赤の中へと、まず二つ、続いて幾《いく》つかの影が、飛び立った。


ラウンジ片隅《かたすみ》のテーブルには、大きな地図が広げられていた。

ハワイ諸島の概観《がいかん》は、最大の島・ハワイ島を起点に、主要《しゆよう》八島がおおよそ北西に向かって連なり、そこからさらに胡麻粒《ごまつぶ》のような北西ハワイ諸島《しよとう》へと一直線《いつ》に伸びるという、所謂《いわゆる》『ハワイアン・チェーン』である。

その主要八島を大写《おおうつ》しにした地図の上に身を乗り出し、先の制圧部隊《ぶたい》による戦いから、改めて説明し直しているのはハリーである。

「——という状況のできたことから、ミス・リードは海魔《クラーケン》との決戦に先立って、橋頭堡《きょうとうほ》たるこのオアフ島を虱潰《しらみつぶ》しに探索《たんさく》、当地の安全を確保しています」

地図の周りには、作り物のように派手《はで》な色合いの魚の切り身や、眩《まぶ》しく明るい緑のサラダを満載《まんさい》した皿が並んでいる。それらより、なお多彩《たさい》なのは果物で、大皿《おおざら》にバナナやグアバ、ライムにオレンジ等々、どちらがメインディッシュか分からないほどの山盛りに積まれていた。

食べ物には手を伸ばさず、ハリーは説明を続ける。

「そして、主戦場《しゆせんじよう》となったのは、比較的島《しま》が密集して内海《うちうみ》を形成しているモロカイ、ラナイ、マウイ、カホオラヴェの四島《よんとう》。さすがに、この戦場の範囲内《はんいない》に『テッセラ』を展開し、出入りしている〝徒《ともがら》〟がいて気付かないわけがありません」

一方、二人のフレイムヘイズは、それぞれ遠慮《えんりよ》する風《ふう》もなく、皿から食べ物を取っては食べていた。サーレは、未だ呷《あお》る酒の摘《つま》みとして魚の切り身を時折《ときおり》口に放り込む、キアラは、珍しい果物を美味《おい》しそうに頬張《ほおば》る、という対照《たいしよう》的な姿である。

ハリーは気分を害するでもなく淡々《たんたん》と、自分の職務《しよくむ》を果たす。

「以上のことから、『テッセラ』が外部に運び出されることなく、不可知結界《ふかちけつかい》を張ることで隠《かく》されていると仮定した場合、その可能性のある地は、残り三島《さんとう》……東のハワイ島か、西のカウアイ島、ニイハウ島のいずれかである、と推測されます」

「ハワイ諸島の両端《りようたん》か。レベッカの奴《やつ》、戦いに必要な最低限の仕事しかしなかったな？」

不平ではなく、事実として認識《にんしき》する風に、サーレは言った。未だ崩さないガンマンスタイルが、もう一口、ウイスキーを呷る。既《すで》にボトルは三本、空《から》になっていた。

ギゾーが軽く瀟洒《しょうしゃ》に笑いかける。

「我先《われさき》にと戦いたがる者は数多《あまた》あっても、調査などという迂遠《うえん》な行為を求める者はない……フレイムヘイズとは、やはり戦士たるが本分なのさ」

その言葉には、自分たちが変わり者である、という自嘲《じちょう》も含まれていた。

キアラは特に意見もないので、オレンジの皮を剝《む》くことに専念《せんねん》している。

代わりに、お下《さ》げ左右の髪飾《かみかざ》りから言う、

「じゃ、明日から早速《さっそく》、島巡り、ってわけね」

「結界に近づきゃ、向こうから出て来るでしょーね、ワクワクしちゃう！」

ウートレンニャヤとヴェチエールニャヤに、ハリーは頷《うなず》いて見せた。

「ええ、ご存知《ぞんじ》のように『テッセラ』は一旦《いったん》動かすと結界の効力を失い、再起動《さいきどう》までの時間も相当かかる……つまり、頻繁《ひんぱん》に場所を移動させることは不可能な宝具《ほうぐ》です。本当にハワイ諸島《しょとう》に残されているのなら、地道《じみち》な足を使った捜査で、十分に発見は可能でしょう」

「頑張《がんば》りましょう！　っわ!?」

キアラが、きれいに剝けたオレンジを手にしたまま力んで、その頰《ほお》に飛沫《しぶき》を飛ばした。柑橘《かんきつ》系《けい》の酸味《さんみ》が鼻に付く。

ハリーが笑い、

「ええ、頑張《がんば》りましょう。それで、船便《ふなびん》を使うか、自力《じりき》で——」

言いかけた瞬間《しゅんかん》、
背後の窓から、恐ろしい明度を持つ光が、まるで紛《まが》い物の夜明けのように差し込んだ。

光の色は、太陽には在り得ない、碧玉《へきぎょく》。

数秒遅《おく》れて、壮絶《そうぜつ》な爆音が建物を震わせる。

「うあっ⁉」

思わずテーブルに突《つ》っ伏《ぷ》したハリーは、逆の行動を取った二人を見上げることになった。

「封絶《ふうぜつ》もなしとは、今時《いまどき》珍しい無作《ぶさ》法者《ほうもの》だな」

「可能性が一つ、消えた、か。既《すで》に『テッセラ』は運び出され、調査は平和に何事もなく、ホノルル外界宿《アウトロー》は再開して終了……それは最も望ましく、ゆえに最も得難《えがた》い」

いつもと同じように、ただいつの間にか立つ『鬼功《きこう》の繰《く》り手《て》』サーレ・ハビヒツブルグ。

「いきなり気配《けはい》が現れた……どうして？」

「腕利《うでき》きの自在師《じざいし》なら、気配を誤魔化《ごまか》す方法はそれなりにあるわ」

「ま、せーぜー実地に学んで、オーロラの高みを目指して頂戴《ちょうだい》、私たちのキアラ」

いつもの明るさを消し、真剣な面持《おも》ちで立ち上がった『極光《きょっこう》の射手《いて》』キアラ・トスカナ。

二人のフレイムヘイズを。

サーレは帽子《ぼうし》の鍔《つば》を深く引いて目線《めせん》を隠《かく》し、ハリーに言い置く。

「あんたは隠れてろ」

「参りましょうか、お嬢さん方《デモワゼル》」

ギゾーが誘うように言い、

「はい！」

「いい声上げて――」

「――ジャンッジャン歌うわよ!!」

三人が答えて、ドアが開け放たれる。

ラウンジにいた誰もが、差し込んだ碧玉の輝きに目を焼かれて視界《しかい》を失い、
やがてハリーは、討《う》ち手らが戦いの場へと去ったことを知った。


港が、船が、燃えていた。

在り得ない、碧玉を炎《ほのお》と立ち上らせて。

船員は海に飛び込み、作業員は埠頭《ふとう》を逃げ惑《まど》い、旅客は退路《たいろ》に殺到《さっとう》する。沸き返る喧騒《けんそう》と踏み躙《にじ》られた荷、あるいは人……夜の炎は狂乱《きょうらん》と恐慌《きょうこう》に拍車《はくしゃ》をかけていた。さらに、不気味《ぶきみ》な火《ひ》の粉《こ》は倉庫の屋根や積荷《つみに》、船を燻《くすぶ》らせ、新たな火の手を各所で上げてゆく。

この悪夢《あくむ》の中、聞く耳を持つ持たないに関わりなく、全ての人間を、声が叩《たた》く。

「人間よ、聞こえはしても、耳を貸さないでしょう」

高らかで誇らしげな、妙《たえ》なる男の声が。

「人間よ、知ったとしても、解《げ》せはしないでしょう」

誰も見ていない場所に、その男は立っていた。

「まずは、我らが存在を、彫《ほ》り付けるほどに聞きなさい！　刻み付けるように知りなさい！」

燃え盛る帆船《はんせん》のマスト、炎《ほのお》を上げて崩れ落ちんとする十字架《か》にも見える、頂《いただき》に。

「なれば、世界は通じるでしょう！　しかして、共に歩めるでしょう！」

炎の頂に在って、しかし燃えることのない、その姿。

妖艶《ようえん》な美貌《びぼう》を陽炎《かげろう》に揺らめかす、長身の男だった。足元まで波打ち届くような髪《かみ》、法服《ほうふく》とも見える大きく豪奢《ごうしゃ》な衣《ころも》、二つをともに靡《なび》かせて、炎の頂に確固《かっこ》と立っていた。

「今は聞かずとも彫り付けなさい、今は解せずとも刻みつけなさい、我が教示《きょうじ》を!!」

男の足元、背を丸めて従う黒く大きな犬が、まるで人のように後ろ足で立ち上がる。爛々《らんらん》と光る真円《しんえん》の両眼《りょうめ》を見開き、炎の中に風を集めて胸郭《きょうかく》に溜《た》め、一気に吐き出した。

「――バオオオオオオオオオオオオオオオ――――ンッ!!」

この、波すら乱す咆哮《ほうこう》に打たれた誰もが痺《しび》れ、海中にもがくこと、炎から逃れること、行動の自由全《すべ》てを奪われる。まるで、傾聴《けいちょう》を命に代えてでも強制するように。

痺れが広がるに連れ、人々の瞳《ひとみ》に一つの姿が浮かび上がる。

碧玉《へきぎょく》に燃え盛るマストの頂に立つ、異様《いよう》な男の姿が。

誰も耳を塞《ふさ》げない。誰も目を逸《そ》らせない。

その男は、ポン、と犬の頭に手を置いて行為を労《ねぎら》うと、再び炎の頂で両手を差し上げ、衣を髪を大きく広げ、熱風に靡かせる。

「我らは〝紅世の徒《ぐぜのともがら》〟――この世を人間と紡《つむ》ぐ来訪者!!」

と、波打つ髪に幾十《いくじゅう》、百と、細く光が差した。

男に差す後光《ごこう》、あるいは自身で照らす明かりのように、幾つもの光が差した。

「我らが力に触れて彫り付けなさい。我らが理《ことわり》に触れて刻み付けなさい」

それらが、一斉《いっせい》に開く。

無数の、縦《たて》に裂《さ》けた目として。

髪の広がる中に開く、無数の目が、人々を凝視《ぎょうし》した。

「知られざる隣人《りんじん》〝紅世の徒《ぐぜのともがら》〟の存在を、認識《にんしき》するために!!」

溺《おぼ》れつつも、焼かれつつも、倒れて折り重なりつつも、人々は見せ付けられる。寸分《すんぶん》の意味も摑《つか》めない、しかし、知らないものを知る高揚感《こうようかん》を煽《あお》られる、教示の中で。

「我らは名乗ります……超常《ちょうじょう》の力を振るい、以って迷妄《めいもう》を啓《ひら》き、世を革《あらた》める団《あつまり》……」

いつしか男の語る言葉、その絶頂《ぜっちょう》が来ることの予感と期待を、髪の間に無数開《ひら》いた目から流し込まれるように、人々は抱かされていた。
「その名は──」
瞬間《しゅんかん》、
炎《ほのお》が一面、上に突き抜けた。
燃え盛る碧玉《へきぎょく》とは違う──菫色《すみれいろ》の炎が。
それは、大地に海面に奇怪《きかい》な火線《かせん》による紋章《もんしょう》を残し、辺り一円《いちえん》に陽炎《かげろう》のドームを立ち上らせて、ホノルル港全域《ぜんいき》を覆《おお》ってゆく。人々は硬直以上《いじょう》の静止《せいし》状態となり、波も埠頭《ふとう》を打つ最中《さいちゅう》で固まる。碧玉の炎だけが一瞬《いっしゅん》の遅滞《ちたい》を見せて、またすぐ燃え始めた。
これら、突如《とつじょ》として眼前に展開された異界《いかい》の光景を、男は忌々《いまいま》しげに見やる。
〝存在の力〟によって引き起こされる不思議《ふしぎ》──自在法《じざいほう》の一つ、
正《せい》反対の性質に拠《よ》る天才《てんさい》二人が編み出した、新しく簡便無比《かんべんむひ》な業《わざ》、
内包《ないほう》された全てを世の人々の認識《にんしき》から隔離《かくり》してしまう、因果《いんが》孤立《こりつ》空間、
数十年近来《きんらい》という短期間で〝徒《ともがら》〟とフレイムヘイズの間に広まった隠蔽《いんぺい》の結界《けっかい》、
その帯びたる長所特性《とくせい》ゆえに、男らにとっては許し難い、世界を停滞《ていたい》させる行いの証《あかし》、
『封絶《ふうぜつ》』。

と、男の耳に、気の抜けた声が届く。

「知ってるよ。[革正団《レボルシオン》]、だろう？」

「！」

自身が高らかに告げようとしていた集団の名を、力なく先取りされて、男は不快げに眉根《まゆね》を寄せた。声のあった方角へと、髪《かみ》の間に開いた無数の目ともども、視線を巡らせる。

燃え盛る倉庫の屋根に、静止しない人影《ひとかげ》が在る。

それは、散歩に出たように軽く立つ、一人のガンマン。

男は、場違《ばちが》いにしか見えない登場へと、丁重《ていちょう》に挨拶《あいさつ》する。

「よくぞお越しくださいました……『鬼功《きこう》の繰《く》り手《て》』サーレ・ハビヒツブルグ、ですね？」

名を呼ばれたガンマン・サーレは、常と全く同じローテンションで答える。

「ああ、よくご存知《ぞんじ》だ。まさか、隠《かく》れてたのがお前たちだったとはな。ハワイくんだりまで漕《こ》ぎ出して布教《ふきょう》とは、まったくマメなことだ」

「布教、という表現には、いささか以上に異論《いろん》もありますが……まあ、先駆《せんく》者とは理解されぬもの、その言《げん》も今は、甘んじて受けておきましょう」

男は笑って、宮廷《きゅうてい》の儀礼《ぎれい》とも見える優雅《ゆうが》さで、胸に右手を当て、

「我が名は〝征遼《せいりょう》の睟《すい》〟サラカエル。そして彼は――」

次に、自分の足元に在る、黒く大きな犬に掌《てのひら》を向けた。

「――同志《どうし》〝吠狗首《はいこうしゅ》〟ドゥーグ……共に、栄《は》えある［革正団《レボルシオン》］の一員です」

「グルルルルゥ……」

言葉ではなく、直立・猫背《ねこぜ》の身を低く伏せて唸《うな》りを上げる〝徒《ともがら》〟に、サーレは僅《わず》か目をやって、また戻す。とりあえず主犯と話をしなくては始まらない。

「栄えある、か。こっちには、最近、質《たち》の悪い与太話《よたばなし》を吹いては暴れ回ってる連中《れんちゅう》がいる、てな感じで伝わってるんだがね」

燃えるマストの上に立つ男・サラカエルは苦笑《くしょう》で答えた。

「ふふ……あらゆる誤解《ごかい》は身の不徳《ふとく》、おいおい正させて頂くとしましょう。今日のところは、ご挨拶《あいさつ》だけでも受けて頂ければ重畳《ちょうじょう》」

（流石《さすが》に、この程度の安い挑発《ちょうはつ》には乗らないか）

口先では馬鹿にし、またそのように語るフレイムヘイズがいたことも事実だったが、サーレの本心としては、必ずしも彼らを侮《あなど》っているわけではない。

（なんといっても、質が悪い、ってのは本当のことだからな）

思いつつ、周囲の炎《ほのお》の中から揺らめく影が忍《しの》び寄っていることを感じる。

「じゃあ、そのご挨拶とやらを受けよう――」

言い終えるのも待たず、彼を挟むように両脇《わき》の炎を、二つの影が突き破った。飛びかかるそれらは、犬の面《めん》を着けた毛むくじゃらの怪物《かいぶつ》。

「――っか！」

構わず言葉を締めたサーレが、いつの間にか両腕を顔の前で交差させている。

ガンマンの早撃《はやう》ちとも見える、神速《しんそく》の動作だった。

しかし、左右の手に握られている物は、銃ではない。

木片《もくへん》を十字型《がた》に組んだ、マリオネットの操具《そうぐ》だった。

糸の結《ゆ》わえられていないこれらこそ、彼に異能《いのう》の力を与える〝紅世《ぐぜ》の王〟、〝絢《あや》の羂挂《けんけい》〟ギゾーの意思《いし》を表出《ひょうしゅつ》させる二丁《にちょう》一組の神器《じんぎ》『レンゲ』と『ザイテ』。二つの操具からは、不可視《ふかし》の力で編まれた糸が幾《いく》つも伸びて、今立ち上がった人形の全身に繋《つな》がっている。

マストの上に在るサラカエルも思わず、

「ほう……」

現出した妙技《みょうぎ》に、嘆声《たんせい》を漏らしていた。

両脇から不意を突いて飛びかからせたドゥーグの〝燐子《りんね》〟である『黒妖犬《モディ》』、その鉤爪《かぎづめ》を生《は》やした太い腕を、燃える屋根の建材でできた操《あやつ》り人形が受け止め、捕らえていたのである。炎は、彼の支配を受けた瞬間《しゅんかん》に碧玉《へきぎょく》から菫色《すみれいろ》に変色していた。

「それが噂《うわさ》に高い『鬼功《きこう》の繰《く》り手《て》』の人形芝居《しばい》ですか」

「オ、オレの『黒妖犬《モディ》』」

ドゥーグが真円《しんえん》の目を、より大きく見開く。

彼の〝燐子《りんね》〟『黒妖犬《モディ》』は、犬の面《めん》と毛皮で覆《おお》った二足《にそく》歩行の岩石獣人《がんせきじゅうじん》である。それが、燃え滓《かす》同然の建材を芯《しん》にしただけの炎《ほのお》に受け止められていた……どころか、捕らえられた腕を砕き潰《つぶ》されつつあった。

サラカエルは、脅威《きょうい》を認識《にんしき》しつつも笑う。

「あらゆるものを繋《つな》ぎ止め、操《あやつ》る……なかなか面白い大道芸《だいどうげい》ですね」

「どうも。それじゃ次は」

サーレの短く緩んだ返答に、

「お手玉《ジャグリング》など如何《いかが》かな!?」

ギゾーの明るく鋭い叫びが連なり、二丁《にちょう》の操具《そうぐ》に絡んだ指が玄妙《げんみょう》の捌《さば》きを見せた。

その繰《く》りに合わせ、両脇《わき》の人形が捕らえていた『黒妖犬《モディ》』を投擲《とうてき》する。

恐ろしいまでの速度と正確な狙《ねら》いで、自分たちの許《もと》に飛んでくる岩の塊《かたまり》たる〝燐子《りんね》〟を、サラカエルは掌《てのひら》を向けて受け止めようとした。

と、

「!?」

飛んでくる『黒妖犬《モディ》』の中心が弾《はじ》け、より強く速い力の塊が突き進んでくる。

否、飛ばした『黒妖犬《モディ》』をブラインドに、背後から新たな攻撃が射ち放たれたのだった。

僅《わず》かな驚きを持って、サラカエルは封絶《ふうぜつ》の空に逃れる。もたつくドゥーグの首を摑《つか》んでゆくことも忘れない。逃れた風も去らぬ間に、その攻撃がマストの頂《いただき》を爆砕《ばくさい》した。

「なるほど……確かに、お美しい」

目に鮮《あざ》やかなその輝きを、サラカエルは賛辞《さんじ》で迎えた。

言う間にも、次々と彼らを狙って光が発射される。

「お、お頭《かしら》」

「同志《どうし》と呼びなさい」

二人は、と言うよりドゥーグを摑んで飛ぶサラカエルは、射線《しゃせん》を読んで巧《たく》みに攻撃を回避《かいひ》してゆく。封絶《ふうぜつ》が形作る陽炎《かげろう》のドーム内を、まるで幽鬼《ゆうき》のように妖《あや》しくも軽やかに舞う。

その後を追って幾《いく》つも射ち放たれる光は、フレイムヘイズが攻撃に多用する破壊の力の具現《ぐげん》化《か》、炎の迸《ほのおほとばし》りである炎弾《えんだん》ではない。まるで光の幕が細く棚《たな》引き押し寄せるような、不可思議《ふかしぎ》な力だった。緑から黄色、また赤や紫《むらさき》へと鮮やかに色を偏移《へんい》させ、また突然《とつぜん》直線に伸びて獲物《えもの》に迫るそれは、まるで極小《ごくしょう》のオーロラ。

射ち放った者は、サーレの僅《わず》か後方、低い物見櫓《ものみやぐら》の上に立っていた。

同じ光からなる弓を構えて正面を見据《みす》える、『極光《きょっこう》の射手《いて》』キアラ・トスカナである。

鏃《やじり》の髪飾《かみかざ》りは今、光の弓の両端《はし》となって左手に展開している。これこそ彼女と契約し、異能《いのう》の力を与える〝紅世《ぐぜ》の王〟、〝破暁《はぎょう》の先駆《せんく》〟ウートレンニヤヤと〝夕暮《せきぼ》の後塵《こうじん》〟ヴェチエールニヤヤの意思《いし》を表出《ひょうしゅつ》させる神器《じんぎ》『ゾリャー』だった。

「ただ射ちっ放しにするだけじゃ炎弾《えんだん》と同じだ、って言ってるでしょ？」

「極光《きよっこう》の複雑な棚引《たなび》きを、弾道《だんどう》全体に及ぼせるようコントロールするのよ！」

「はい！」

契約した〝紅世《ぐぜ》の王〟らに小気味《こきみ》良く返すと、キアラは光の弓の握りに手を当て、新たな光の矢を作り出す。まるで実体の弓がそこに在るように、力いっぱい弓弦《ゆづる》を引き絞《しぼ》り、放つ。

光の矢は極光の棚引きを航跡《こうせき》と引きながら、宙に在るサラカエルとドゥーグに向かった。弾《だん》道《どう》は、未だ緩い曲線を描くのみで、歴戦《れきせん》の強者《つわもの》であれば回避《かいひ》も容易《たやす》い。

まさにその強者であるサラカエルは笑い、

「これが『極光《きよっこう》の射手《いて》』……こちらも噂《うわさ》どおりの美しさ」

文字通り、矢継《やつ》ぎ早に繰《く》り出される射撃《しやげき》を避ける。

「ですが、未だ荒い。この程度の攻撃で、私たちを討《う》てるとお思いですか？」

「まさかな」

サーレの声と共に、
サラカエルとドゥーグを、巨大な掌《てのひら》が襲《おそ》った。

「む⁉」

「う、お‼」

メキメキと音を立てて動くそれは、先まで彼らが立っていたマストを芯《しん》とした、菫色《すみれいろ》の炎《ほのお》からなる炎の巨人。先に『黒妖犬《モディ》』を受け止め投げ飛ばしたものとは、大きさも操《あやつ》る力の規模も桁違《けたちが》いだった。

(今の射撃は、この巨大な人形を作るための時間稼《かせ》ぎでしたか……なるほど、容易い相手ではありませんね)

と「革正団《レボルシオン》」の男は、今度は余裕《よゆう》ではなく充実の笑《え》みを浮かべる。

(やはり実際に一当《ひとあ》てしなければ、手強《てごわ》さとは実感できないもの)

サーレは未だ倉庫の上に在り、両手の操具《そうぐ》で巨人を操っている。サイズが大きくとも彼にはそれほどの負担《ふたん》はないようだった。炎の巨人は縦横《じゅうおう》に、腕のみならず、足をも振るって、二人を追い回す。その大雑把《おおざっぱ》な動作の隙《すき》には、

「連射《れんしゃ》で威力《いりょく》は弱まらないわよ、ガンガン射なさい」

「むしろ速射すればするだけ弾幕《だんまく》ができる、体で覚えて!」

「はい!」

キアラの抜け目ない援護《えんご》射撃があった。

フレイムヘイズらの息の合った連携《れんけい》攻撃をようやっとかわす中、

(結構《けっこう》……戦いのタイプ、長所と短所、見るべきものは全て、見せて頂きました)

サラカエルは、これから戦う相手の実力に大よその見切りを付け、手に摑《つか》んだ、頼りない同志《し》へと声をかける。

「同志《どうし》ドゥーグ、そろそろ良いでしょう」

「へ、へい」

言われたドゥーグは、残りの〝燐子《りんね》〟『黒妖犬《モディ》』に指示を送る。

それを受けての襲撃《しゆうげき》は、

「キアラ！」

「来たわよ!!」

手強《てごわ》そうなサーレではなく、未熟《みじゆく》と見えるキアラに敢行《かんこう》された。

「はい！」

返事をする下、彼女の立つ物見櫓《ものみやぐら》を、立ち上がった影と見える『黒妖犬《モディ》』が数体、猛烈《もうれつ》な速さで駆け登る。勢いを落とさず一気に、櫓の上にいるフレイムヘイズへと殺到《さつとう》した。

それらの鋭い爪《つめ》は、誰もいない櫓の空気を虚《むな》しく切り、

「——」

戸惑《とまど》う襲撃《しゆうげき》者らを、頭上からの極光《きよつこう》の輝きが眩《まぶ》しく照らす。

「——いやっ！」

既《すで》に中空で射撃《しやげき》体勢を整えていたキアラは、真下《ました》へと強力な一撃《いちげき》を、遠慮《えんりよ》なく射ち放った。

一撃、数体の『黒妖犬《モディ》』が櫓ごと、美麗《びれい》な光の中で撃砕《げきさい》される、

(今です)

サラカエルは巨人の足元で燃える船へと飛び込んだ。キアラへの攻撃は、彼女を倒すためのものではない。炎《ほのお》の巨人への援護《えんご》射撃を途切《とぎ》れさせる、牽制《けんせい》が目的だった。

「ん?」

警戒《けいかい》し、巨人の歩を下げたサーレの瞳《ひとみ》を、爆発の閃光《せんこう》が焼く。

内側から受けた壮絶《そうぜつ》な威力《いりょく》で粉々《こなごな》に飛び散った船、その無数の破片《はへん》が宙で止まり、

《お見事でした、『鬼功《きこう》の繰《く》り手《て》』、それに『極光《きょっこう》の射手《いて》』》

サラカエルの言葉を響《ひび》かせる炎の目を同じく無数、その表面に浮かび上がらせた。

《お二方《ふたかた》への挨拶《あいさつ》も済んだことですし、今日はこの辺りでお暇《いとま》いたします》

「威勢《いせい》のいい演説の割に弱腰《よわごし》なことだ」

サーレ再びの挑発《ちょうはつ》にも、当然乗《の》ってはこない。

《そう焦ることもないでしょう。しばらくは美しき島々の風情《ふぜい》でも楽しみながら、お待ちくださ い。私どもも、相応《そうおう》のお土産《みやげ》を用意してから、また伺《うかが》います》

言って、宙で無数《むすう》舞っていた目が、戦いが始まってから全く位置を変えていない——どころか半歩たりと動いていなかったサーレを、一斉《いっせい》にねめつけた。

《それでは、ごきげんよう》

僅《わず》か、笑《え》みの形を作ってから、全ての破片《はへん》が再び爆発した。

「ちっ」

「師匠《ししょう》!」

船が弾《はじ》けたときの数倍はある強烈な爆発に、炎《ほのお》の巨人、周囲の船、崩れかけた倉庫、埠頭《ふとう》の一部、静止した人々、そして二人のフレイムヘイズ、全てが巻き込まれ、吹き飛ばされた。

ただ一人、封絶《ふうぜつ》の端《はし》で様子《ようす》を窺《うかが》っていたドレスの女を除いて。

2　艱禍《かんか》の理想

ここ数十年の近時、急速に〝紅世《ぐぜ》の徒《ともがら》〟の間で囁《ささや》かれるようになった組織名である。

［革正団《レボルシオン》］。

囁かれる、というのは、この組織には明確な首魁《しゅかい》や組織としての実体が見当たらない、という奇怪《きかい》な現象《げんしょう》による。世界各地の〝徒《ともがら》〟が、散発《さんぱつ》的に自らをその一員と名乗るようになっていった、ということでは前代未聞《みもん》の組織——正確には集団と言うべきか——だった。

それが、どうやら一つの思想《しそう》によってのみ繋《つな》がっているらしい、ということをフレイムヘイズらが知ったとき、既《すで》にその支持者・共鳴者は相当な数にまで膨《ふく》らんでいた。

彼らの思想、それは『人の世に自分たちの存在を知らしめる』という一点に集約される。

それまでの〝徒《ともがら》〟は、己《おのれ》の欲望だけを見、それ以外を余事《よじ》と考えていた。フレイムヘイズとの戦いも、世間に自分の存在を知られることも、余事の大きな一つ。欲望本来《ほんらい》の成就《じょうじゅ》に差し障《さわ》りが出るものは、極力排除《はいじょ》し、回避《かいひ》する。当然のことだった。

が、その当然のことが、［革正団《レボルシオン》］の出現で、大《だい》転換する。

長くこの世に在り、共に暮らす住人として（人間には迷惑《めいわく》な隣人《りんじん》でしかないが）、消えることなく明らかな形で加わりたい……自己を直接的に利する次元のものではない、この不可思議《ふかしぎ》な欲求に、〝徒《ともがら》〟たちは突然の傾倒《けいとう》を始めたのだった。

市民革命《かくめい》で鼓吹《こぶ》された権利《けんり》思想からの感化。国民国家群《ぐん》の成立とともに広まった、民族《みんぞく》への帰属《きぞく》意識やナショナリズムの盛り上がりによる、〝徒《ともがら》〟という『種の自覚』への触発。新しくはアメリカの奴隷廃止宣言《どれいはいしせんげん》によって受けた衝撃《しょうげき》。また、広まり始めた因果孤立《いんがこりつ》空間を形成する自在法《じざいほう》『封絶《ふうぜつ》』による存在隠蔽《いんぺい》への反発《はんぱつ》運動としての一面。果てはこの世に流れ来た導きの神による啓示《けいじ》等々、思想成立《せいりつ》の要因については諸説《しょせつ》あって定まらない。

ともあれ、人間社会の発展が、同じ精神を持つ〝徒《ともがら》〟たちに憧《あこが》れを抱かせ、その中に入ることを熱望《ねつぼう》させた、というのが諸相《しょそう》の根源的な理由と分析《ぶんせき》された。同時期に、本性《ほんしょう》のままの姿で顕現《けんげん》する者の数が激減し、人化《じんか》の自在法で人間と同じ姿を取る者が反《はん》比例的に増えたのも、この心理的潮流《ちょうりゅう》と無関係ではなかっただろう。

この運動が、欧州全土《おうしゅうぜんど》で一斉《いっせい》に湧《わ》き上がる、『封絶《ふうぜつ》を張らないまま、人間の眼前で自己の存在を宣布《せんぷ》する戦争』――戦う相手はフレイムヘイズなどという小さなものではない、人間社会である――へと規模を拡大するまでには、これよりさらに三十年の熟成《じゅくせい》を必要とする。

二十世紀初頭《しょとう》という時期においては、未だ〝征遼《せいりょう》の睟《すい》〟サラカエル等、急進的な〝紅世《ぐぜ》の王〟らが潜在《せんざい》的な同調者を増やしている、という段階である。

その、はずだった。

巨大な空洞《くうどう》を緩く取り巻いて続く、とてつもなく径《けい》の大きな螺旋《らせん》階段。

等間隔《とうかんかく》に強烈な光を撒《ま》き散らすアーク灯《とう》が配置された場所以外《いがい》は、空間の大きさに呑まれて薄暗い。代わりに、騒音《そうおん》が遠く、空間の奥底から響《ひび》いていた。動き回る気配《けはい》、果てなく繰《く》り返される槌音《つちおと》、断続的な稼《か》動《どう》、蒸気の噴出《ふんしゅつ》や破裂《はれつ》……と、

そこに足りなかった唯一《ただひと》つのもの、人の声が、空洞を渡り響いた。

「いくらなんでも、度が過ぎているのではありませんか？」

ところどころ木製と鉄製、いい加《か》減《げん》に継ぎ足されたそこを降りつつ、女は糾弾《きゅうだん》する。

「封絶《ふうぜつ》しないまま、ホノルル港を焼き払うなんて。港湾《こうわん》施設は五分の一が壊滅《かいめつ》状態となり、犠《ぎ》牲《せい》者も相当な数に上っています。この世に〝紅《ぐ》世《ぜ》の徒《ともがら》〟が在ることを示し、人間との『明白な関係』を持つことを目指しているのなら、なぜこのような惨《むご》い真似《まね》を――」

「やはり、分かってもらえていなかったのですね」

その前を悠然《ゆうぜん》と下りて行く〝征遼《せいりょう》の睟《すい》〟サラカエルが、振り向きもせずに返した。今は髪《かみ》の間に開く無数の目もない、物静かな聖職者《せいしょくしゃ》の佇《たたず》まいである。

「分かっていない、とは、どういうことでしょう？」

人間である女の、恐る恐る探るような声に、彼は自分の進む道程《みちのり》の長さを感じた。できるだけ冷静に、高圧的にならないように、理解の至らない者への説明を始める。

「我々［革正団《レボルシオン》］の行動意図《いと》が、です。貴女《あなた》は今まで、連絡役《やく》だった同志《どうし》クロードとしか直接的に顔を合わせていなかったからでしょうか……我々［革正団《レボルシオン》］のことを、ただ人と仲良く手を取り合おうと考えている夢想家《むそうか》、それとも適当な口実《こうじつ》で世界を荒らす化け物、程度にしか思われていないのではありませんか？」

「――い、いえ、そのようなことは、決して！」

強い否定の口調《くちょう》が、かえって内心《ないしん》の肯定を裏付けてしまう。

「私はただ、初めて直接お会いできたこの機会に、改めてお考えを伺《うかが》いたかった、だけで」

無理に後を続けても言い訳にしかならない、それを女自身《じしん》も理解した、と察した上で、サラカエルは笑う。

「正直に言って頂いて構いませんよ。理解されないことには、慣れています。それに、時が至った今、その理解を深めて頂こうと貴女をお招きしたのですから、むしろ疑問や不審《ふしん》に対するのは望むところです」

「申し訳……ありません」

声が、先の糾弾《きゅうだん》の勢いも忘れ、消沈《しょうちん》した。

が、会話そのものへの熱意が薄れてしまった、その屈従《くつじゅう》の反応に、かえってサラカエルは閉《へい》口《こう》する。せっかくの会談も、こんなに萎《な》えた心根《こころね》で行われては意味がなかった。彼は、対等に接し接される者《もの》以外に用はないのである。

「貴女が会話を遠慮《えんりょ》するのは、私が〝紅世《ぐぜ》の王〟だからですか？」

「えっ？」

唐突《とうとつ》な質問に、女は思わず顔を上げた。

「下手《へた》なことを口にすれば命が危ない、と思っているから、正直な話ができないのですか？」

「そ、それは」

サラカエルはやはり振り向かず、話を続ける。

「だとしたら、悲しいことです。追従《ついしょう》や迎合《げいごう》の精神に遮《さえぎ》られて、率直《そっちょく》な意見交換《こうかん》ができないのであれば、お招きした甲斐《かい》もありません」

「……」

「私には、力を背景にお世辞《せじ》を強要《きょうよう》する趣味《しゅみ》はありませんし、今、貴女を喰らう気もありません。もちろん、強大な妨害者が現れれば、立ち向かいます。この世で生きるため、食すべきは食します。しかし、今はそのときではない。私の言葉の意味を、お分かり頂けますか？」

「……はい」

「結構《けっこう》」

自分が話を始めるための、相手が話を続けるための、大前提《だいぜんてい》をようやく理解させてから、サラカエルは本題を継ぐ。

「よろしいですか？　我々［革正団《レボルシオン》］の掲げる『明白な関係』とは、痴愚《ちぐ》の寛容《かんよう》を持って手を取り合う行為でも、放埓《ほうらつ》な捕食《ほしょく》の言い訳でもありません。我々と人間の間に在る力の差をも、互いの在り様として認識《にんしき》し合う関係を打ち立てよう、ということなのです」

「それでは、人間は……」

「ええ、今まで隠《かく》れていた、喰らい喰らわれる関係が表《おもて》に出る。つまりこれは、人間が虐《しいた》げられている種族《しゅぞく》である、と公《おおやけ》に認めさせることと同義《どうぎ》です」

「!!」

女は絶句《ぜっく》した。彼女がこれまで［革正団《レボルシオン》］に協力してきたのは、全く個人的な理由と目的によるもので、人類をそのように貶《おとし》める暴挙《ぼうきょ》に加担《かたん》したつもりなどなかったのである。ようやく、浅い呼吸を繰り返して、今日初めて実際に顔を会わせた〝王〟に、言う。

「そ、そんな無茶苦茶《むちゃくちゃ》なこと、が」

前を行くサラカエルは、緩いカーブを描く螺旋《らせん》階段をどこまでも、暗闇《くらやみ》に向かって下りてゆく。その聖職者然《せいしょくしゃぜん》とした姿は今、女の目の中で、冥府《めいふ》に誘《いざな》う死神《しにがみ》へと転じていた。発する声だけは、どこまでも穏《おだ》やかである。

「無茶苦茶、というほどのことではありませんよ。そう、このハワイの地が良い例です。当地の先住民族《せんじゆうみんぞく》は今、どういう扱いを受けています？」

「……」

　女は、答えを知っていた。

「この地に来航《らいこう》した者たちは、天然痘《てんねんとう》・腸チフスなどの病原菌《びょうげんきん》で人間を殺し、宣教師《せんきょうし》による布教《ふきょう》で古来《こらい》の文化慣習《かんしゅう》を殺し、農地のプランテーション化で川や田等《など》の生活風土《ふうど》を殺し、遂《つい》には王国へのクーデターで共同体としての体制をも殺した」

「……」

「しかしそれは、無茶苦茶、という漠然《ばくぜん》とした非難《ひなん》には値しないものです。来航がハワイ人の生活に一定の改善を齎《もたら》したのは事実ですし、そもそも殺された統一ハワイ王国とて、その来航した白人の力を使って成立したもの……しかも、覇業《はぎょう》の途上で同じハワイ人を多く殺しています。事は善悪という難しいものではなく、程度の大小という簡単なものです」

　と、二人の前に、螺旋階段に付けられた広い踊り場が現れた。

　太いワイヤーの付いたクレーンのフックが幾本《いくほん》か、壁際《かべぎわ》に下りているところから見て、どうやら資材搬入用《はんにゅうよう》のデッキであるらしかった。

　サラカエルはその片隅《かたすみ》、本来の通路から出っ張った部分にある、やはり運搬《うんぱん》用らしいリフトへと向かう。入り口、手動の大きな引き戸を開けて、女を導いた。

「どうぞ」

「あ、ありがとう、ございます……」

この物腰《ものごし》の柔らかな男から、先のような恐ろしい言葉の出たことに、女は戸惑《とまど》わざるを得ない。それが〝紅世《ぐぜ》の王〟の本性《ほんしょう》なのか……しかし彼の言動には、恫喝《どうかつ》の荒々しさや虚偽《きょぎ》の空々しさが、不思議《ふしぎ》と感じられなかった。

サラカエルは引き戸を閉め、下降のレバーを下ろす。一瞬《いっしゅん》の衝撃《しょうげき》の後、ゆっくりと下降を始めたリフトの中、今度は腕組みをして正面から続ける。

「翻《ひるがえ》って、より大きく見た場合、我々〝紅世の徒《ぐぜのともがら》〟と、貴女《あなた》たち人間とでも、同じことが言えるのではありませんか？　白人たちは海を越えてハワイに現れて住み着き、その地にある人々を九割がた死に至らしめ、代わりに移民を招き入れ、本来在《あ》った彼らの世界を全く違うものに作り変えた」

今は二つしかない目が、研《と》ぎ澄《す》まされた理性《りせい》の目で、女を射る。

女には次の言葉が分かっていた。

「ならば、世界の狭間《はざま》を渡って来た〝紅世の徒《ぐぜのともがら》〟も同じことをすればいい。それはむしろ、世界の法則に見合った行為と言えるでしょう」

「しかし、人間と〝徒《ともがら》〟は、異なる生物……いえ、存在です。彼我《ひが》の力量には、人種《じんしゅ》程度では埋めることのできない絶対的な差があります。とても同一のものと捉《とら》えるわけには」

辛《かろ》うじて一点、女が事実から見出した反論は、

しかし意外《いがい》な言葉で返された。

「そう、貴女の言うとおり。だからこそ我々は『明白なる関係』を掲げているのです」

「えっ？」

面食《めんく》らう女に、サラカエルはあくまで平静に尋《たず》ねる。

「一つ、お訊《き》きしますが……これまでの世界の状態は、たった今、私が述べた状態と、どう違っています？」

「どう、と言われても……、っ！」

女は、ハッとなった。

「そう、私が述べた状況、そのものなのですよ。彼我の力に絶対的な差があるために、人間は一方的に喰われ、〝存在の力〟を利用され続けてきた。虐《しいた》げられている、という自覚がない分、むしろ人間同士《どうし》の場合より性質は悪いと言えるでしょう」

「そ、それでは」

ようやく得心《とくしん》した女に、サラカエルは笑顔を見せた。それは単純な感情の産物ではない、自分の正しさを理《ことわり》によって計り知る者が、自身の理解者を迎える笑顔だった。

「ええ。我々は、無自覚なまま虐げられていた人間に、教え、伝えるのです。我々はここにいる、と。そうして『明白なる関係』を築くことで初めて、両者は――」

いえ、と彼は言いなおす。

「人間は、自分の在《あ》り様《よう》を見つめ直し、現状を改善《かいぜん》するための入り口に辿《たど》り着くことができるのです」

その『理性の聖者《せいじゃ》』の姿に、降りるリフト外部からの照明が差し、女は俄《にわ》かな光背を錯覚《さっかく》させられる。彼の言葉への戸惑《とまど》いは、氷解《ひょうかい》していた。恫喝《どうかつ》や虚偽《きょぎ》どころではない、彼は人間の不《ふ》遇《ぐう》を誰よりも正確に認識《にんしき》し、また深く憂《うれ》えていたのである。

「私は欧州《おうしゅう》で、様々な人間の流れを見てきました。ローマは偉大な歴史を残して追い払われました。猛威《もうい》を振るったフン族もタルタル人も去りました。キリスト諸《しょ》国家とイスラム帝国《ていこく》はぶつかり合い交じり合い、互いに発展しました。宗教は改革を始め、市民は王権《おうけん》に革命《かくめい》で挑《いど》み、植民地《しょくみんち》には自力《じりき》で立つものも出始めました。長く悲劇《ひげき》的な劫略《ごうりゃく》を受け続けてきたアフリカの奴《ど》隷《れい》でさえ、外的要因《よういん》によるとはいえ名目《めいもく》上の自由を得ました」

一息を置いて、サラカエルは自身の結論を言う。

「私は、人間を信じています。これまで以上の辛苦《しんく》となるに違いない、〝徒《ともがら》〟と人間の隔《へだ》たりに面してなお、新たな超克《ちょうこく》を得られる、と。そうした後こそが、両種族にとって最善《さいぜん》の関係である、と。私は、そのための道を、切り拓《ひら》きたい」

言葉を象《かたど》るように、リフトが鈍い衝撃《しょうげき》とともに止まり、新たな道が彼女の前に拓ける。

〝征遼《せいりょう》の睟《すい》〟サラカエルの手で。

ただ、女は彼の正しさを理解しつつも、それが齎《もたら》す恐怖の結果——恐らくは、誰も彼と同じ道を選べなかった理由に違いない——についても、口にせざるを得なかった。

「しかし、そこに至るまでには、今までとは比べ物にならない波乱《はらん》──」

言葉を飾ろうとした自分を恥じて、言いなおす。

「虐殺《ぎゃくさつ》や戦争が、起きるのではありませんか？」

その予測は当然、サラカエルも立てている。率直《そっちょく》に認め、頷《うなず》いた。

「起きるでしょう、間違いなく。私も、その端緒《たんしょ》として、既《すで》に多くの人を殺しています。これからも、さらに多くの人を殺すでしょう。それだけではない、我々［革正団《レボルシオン》］が『明白な関係』の表明《ひょうめい》に乗り出したとき、フレイムヘイズからだけでなく……恐らくは、いえ間違いなく、同胞《どうほう》からも、空前絶後《くうぜんぜつご》の拒絶《きょぜつ》反応が出るはず」

言うと、再び歩き出す。

乗り換えるリフトや階段は、周囲に見えない。どうやら、ここが終点であるらしかった。踏むだけで分かる分厚《ぶあつ》い鉄板が、断続的な鈍い振動《しんどう》に、細かく震えていた。騒音《そうおん》は、さらに近く大きくなっているが、相変わらず作業をする人間の声だけが聞こえない。

それらの音に全く乱されない確固とした声が、女の耳に響《ひび》く。

「しかし、困難であるからといって、それを諦《あきら》めていては、我々は一歩も先に進めません。今までと同じ、喰らい喰らわれるだけの関係が、人のみ知らず世界の中で続いてゆく」

彼は立ち止まり、振り返る。

「だからこそ知らしめ、伝え、ありのままの姿を、力を晒《さら》す。そうして、その先に在るなにか、を、一緒に探しに行くのです……〝徒《ともがら》〟と、人間で」

手が、差し出されていた。

「私は、そのために、今を戦う」

人間と同じ形をした、人間にはない強さを秘めた、手が。

「本日、当《とう》基地に改めてお招きしたのは、我々の計画が実動《じつどう》段階に入るのを機に、貴女《あなた》を今までのような、後を継いだだけの『協力者』ではなく、共に戦う『同志《どうし》』として迎え入れよう、と思ったからです。志操《しそう》・能力の見極《みきわ》めを付けるためとはいえ、最後の最後までお待たせすることになってしまいましたが……受けて、頂けますか？」

女は僅《わず》かな躊躇《ちゅうちょ》の間に、自身の理由と目的を思い、その手を取った。

「はい、〝征遼《せいりょう》の睟《すい》〟サラカエル様」

「同志サラカエル、と呼んでください」

訂正で返す彼の頭上から、

「ど、同志サラカエル。この基地、出迎えるの、俺の役目なのに」

二本足で立つ大きく黒い犬、〝吠狗首《はいこうしゅ》〟ドゥーグが声をかけた。

「いえ、新しく迎える同志です。礼儀《れいぎ》の面からも、説明する都合《つごう》からも、私が適任でしょう。おまえはおまえの仕事を続けなさい」

「へ、へい」

頷《うなず》いて、やや渋々《しぶしぶ》と背を向ける。

「これは……？」

女はようやく、自分の前に壁が立ち塞《ふさ》がっていること、その表面を這《は》う細いタラップ状の通路でドゥーグがなにやら作業をしていること、また各所で、彼の〝燐子《りんね》〟『黒妖犬《モーディ》』が同じように動き回っていることに気が付いた。騒音《そうおん》はあっても人の声がなかった、これがその理由であるらしい。

サラカエルは、驚きに目を見張る彼女の手を引いて、傍《かたわ》らに立たせる。

「同志として迎えるのに、言葉だけでは実感もないでしょう？　だから、これを我々の一員として見て頂こう、と思ったのです」

ボン、と二人の周囲に、彼の炎《ほのお》たる碧玉《へきぎょく》が輪を描き点《とも》った。驚きすくむ女を措《お》いて、その輪は上に浮かび上がり、やがて収束《しゅうそく》して巨大な松明《たいまつ》となる。

「――!!」

女は、思わず息をするのも忘れて見入った。

今まで延々《えんえん》降り続けてきた空洞《くうどう》、その中心に、巨大な鉄の塔《とう》が聳《そび》え立っていたのである。

既存《きぞん》の建築様式《ようしき》では見たこともないような、高さと大きさと、密度。鉄骨と鉄板にパイプやコードを絡みつかせ、その隙間《すきま》に計器類《るい》や歯車を覗《のぞ》かせ、各所からは無秩序《むちつじょ》に圧力弁《べん》やクランクを突き出している、不可解《ふかかい》にして不気味《ぶきみ》な構造物。人間尋常《じんじょう》の技術から作られているようにも、そうでないようにも見えた。

「これが、我々の計画の核《かく》となる装置──『オベリスク』です」

「……すごい」

月並みな、ゆえにストレートな驚嘆《きようたん》が、女の口から漏れた。

これほどまでに大きな物体を作る、事実としての力があれば、彼の言うことも絵空事《えそらごと》ではない、可能なのでは、という思いが湧《わ》く。

と、そこに、

「ンノオオオオオオオオオオオ────!!」

珍妙《ちんみよう》極まる絶叫《ぜつきよう》が轟《とどろ》いた。

「!?」

驚く女性の見つめる先、松明《たいまつ》の点《とも》ったすぐ近くにある鉄板が、バン、と開いて外れた。

「誰でぇーすかぁー!?　こぉーんなところに設計外《がい》の照明を付うーけ足したのは！　精密《せいみつ》作業に無《む》うー駄《だ》な影が落おーちるではありませんかぁーっ!?」

その奥にあるらしい穴から、にゅうっと体を出したのは、中世の親方《おやかた》のような職人エプロンを着けた、ひょろ長い男。ガサガサの長髪《ちようはつ》をベルトのようなもので纏《まと》め、首には紐《ひも》を通した矩《かね》尺《じやく》やロザリオ、手帳にレンチなどがガチャガチャと揺れている。

その、見るからに役割のハッキリした怪《あや》しい男を、サラカエルが呼ぶ。

「申し訳ない、私です」

怪しい男は、分厚《ぶあつ》い丸眼鏡《まるめがね》の位置を、油汚《あぶらよご》れも激しい手袋《てぶくろ》で直してから、

「今は最《さい》っ終《しゅう》ー的な出力の微《び》調整という、大事な作業中なぁーんですよっ、とおうっ！」

ヒラリヒュルリと飛び降りて、見事着地《ちゃくち》した。ついでに、

「んー？」

まだ手に扉《とびら》を持っていたことを思い出して、ポイと捨てる。

「リィーダアーたるあぁーなたが、そぉーんな事では困りますねぇー!?」

サラカエルは、そのリーダーとして、作業にかかりきりだった男に注意を促《うなが》す。

「気を付けましょう……そう、気を付けると言えば、制圧《せいあつ》部隊と交代に、少数のフレイムヘイズが来ています。引き続き、試験《しけん》運転の隠蔽《いんぺい》は慎重《しんちょう》に行ってください」

「ノォーッ、プロブレムッ！　宝具《ほうぐ》『テッセラ』の効《こ》ぉー力、アァーンド、効ぉー果《か》範囲《はんい》の研究は、とぉーうの昔に終えていぃーっます！　ドゥーグが私の指《し》ぃー示《じ》通りの量、〝存在の力〟を注《そそ》ぎ続けていぃーれば、隠蔽はぁーっ……絶対《ぜったい》確実安全《あんぜん》保証!!」

そっくり返って絶叫した男は、そうしてからようやく、サラカエルの傍《かたわ》らに、怯《おび》えて身をすくめる女がいるのを見つけた。

「んー？　んんー？　誰でぇーすかぁー、この女は？」

「この島での仕上げに力を貸してくれる、新しい同志《どうし》です」

サラカエルに紹介され、挨拶《あいさつ》しようとした女、

「は、はじめまし――っ!?」

その鼻先《はなさき》に、男は顔だけを器用《きよう》に突き出す。

「同志……どぉーこから、どぉーう見ても、人間でぇーすねぇ?」

女は、男の底の見えない眼鏡《めがね》が、自分の肉から骨、血の一滴《いってき》に神経の一筋《ひとすじ》まで、全てを見通しているように思え、寒気に背筋《せすじ》を震わせた。

サラカエルは、人間云々《うんぬん》を聞き流して、男が喜ぶことだけを言う。

「新しい同志に、是非《ぜひ》この素晴らしい装置を見せたくなったのですよ」

「つそぉーうってしょうともっ!!」

反応は極端《きょくたん》だった。振り上げた腕をもう一度腰《こし》だめにして、女に歓喜《かんき》の顔を突き出す。

「ひっ!?」

「人間っ!〝徒《ともがら》〟っ!誰でもあってもウウエールカム千客万来《せんきゃくばんらい》満員御礼《おんれい》!!」

突き出した顔を引っ込めるとともに、その場で上半身だけを百八十度回転《かいてん》、再び両手を広げて、自身の作品たる偉構《いこう》を全身全霊《ぜんれい》で誇った。

「素《す》ぅー晴《ば》らしき物、偉《い》ぃー大なる発明は、常《とこ》しえに輝くうーっ金字塔《ピラミッド》!すうーなわち、ゴールデン!ワード!タワ――ッ!!」

暴走するハイテンションに置いてけぼりを食らい、半《なか》ば放心《ほうしん》して立ち尽くす女に、

「彼が、この計画の頭脳《ずのう》にして装置の設計者たる〝紅世《ぐぜ》の王〟――」

サラカエルが改めて紹介する。

「同志〝探耽求究《たんたんきゅうきゅう》〟ダンタリオン教授です」


騒動《そうどう》も翌々日《よくよくじつ》の昼になって、ようやくハリー・スミス調査官《かん》は状況を整理し終えた。といっても、彼の整理によって得られた結論は、今はなにもできない、というものである。

「どうにも参りました。ホノルル港は損害の復旧《ふっきゅう》と逃げ出す旅客でごった返していて、その業務や手続きで忙殺《ぼうさつ》されている港湾《こうわん》事務局は、私たちの情報収集《しゅうしゅう》の役に立ちません」

常のスーツ姿で彼は言い、ラウンジ片隅《かたすみ》のテーブルに着いた。

既《すで》にその席にあって、ウイスキーをチビチビと飲んでいた『鬼功《きこう》の繰《く》り手《て》』サーレ・ハビヒツブルグが、気のない顔で返す。

「だろうな」

外套《がいとう》を取っただけという旅装《りょそう》ままの彼は、周囲に沸き立つ騒動の片鱗《へんりん》を眺《なが》め遣《や》った。

今やホノルルで、港における一昨日《おととい》の惨事《さんじ》を話題に乗せない者はない。

このホテルでも、見る限り誰も彼もが、港で起きた放火《ほうか》事件と響《ひび》いた不可解《ふかかい》な声、二つの正体について、あでもないこうでもないと珍説《ちんせつ》を披露《ひろう》し合っていた。そこに加わっていない者は荷を抱えて、転がるようにチェックアウトして行く。

サラカエルの宣布《せんぷ》は、彼が討滅《とうめつ》されない限り、意味不明《ふめい》ながらも人々の耳に残っていたのである。なにしろ［革正団《レボルシオン》］たる彼は、全てを隠蔽《いんぺい》する自在法《じざいほう》・封絶《ふうぜつ》を張ることなく、人々の前で大《だい》音声を張り上げている。港は封絶前《ふうぜつまえ》の損害を、そのままに残してもいる。なにもかも、怪《かい》現象《げんしょう》と片付けるにはあまりにハッキリし過ぎた、まさに事件となっていたのだった。

後に彼を倒したとして、長くその情報を意識し続けていれば、あるいはなにかの拍子で記憶《きおく》や記録に留まってしまうかもしれない。古来《こらい》その例外によって、彼らは自ら恐れられる下地《したじ》を作ってきたが、近代におけるそれは、また別の問題や懸念《けねん》に繋《つな》がる。

慌《あわ》ただしくチェックアウトしてゆく客の一人が、いっぱいの水と果物をトレイに載せて運んできた、大きなワイシャツにズボンの少女とぶつかった。

「わっ、と」

よろけて焦る少女、『極光《きょっこう》の射手《いて》』キアラ・トスカナは、零《こぼ》さないようバランスを取ろうとして、避けた人の陰に立っていた、ドレスの女にぶつかった。危うくひっくり返しそうになったトレイのバランスを、辛《かろ》うじて守る。

「す、すいません」

慌てて謝った彼女に、ドレスの女は軽く頷《うなず》いただけで出て行った。

安堵《あんど》したキアラは、今度こそはと気を付けて、ようやく師匠《ししょう》らのテーブルに辿《たど》り着いた。

「お待たせしました」

「それじゃ、始めるか」

サーレは弟子《でし》の着席を見てから、自分の所見《しょけん》を述べる。

「奴《やつ》らの狙《ねら》いだが、こういう騒動《そうどう》を繰り返して太平洋中《じゅう》に噂《うわさ》を広める、ってのは在りか？」

「そんな一過性《いっかせい》の事件を起こすために、海魔《クラーケン》との戦乱《せんらん》の中も隠《かく》れ潜《ひそ》んでいた連中《れんちゅう》が出てくるものかな……先制《せんせい》攻撃にせよ、挨拶《あいさつ》だけで引いてしまうとは、全く妙《みょう》な話だね」

彼の両腰《こし》のホルスターに収まった十字操具《そうぐ》型《がた》の二丁神器《にちょうじんぎ》『レンゲ』と『ザイテ』から、〝絢《あや》の羂挂《けんけい》〟ギゾーが言った。

果物に手を伸ばしつつ、キアラは首を捻《ひね》る。

「あの［革正団《レボルシオン》］が相手だなんて……私たちだけで対処《たいしょ》して良いんでしょうか？」

「良いも悪いも、放っとくわけには行かないでしょ」

「海魔《クラーケン》みたく大挙《たいきょ》して攻めてきたわけじゃなし、見つけてぶっ飛ばしちゃえばいいのよ」

少女のお下《さ》げ左右の髪飾《かみかざ》り、鏃型《やじりがた》の神器『ゾリャー』から〝破暁《はぎょう》の先駆《せんく》〟ウートレンニヤヤと〝夕暮《せきぼ》の後塵《こうじん》〟ヴェチエールニヤヤが、無責任に囃《はや》し立てた。

ハリーは頭を掻《か》いてホテルの外、緑と青の光景を眺《なが》める
「どっちにせよ、太平洋越《ご》しでは遠話《えんわ》の自在法も通じませんし、船便《ふなびん》で伺いを立てるにも、ハワイは遠すぎます。状況の変化に、指示が付いてゆける距離ではありませんね」

一九〇一年現在、ハワイ諸島《しょとう》には未だ電信線が到達していない。比較的早期《そうき》（一八六六年）にケーブルを敷設《ふせつ》し終えた大西洋と違って、米西《べいせい》戦争の勃発《ぼっぱつ》までは戦略《せんりゃく》的価値《かち》に着目されていなかったこと、小さな島国に電信を通すだけの価値を見極め辛《づら》かったこと、単純に距離的技《ぎ》術《じゅつ》的な問題などから、工事はやや遅れて、開通は翌年《よくねん》の十二月を待たねばならない。

アメリカ西《にし》海岸になら、既《すで》に通信網《もう》は届いていたが、ホノルルからの距離は、サンフランシスコが三八四一キロ、ロサンゼルスは四一〇五キロという遠方《えんぽう》である（ちなみに太平洋の反対側、東京までは六二一六キロ）。船で往復すれば、それだけで半月はかかってしまう。とても悠長《ゆうちょう》に、欧州《おうしゅう》からの指示など仰いではいられなかった。

「我々としては、今できる形での調査を、独自に始めるしかありません」

不安げなハリーに、サーレは平然と請《う》け負う。

「ま、フレイムヘイズってな本来、勝手《かって》に動くもんだ。相手が誰であれ、討滅《とうめつ》するって結論も同じ。探し方以外《いがい》、特別困《こま》ることもないさ」

「なにか、具体的な方法について、提案はあるかい、ミスター・スミス？」

ええ、とギゾーに答えて、ハリーは昨日《きのう》の地図を広げる。

「いくら連中《れんちゅう》が、奪った『テッセラ』で身を隠《かく》していると言っても、〝徒《ともがら》〟である以上は、人間を喰らって〝存在の力〟を得ねばなりません。フレイムヘイズと海魔《クラーケン》とが戦った数年もの間、連中が潜んでいたとすれば、喰らいに出る度《たび》に見つかるような危険は、そうそう冒《おか》すはずもない……つまり、喰らう場所と根拠地《こんきょち》が近距離である、と考えるのが自然です」

キアラにはピンと来た。

「各島にあるトーチの数を調査すればいいんですね？」

ハリーは聡《さと》い少女に頷《うなず》いて返し、地図の一点、彼らのいるホノルルを基点として指す。

「その通りです。昨日《きのう》説明した通り、連中の潜む可能性の大きな島は――」

指をまず東、次いで西に振る。

「東のカウアイ、ニイハウ島、西のハワイ島、この三つです。潜《ひそ》む場所としては、渓谷《けいこく》や高山の多いカウアイ島か、島《しま》全体が私有地《ち》として閉鎖《へいさ》されたニイハウ島が、人間を喰らう場所としては、主要《しゆよう》八島で最も大きなハワイ島が、それぞれ有利です」

サーレは帽子《ぼうし》の下で、両方の地勢《ちせい》を測る。

カウアイ、ニイハウ島は、彼らがいるオアフ島の隣《となり》。

ハワイ島は、間に他の主要四島を挟んで、最も遠い。

とはいえ、近い遠いを敵の思惑《おもわく》に結びつける理屈《りくつ》は、どうとでも付けられる。あのサラカエルという〝紅世《ぐぜ》の王〟は、理性《りせい》的な話しぶりや鷹揚《おうよう》な挙動《きよどう》から、相当な曲者《くせもの》と見えた。近いから焦って、遠いから裏をかいて、と単純に考えるわけにはいかないだろう。

「やはり、連中が仕掛けてきた理由から、その目的と意味を逆算《ぎやくさん》するしかないな」

契約者の呟《つぶや》きに、相棒《あいぼう》のギゾーが解説を加える。

「そもそも、あの布教《ふきょう》することが生き甲斐《がい》の出たがりたちが、どうして数年もの長い間、ひっそりと息を潜《ひそ》めていたか、というのが最大の謎《なぞ》だね……あの連中《れんちゅう》は、他の組織のように根拠地《こんきょち》を構える必要なんかないわけだから」

キアラが、そこから考えをステップアップさせる。

「逆に言えば、潜むだけの理由がこのハワイ諸島にある、ってことでしょうか。それが姿を現したのは、私たちに細かい探索《たんさく》をされると困るから、でしょうね」

「出足を鈍らせるための牽制《けんせい》じゃないの？」

「その間に備えを固める気かしらね、みみっちいったらありゃしない！」

ウートレンニヤとヴェチエールニヤの言葉を受けて、サーレは思考《しこう》を深めた。

「数年間準備《じゅんび》したなにかを守るため動き回っているんだとしたら、みみっちいの一言で切り捨てるのは危険だろう。下手《へた》をすると、この時間的な空白を得るために、海魔《クラーケン》どもを太平洋で暴《あば》れさせていた可能性もあるな」

キアラは俄《にわ》かに大きくなってきた話の中、恐ろしい想像をする。

「もしかして、ホノルル外界宿《アウトロー》の襲撃《しゅうげき》だけでなく、その後に起きた太平洋全域《ぜんいき》における海魔《クラーケン》の攻勢も、［革正団《レボルシオン》］主導による大きな作戦の一環《いっかん》だった、ということなんでしょうか？」

「まあ待て、なにもかも状況からの推測に過ぎん」

結論を急ぐ弟子《でし》を、サーレは掌《てのひら》を出して抑えた。

「連中の行為の意味するところは、お前たちがさっき言った、俺たちが捜索《そうさく》を始めることへの牽制《けんせい》、という線が最も濃い。となると、それを阻《はば》む手を取るのが一番だ」

「つまり、敵に時間的猶予《ゆうよ》を与えず、早々に捜索を開始せよ……ということだね？」

ギゾーに頷《うなず》いてから、ハリーに言う。

「早速《さっそく》、出かけよう。島を結ぶ船は手配できるか？」

「大丈夫です。港湾《こうわん》事務局は駄目《だめ》でも、幾《いく》らか船持《ふなも》ちには知り合いがいますから、そちらの方を当たって――」

「あのー」

テキパキと答える青年に、キアラが遠慮《えんりよ》がちに声をかけた。

「は、なんです？」

「船で、移動、ですか」

当たり前のことを訊《き》かれて、ハリーは不都合《ふつごう》が在るのかと訊き返す。

「そうですが……なにか？」

「いえ、あの」

キアラはいつものハッキリとした口調《くちよう》ではなく、小声で恐る恐る、という風情《ふぜい》である。

「自分で、飛んで行っちゃ、駄目《だめ》、ですか？」

「それは……ハワイ諸島《しよとう》は意外《いがい》に人口が多くて人目《ひとめ》もありますし、敵に先んじて発見される恐れもありますから、できれば飛行は移動手段としない方が良いと思いますが」

「そう、なんですか」

答えた少女は、見た目にも露骨《ろこつ》な落胆《らくたん》ぶりを見せた。

さすがにハリーも気になる。

「キアラさん、なにか船に弱いとか、特別な理由でも？」

「船に弱い、のはその通りなんですけど……船酔《ふなよ》いとかじゃ、なくって……」

「？」

意味が分からないので、その師匠《ししょう》に目をやると、彼も肩を竦《すく》めるだけでなにも言わない。

と、その耳に、

「……リが……から……」

届いた呟《つぶや》きは判別できない。

「な、なんです？」

「……ゴキブリが……その、出るから……」

「――ああ」

なるほど、としかハリーには言えなかった。

当時の船は、清潔《せいけつ》とは程遠《ほどとお》い。観光地として開発される前のハワイだと、島と島を結ぶ連絡船は、私有を除いて純粋な旅客用《よう》のものなどは存在せず、大抵《たいてい》は家畜《かちく》やサトウキビ、加工《かこう》食品などを運ぶ貨物船に人間が間借《まが》りする形になっていた。

その船底には腐《くさ》った飼料に零《こぼ》れた荷、畜類《ちくるい》の糞尿《ふんにょう》までもが垂れ流しになっているため、当然のこと、キアラの言った以外、蝿《はえ》から蚤《のみ》から不快な害虫が山のように湧《わ》くのが常だった。

ハリーは人間として、少女の感覚に完全同意できたが、事実は報告しなければならない。

「すいません。海魔《クラーケン》との長い戦いの中で、外界宿《アウトロー》の専用艇《てい》も全部やられているんです」

師匠の方は、ぞんざいに声を放り投げるだけ。

「どうせ後で清めの炎《ほのお》が使えるだろ、贅沢《ぜいたく》言うな」

途端《とたん》、

「で、でも私……あんな大きなゴキブリ、今度の船旅で……初めて……」

「サーレ、私たちのキアラはレディなのよ？」

「そーよそーよ！　私たちには清潔な場所を用意してもらう権利があるんだから!!」

半泣《はんな》き、説諭《せつゆ》、怒り、三者三様《きんしゃさんよう》の抗議《こうぎ》を即座《そくざ》に受ける。

「あーあーあー、うるさいっ」

無視するつもりで耳を塞《ふさ》いだ彼は、

「太平洋を渡ってくるとき、彼女がどこで寝ていたか……そのあたり、師匠ではなく少女の保護者として、君に思うところはないのかな？」

「……」

相棒《あいぼう》までもが敵に回ったことで、渋《しぶ》い顔になった。

たしかに太平洋航路《こうろ》の途上、安い船室で寝ていたところを握り拳《こぶし》ほどもある（当人談《だん》）それが襲《おそ》い、半狂乱《はんきょうらん》になったキアラは、それからずっと甲板《かんばん》の隅《すみ》で寝ていた。フレイムヘイズでなければできない荒業《あらわざ》だったが、ともかくも、それだけのショックを少女は受けたのである。

「では、せめて陸路《りくろ》で島の端《はし》まで行ってから島の間、海の上だけは飛んで行く、という方法はどうでしょう？」

ハリーが折衷案《せっちゅうあん》を出した。

サーレはようやくキアラに視線をやって、

「……」

そこに潤《うる》んだ目だけで嘆願《たんがん》する少女の姿を見て取り、帽子《ぼうし》ごと頭をガシガシと掻《か》く。

「……あーもう、分かったよ。それでいい」

「っありがとうございます、師匠《ししょう》！ハリーさん！」

キアラは喜びのあまり、二人に飛びついて腕を組んだ。

暗い部屋の中、壁際《かべぎわ》の椅子《いす》に座って、男は歌っていた。

視線は、壁にある窓枠《まどわく》の向こうへと、向けられている。

「――甘い記憶《きおく》が私に帰ってくる――」

見つめる窓枠の向こうには、のっぺりとした岩壁《がんぺき》しかない。

「――過去の思い出が鮮《あざ》やかに蘇《よみがえ》る――」

岩壁に、意匠《いしょう》として窓枠が取り付けてあるだけなのだった。

「――親《ちか》しい者よ、おまえは私のもの――」

それでも男は、見えないものを窓枠の向こうに夢見て、歌い続ける。

「――おまえから真実の愛が去ることはない――」

その夢が、決して叶《かな》えられないものであることを知りながら、ただ。

「――さようなら《アロハ》、あなた《オエ》　さようなら《アロハ》、あなた《オエ》――」

渋《しぶ》く伸びる声の、悲しい響《ひび》きは、窓枠を越えて運ばれることもなく、虚空《こくう》に消える。

と、その消える寸前《すんぜん》に、声を捉《とら》えた者が這《は》い寄って来た。

開けっ放しだったドアを、鋭い爪《つめ》の先で、カンカン、とノックしてから言う。

「ど、同志《どうし》クロード、そろそろだ」

真円《しんえん》の両眼《りょうめ》を持つ、二足歩行《ほこう》の黒い犬、〝吠狗首《はいこうしゅ》〟ドゥーグだった。

クロードと呼ばれた男は立ち上がった。

「了解《りょうかい》した、同志ドゥーグ」

がっしりした体型に飾り気のないスーツ、ロングコートと帽子《ぼうし》のスタイル。見た限りでは、全く人間そのものの姿だった。その中、虚無《きよむ》感《かん》を漂わす視線だけに、違和感《いわかん》がある。

「い、いや」

ドゥーグは身を屈《かが》めて体を返し、この恐るべき男を先導《せんどう》する。

脆《もろ》い岩壁《がんぺき》をコンクリートや鉄骨で補強した廊下に、足音だけを鳴らして、二人はゆっくりと歩いてゆく。というより、ドゥーグがクロードの歩調に合わせていた。時折《ときおり》、足を乱して躓《つまず》きそうになる。

その沈黙《ちんもく》を、ドゥーグがひっそりと破った。

「いい、歌だなあ」

聞こえなければ沈黙に流してしまおうという呟《つぶや》きに、しっかりとした答えが返ってきた。

「ああ」

「おまえが、作ったのか？」

「まさか」

ふふ、とクロードは笑う。

「あの女との接触《せっしょく》に赴《おもむ》いた際、歌っていたのを聞いて、教わった。幽閉《ゆうへい》中のリリウオカラニ女王が、軟禁《なんきん》中に出した本に載っていた歌らしい」

「リリウ……この地の、女王か」

「ああ。別れた恋人同士《どうし》を描いた歌、国への哀惜《あいせき》も、籠《こも》っているか」

ハワイ伝統の文学や音楽に造詣《ぞうけい》の深い、ハワイ王朝《おうちょう》最後の女王・リリウオカラニが作詞《さくし》作曲した『アロハ・オエ』――本来は、側仕《そばづか》えの軍人《ぐんじん》と市井《しせい》の女性との別れを綴《つづ》った愛の歌だったが、国を奪われた彼女の境遇《きょうぐう》に仮託《かたく》して、偲《しの》び歌われることも多い。

ドウーグは、牙《きば》の並んだ口を蠢《うごめ》かして、真似《まね》を試みた。

「――甘い、記憶《きおく》が帰る――だったか？」

よほど気に入ったらしい彼に、クロードは道すがらの暇潰《ひまつぶ》しと訂正してやる。

「――甘い記憶が私に帰ってくる――だ」

「そうだ、ああ」

言うと、ドウーグは毛皮のどこかから、分厚《ぶあつ》い手帳を取り出した。

「おまえに書き物の趣味《しゅみ》があったとは知らなかった」

少し驚いた風《ふう》な同志《どうし》に、黒犬《くろいぬ》は満足そうに書きつけながら答える。

「ちょっと前に、同志サラカエルが、そうしろ、と。俺は、物覚《ものおぼ》えが悪いから」

「……スペルが間違っているぞ？」

背丈《せたけ》の違いから目に入った、意外《いがい》に達者《たっしゃ》な文字が、しかし歌詞のつづりに全く合致《がっち》していないことを、クロードは指摘《してき》した。

が、ドウーグは笑う。

「いい、んだ。この付け方も、同志《どうし》サラカエルが教えてくれた」

「……？」

「俺たち〝徒《ともがら》〟は、死ねば消える。俺たちが、まともに書いても、一緒に消える。でも、暗号や秘《ひ》文字を使って書かれたものは、大丈夫らしい」

「ほう」

「たしか……」

早速《さっそく》、書き付けをめくり、確認する。

「そう、これ……」

自分の作った暗号に、少し読解の間を置いてから、ようやく。

「そ、『その文面の関連性が、世界の隙間《すきま》を、潜《くぐ》り抜けるほどに離れていれば、稀《まれ》に後世へと、残ることもある』、だ」

ふと、クロードは気付いて、訊《き》いた。

「自分が死ぬことを前提《ぜんてい》に書いているのか？」

「そういう、ことも、あるだろう。俺の記した手がかりが、万《まん》が一《いち》、同志サラカエルの手に渡って、役に立つかもしれない」

「おまえは、面白い奴《やつ》だな」

「そう、か？」

声色に笑いを混ぜるクロードを、ドゥーグは不思議《ふしぎ》そうに顧《かえり》みる。

「それより、続きを教えて、くれ」

「ああ。――過去の思い出が鮮《あざ》やかに蘇《よみがえ》る――」

暗い通路に歌を響《ひび》かせながら、二人は進んでいった。

ハリーの先導《せんどう》で、サーレとキアラはオアフ島の中央、コオラウ山脈とワイアナエ山脈という二つの脊梁《せきりょう》山脈の間を抜けるルートで、島の北西の岬《みさき》、カエナポイントへと向かっていた。

まずは、近場の二島、カイアウ島とニイハウ島から当たることにしたのである。

距離自体《じたい》は五十キロ程度。欧州《おうしゅう》の平野なら踏破《とうは》も容易《たやす》い距離だったが、どうにも南国《なんごく》というものは、道が距離どおりの感覚で済まない。西洋人がやってきてから、ある程度《ていど》広い道も付けられていたが、それでも快適と言うには程遠《ほどとお》い難行路《なんこうろ》だった。

幸い、ハワイの馬は活《い》きが良く、メキシコ式の鞍《くら》を付けてガンガン道を突き進む。

一行《いっこう》の先頭には、この期《ご》に及んでもなおスーツ姿というハリーが立ち、

「私が案内します、着いて来てください！」

と威勢《いせい》のよい声を、常の旅装《りょそう》に戻ったサーレとキアラに放って、快走を続けた。

ただし、当初は、という言葉が頭に付く。

難行路《なんこうろ》の強行軍《きょうこうぐん》は、乱暴な騎走《きそう》に耐え得るフレイムヘイズの身体《しんたい》能力あればこその話で、普通の人間、それもどちらかといえば華奢《きゃしゃ》で、事務仕事向《む》きに見える（実際そうであることを証明してしまったが）ハリーにとっては、到底《とうてい》耐え得るものではなかったのである。

皺《しわ》くちゃな濃緑《のうりょく》のビロウドと見える、深く尖《とが》ったエッジを持つコオラウ・ワイアナエの山間を抜けるまでは意地《いじ》を張って、

「ま、まだまだ行けます、先へ進みましょう！」

などと二人の後ろから叫んでいたが、島の北岸へと抜けた頃には、もう息も絶え絶え、声も出せなくなっていた。馬の首にしがみつくようになったところで、二人が引き摺《ず》り下ろそうとしたことも、二度三度ではない。もっともその度《たび》に、介助《かいじょ》の手を振り払っては立ち直って見せているのだから、彼の執念《しゅうねん》も半端《はんぱ》ではない。

「私が、いた方が、当地での、利便《りべん》も」

と口では言うものの、コオラウ山脈が北の海に接し、ワイアナエ山脈との間にある平地が海へと狭まっていく荒地《あれち》の中ほどで、もうその精神力も限界になっていた。ようやくの休憩を取って馬から下りると、その場にへたり込んで動けない。

「だ、大丈夫ですか!?」

キアラが自分の馬から飛び降り、駆け寄った。

ところがハリーは、

「だい……ええ、大丈夫……！」

へたり込んだまま掌《てのひら》を出し、キアラの助力まで拒《こば》んでいる。

さすがにサーレも、この度を過ぎた頑張《がんば》りを持て余した。

「だから俺たちだけでもいい、って言ったんだ。短いとはいえ、フレイムヘイズと一緒の体力配分《はいぶん》じゃ、スイス傭兵《ようへい》でも潰《つぶ》れちまう」

でも、とハリーはあくまで引かない。

「私は、行か……なければ、ならないん、です」

(家族や仲間の敵討《かたきう》ちってこともあるんだろうが、参ったな)

弱るサーレに、ギゾーが提案する。

「彼の取ってくれた労《ろう》を思えば、置いていくのも忍びない……となれば、もう少し見通しの悪い場所まで行って、そこからは空路を取る、ということでどうかな？」

「そうですね、そうしましょう！」

キアラが、わざと大声で叩《たた》くようにしてハリーに同意を求める。そうでなければ、斃《たお》れるまで走り続けかねない危うさが、この青年にはあったのである。

「……分かり、ました、すいません」

ようやく、彼も折れた。

(やれやれ)

安堵《あんど》したサーレは、周りの地勢《ちせい》を確認する。

右に水平線を描く北の海、左にワイアナエ山脈の低くなってゆく端《はし》、行く手には三角形の先《せん》
端《たん》を細らせる荒地《あれち》が、沈みゆく夕日を丘の彼方《かなた》でちらつかせている。

「なに、もうハイレワの街は越えた。ここまで来れば、そうそう人も来ないさ」

「でも、サトウキビ畑や、そこから引かれた鉄道が、もう少しだけありま――」

「いいから黙ってろ」

全く、青年の執念《しゅうねん》は見上げたものだった。

言ったついで、東の空から迫る夜の気配《けはい》、暗色《あんしょく》の広まりを見たサーレの、

「いっそ、今日はここでビバークして、明日カウアイ島に渡るか……」

という呟《つぶや》きに、

「できれば」

い、いや、
海の側から答えが返ってきた。

「この島に留まっていて頂きたいのですが」

「!!」

サーレが視線を返した、その場所。

赤い上にも赤く染まる一面の絶海《ぜっかい》を絨毯《じゅうたん》と敷《し》いて、
髪《かみ》を大きく靡《なび》かせる妖艶《ようえん》な男が、悠然《ゆうぜん》と立っていた。

潮風《しおかぜ》が渡る。

波が寄せる。

雲が棚引《たなび》く。

その中に、たった一人、
当たり前のように、立っていた。

違和感《いわかん》の塊《かたまり》たる男、〝征遼《せいりよう》の睟《すい》〟サラカエルに、

「駄目《だめ》、でしょうね」

「ああ、駄目だね」

いつしか十字操具《そうぐ》型《がた》の二丁神器《にちようじんぎ》『レンゲ』と『ザイテ』を両腰のホルスターから抜き放っていた、『鬼功《きこう》の繰《く》り手《て》』サーレ・ハビヒツブルグは答える。

「よくもまあ、間も置かずチョロチョロと出てくるものだ」

「いろいろと準備も整いましたからね、お伺《うかが》いしなければ失礼でしょう？」

気付けば、彼ら三人の周囲を、数十という数の黒い影……先の戦いで現れた〝燐子《りんね》〟が取り囲んでいる。その全ての胸に、サラカエルと同じ、碧玉《へきぎょく》の炎《ほのお》からなる目が点《とも》っていた。

「そうか……たしか『呪眼《エンチャント》』、だったか」

サーレが呟く間に、それら炎の目は消え、一斉《いっせい》に気配《けはい》が現れる。

夕暮れの中に蠢《うごめ》く黒い妖犬《ようけん》の群れを、確かに目で見ていたはずのハリーが、思わず総身《そうみ》を震

わせる、あまりに唐突《とうとつ》な気配《けはい》の出現だった。

サーレの指摘《してき》に、サラカエルは笑って答える。

「ええ。睨《にら》んだ対象物《たいしょう》に自在法《じざいほう》を飛ばす、私の能力です」

その髪《かみ》には、『黒妖犬《モディ》』から取り戻したかのように、無数の目が縦《たて》に開いていた。

サーレは鋭く小さく叫ぶ。

「キアラ」

「はい！」

ジワジワと包囲《ほうい》の輪を縮めてくる『黒妖犬《モディ》』の群れから、ハリーをサーレとの間に挟むよう、背後に押し込む。

「すみ――」

ません、という余計《よけい》な声を封じる、触れ難い緊迫《きんぱく》が、背中合《あ》わせとなったフレイムヘイズ師《し》弟《てい》の間に満ちる。

乾燥《かんそう》した地盤《じばん》からなる荒地《あれち》の丘が、『黒妖犬《モディ》』の一歩にカラリと砕ける。

瞬間《しゅんかん》、

「封絶《ふうぜつ》」

サーレが唱《とな》え、そよぐ潮風《しおかぜ》も重なる波濤《はとう》も流れる雲も、二人の間に挟まれたハリーも、全てが菫色《すみれいろ》の炎《ほのお》の中で凍りついた。

陽炎《かげろう》のドームが形成され、火線《かせん》の紋章《もんしょう》が大地《だいち》に燃える異界《いかい》の中、『黒妖犬《モディ》』の群れが雪崩《なだれ》を打って、動く二人と止まる一人に飛びかかった。

サーレは両手を広げ、『レンゲ』と『ザイテ』から無数の糸を伸ばす。その糸の取り付いた砂が岩が、灌木《かんぼく》の緑に枯《か》れ枝までを混ぜた数十の傀儡《くぐつ》となって立ち上がった。一体は傍《かたわ》らに立ち上がり、その胸に静止したハリーを抱え込む。

同時に、飛びかかった『黒妖犬《モディ》』は全て、他の傀儡によってガッシリと受け止められていた。

「さすが」

繰《く》りの至芸《しげい》に感嘆《かんたん》したサラカエルは、

「では私も、参りましょうか」

髪《かみ》の間にある目を一つ、捕らえられた『黒妖犬《モディ》』に移した。途端《とたん》に毛むくじゃらの体が膨《ふく》れ上がって力を増し、人形を逆に砕いて包囲《ほうい》を破る。

「まだ、まだ」

二つ、三つ、『呪眼《エンチャント》』の加護《かご》を与えるごとに『黒妖犬《モディ》』は強化され、次々に人形を砕き、包《ほう》囲《い》に穴を空《あ》け、また中へと躍《おど》りこんでゆく――

が、

「いやっ！」

その前進する鼻柱《はなばしら》が、頭が、極光棚引《きょっこうたなび》く一弾《いちだん》によって粉砕《ふんさい》された。

左手にオーロラの弓を展開させた『極光の射手《きよっこういて》』キアラ・トスカナの射撃《しゃげき》である。

「はあ――――っや!!」

キアラは、さらに立て続け何条《なんじょう》もの矢を走らせ、包囲を突破したもの、突破しそうなもの、射抜《いぬ》くだけの的《まと》を晒《さら》したもの、全てを射ち抜き破壊してゆく。

サーレの人形たちも、第一波を食い止めてからは無闇《むやみ》な力技《ちからわざ》では押さず、キアラの的となる隙《すき》を敵に作らせるようにと身ごなしを変えている。数十体《たい》に全く別の動作をさせて、しかし一向に惑《まど》い誤りなく、異能《いのう》の人形芝居《しばい》は続く。

その中、

(キアラ、三拍《ぱく》)

(はい!)

師弟《してい》は互いにだけ通じる声を交わし、ピッタリ同じタイミング、

「ほい」

包囲の一角を人形の強襲《きょうしゅう》で空け、

「いやあっ!!」

その向こう、海上に立つサラカエルへと極光一閃《いっせん》、矢を射ち放った。

「!?」

驚いたサラカエルは、掌《てのひら》に『呪眼《エンチャント》』を盾《たて》のように大きく点《とも》し、これを受け止めた。

衝撃《しょうげき》の余波《よは》に、菫色《すみれいろ》に彩《いろど》られた海面が爆《は》ぜる。

水煙《みずけむり》の中から、

「ふう、危ない危ない……少しは、身を入れてやりますか」

平然と言って、サラカエルは背に『呪眼《エンチャント》』を円形に並べた光背《こうはい》を点《とも》し、飛ぶ。

その、自身への力の付与《ふよ》、高速《こうそく》飛行の行き先は、包囲《ほうい》の輪の中心、師弟《してい》の直上。

(回避《かいひ》)

(はい!)

二人が声を交わす間に、サラカエルは新たに右手の爪先《つまさき》へと宿した『呪眼《エンチャント》』を五つ、流星《りゅうせい》のように放っていた。それは直前まで二人のいた地点へと着弾《ちゃくだん》、燃え上がった炎《ほのお》が巨大な一つ目へと変化した。

(なんだ)

(なに?)

一つ目は、訝《いぶか》る二人の内、前方を逃れたキアラを睨《にら》み、

「あっ!?」

その胸に乗り移っていた。

「では、一刺《ひとさ》し」

サラカエルの一声《ひとこえ》で、目は長細い杭《くい》へと変化、キアラの胸郭《きょうかく》を貫《つらぬ》き、消えた。

「つは、ぐぁっ⁉」

少女は人間なら致命傷《ちめいしょう》となる一撃《いちげき》に、息を詰まらせ、つんのめる——が、左手で弓を形成する二人の〝紅世《ぐぜ》の王〟は、悲鳴も上げず、気遣《きづか》いもせず、ただ苛烈《かれつ》な叫びで求める。

「キアラ、歌うのよ‼」

「オーロラと、夜を‼」

「つう、ぐ……」

答えられず倒れかけた少女を、師匠《ししょう》の作った砂の腕が支えて止めた。ハリーのように抱え込んで守ったりはせず、さらなる行動に移るためのつっかい棒となる。

キアラは、これを酷《こく》なこととは思わない。フレイムヘイズとして生きると選んだ時から、彼の弟子《でし》になると決めた時から、こういう道であると覚悟《かくご》している。

（つく）

ただ、求められたことが、自分の力を制御《せいぎょ》することが、まだできない……『極光の射手《きょっこうのいて》』が取るべき全開の姿、二人格《かく》の〝紅世《ぐぜ》の王〟らの合わせ身、夜に架《か》けるオーロラたる力の結晶《けっしょう》を、形成することができない……それが、ただ悔《くや》しかった。

二個一組の神器《じんぎ》たる鏃《やじり》『ゾリャー』は未だ二つのまま、『鏃』ではなく『弓』として在る。

（だめだ）

仕様《しよう》がなく、師匠が用意してくれた保険である砂の腕の中、次の矢をつがえる。

狙《ねら》いは、その右手に『呪眼《エンチャント》』を宿すサラカエル――と、

（！）

髪《かみ》の中にある目の一つに睨《にら》まれた、
そう感じたときにはもう、サラカエルは彼女へと五つの目を飛ばしている。

（ままよ！）

念じて、矢を射ち放った。

それは辿《たど》り着かず中空《ちゆうくう》でかち合い、オーロラと碧玉《へきぎよく》、二つの色を混ぜて爆発する。その爆圧《ばくあつ》を利用して転がり、次の地歩を占《し》めて師匠《ししよう》の指示を確認。

（見つけたぞ、五時方向）

しようと思った瞬間《しゆんかん》、先に来た。

（はい！）

フレイムへイズ二人、一連の攻撃の中で注意して探していたものの在る方向へと走る。

胸を貫《つらぬ》かれた激痛《げきつう》は当然のこと、キアラを責《せ》め苛《さいな》んでいるが、異能者《いのうしや》特有の回復力《りよく》は、数年の経験で目安《めやす》が付いている。

この程度なら、まだ大丈夫。

（それよりも）

戦場に立ち上る炎《ほのお》の向こう、ハリーを抱えて守る人形を引き連れる師匠が見えた。相変わら

ずの、戦意《せんい》に高揚《こうよう》するでもない平然とした顔。それを見て、痛みを超える安心を得る。

（まだ動ける……夜にオーロラを歌い架《か》けるのは無理でも、これなら）

左腕に、残された力を集める。

その前に、包囲《ほうい》を突破した『黒妖犬《モディ》』が立ちふさがるが、

「どいてっ！」

左手の弓を振りぬき、その節《リム》で横薙《よこな》ぎに一撃《いちげき》、胴《どう》を両断《りようだん》した。

ダン、と着地して片膝《かたひざ》を着く。ダメージへの痛みからではない。より正確な射撃《しやげき》を行うための安定した体勢を取ったのである。

（二秒ください！）

念じて周囲の気配《けはい》を探り、同時に狙いを定める。

（あいよ）

サーレが彼女へと群がりつつあった『黒妖犬《モディ》』を新たに土中《どちゆう》から現した人形で防ぎ、
そして、二秒が満ちた。

「――えやっ!!」

弓弦《ゆづる》が唸《うな》り、極光《きよつこう》が棚引《たなび》き、
その奔《ほとばし》る先、岩陰《いわかげ》に隠《かく》れていた一匹《びき》の、真円《しんえん》の両眼《りようめ》を持つ黒犬《くろいぬ》を岩ごと射抜《いぬ》いた。

「ギャンッ!!」

胸を射られたドゥーグは跳ね上がり、地に転がった。

途端《とたん》、全ての『黒妖犬《モディ》』が動きを止める。

「ドゥーグ⁉」

宙から驚愕《きょうがく》の声を上げたサラカエルは神速《しんそく》、その前に現れて、指先に点《とも》した目を五つの『呪眼《エンチヤント》』を彼の傷口《きずぐち》に移した。ジワリと傷口を塞《ふさ》ぐ体を抱えると、笑顔を潜《ひそ》めた無表情で、再び宙へと舞い上がる。

「よくも」

その唇《くちびる》が、初めて怒りの声を吐いた。

「ええ、陳腐《ちんぷ》な台詞《せりふ》ですが……あえて、よくも、と言いましょう。それが、この気持ちを表すのに、最も相応《ふさわ》しい」

キアラは、かえって怒りを煽《あお》った自分の一撃《いちげき》の甘さに歯噛《はが》みした。

(仕留《しと》め損《そこ》なった)

(岩を射抜《いぬ》いた分、威力《いりょく》が弱まったのよ)

(傷口を塞ぐ分も欠けてて、力が足りなかったんだわ)

ウートレンニャヤとヴェチエールニャヤが、即座《そくざ》の指導で叱咤《しった》する。

その傍《かたわ》らに、ハリーを抱えた人形とともに師匠《ししょう》が立った。彼は特別なにも言わない。弟子《でし》が調子に乗っていれば諭《さと》しもするが、そうでない場合は放っておく。

代わりに、ギゾーが軽口《かるくち》で気遣《きづか》った。

「乙女《おとめ》の悩み、胸の傷に別状《べつじょう》は？」

「痛いです。でも、行けます」

ふと、笑わせてもらい、改めて備える。

この数秒の間に、サラカエルは自身の周囲に無数《むすう》大小の、碧玉《へきぎょく》の炎《ほのお》からなる『呪眼《エンチャント》』を浮かべていた。逆上《ぎゃくじょう》しているのか、後先《あとさき》を考えない全力攻撃《こうげき》の体勢である。

（あの、一旦睨《いったんにら》んでから転写《てんしゃ》される目だけには気を払おう）

（奴《やつ》自身も恐らくは強い、自在法《じざいほう》だけに気を取られるな）

（はい！）

師弟《してい》が言い交わす頭上、

「受けよ、痛みを!!」

声を受け、力感に震えた碧玉の『呪眼《エンチャント》』が全て、次の瞬間《しゅんかん》、地面に激突《げきとつ》していた。

岩も草も、土も水も人形も、止まった『黒妖犬《モディ》』さえも巻き込んで、大《だい》爆発が起こる。

「ちっ」

「つう、あっ!?」

見える一面、猛火《もうか》の中を、致命《ちめい》的な爆発をかわしてよけて跳ぶ傍ら、
唐突《とうとつ》に新たな気配が現れ、向かってくるのを、キアラは感じた。

（あっ）

それは、フレイムヘイズの、気配《けはい》。

（味、方？）

そう思う彼女の隣《となり》で、サーレは目に映った炎《ほのお》の色から、

（こいつは）

近付くそれが、とあるフレイムヘイズの能力『サックコート』と知って、戦慄《せんりつ》した。

（いかん――）

キアラの判別《はんべつ》した気配に、間違いはなかった。

それは紛《まぎ》れもなく、フレイムヘイズのもの。

しかし、その後の認識《にんしき》は、間違っていた。

それは味方などでは、全く、なかった。

今の今まで、サラカエルの『呪眼《エンチャント》』によって気配を隠《かく》していた彼らの切り札、

「――」

その敵たるフレイムヘイズは爆炎《ばくえん》の中、鷲《わし》を象《かたど》った空色に輝く力の衣《ころも》『サックコート』の、
蹴《け》りを覆《おお》った鋭く強固な爪《つめ》を、油断《ゆだん》した『極光《きょっこう》の射手《いて》』たる少女へと突き出していた。

「――くら、え!!」

「え、っ!?」

全く予想外《がい》な事態を把握《はあく》できず、ただ目を見張るキアラの視界《しかい》を、唐突《とうとつ》に背中が――いつも見ていた、広くて、細くて、頼もしくて、温かい背中が――塞《ふさ》いだ。

塞いだ、そこから嫌な音がして、空色に輝く太い爪が四本、突き出した。

「つご、あぶっ!!」

聞き慣れた師匠《ししょう》の、しかし今まで聞いたこともない苦悶《くもん》の声が――肺に血が溢《あふ》れかえったことを、音として実感させる声が――絞《しぼ》り出された。

同じく聞き慣れたギゾーの、しかし今まで聞いたこともない怒りの叫びが、渦巻《うずま》き流れゆく碧玉《へきぎょく》の熱波《ねっぱ》の中、敵たるフレイムヘイズの名を暴《あば》く。

「クロード・テイラー!?」

「その通りだ」

「不幸な再会を喜ぼうぜ、旧友《きゅうゆう》?」

重苦《おもくる》しい声と不敵《ふてき》な声、二人の男が師匠の背中越《ご》しに答えるや、突き出た太い爪が、まるでその内側を捥《も》ぎ取るように握られ、抜き取られた。

叫びすらないままに、師匠が、くずおれる。

あの『鬼功《きこう》の繰《く》り手《て》』サーレ・ハビヒツブルグが、糸を切られた人形のように。

自身にとって在り得ない、考えたこともなかった事態を、

「――」

呑み込むことを拒否して立ち尽くす少女を、

「キアラ！　ボーっとしちゃ駄目《だめ》!!」

ウートレンニャヤとヴェチエールニャヤが、同じ言葉で叩《たた》いた。

「――っ、ぅ」

が、少女は指示がない、そのことにまず恐怖を抱き、

「う、ああ」

次に、なにをすればいいのか分からない恐慌に揺れ、

「ああ、あ――」

最後に、極大《きょくだい》の衝撃《しょうげき》に襲《おそ》われることで――自失《じしつ》した。

「――っ　　!!」

師匠の血飛沫《ちしぶき》を顔に浴びる、という衝撃《しょうげき》に、自失した。

「キアラッ!!　紋章《もんしょう》を引き継いで!!」

「なにやってんの、バカ――あっ!?」

陽炎《かげろう》のドームが薄れ、地面の紋章が消えてゆく。

それを展開していたサーレが、重傷を負い意識を失った。

通常それを引き継ぐはずのキアラが、自失状態に陥った。

さらに、普及《ふきゅう》して間もないそれは、起き得る様々なケースに対処《たいしょ》するための、技能的な積み

重ね、反射的に行えるだけの慣れ、いずれも未だ、持っていなかった。

そして、戦っている相手、［革正団《レボルシオン》］は、それを使う必要性を認めていない。


封絶が、解けた。


全てが動き出し、秘《ひ》された戦場の内に在ったものが、世界へと放り出される。

サラカエルの起こした爆発、最後の一舐《ひとな》めが海面を弾《はじ》けさせ、荒地《あれち》を叩《たた》き砕いた。

その中に、サーレの作っていた人形が崩れたため投げうたれたハリーも、巻き込まれる。

同じく吹き飛ばされ転がったキアラは、

「うっ、あ！」

己《おの》の引き起こした取り返しの付かない結果によって、自失を覚まされた。

すぐ傍《そば》、壊れた人形のように地に伏す師匠《ししょう》、彼にとっては突然に起きた爆発に呻《うめ》き声を上げるハリー、二人を無我夢中《むがむちゅう》で、なんの意味もないということも忘れ、抱き寄せる。

「あっ！　あ、ああ……！」

叫びとも悲鳴とも付かない声を上げる少女の頭上、

「勝負、ありましたね」

封絶《ふうぜつ》も解けた宵闇《よいやみ》の空から、光背《こうはい》を輝かすサラカエルの、冷厳《れいげん》たる判定が下った。

その腕の中、ようやく意識を取り戻したドゥーグが、両眼《りょうめ》を爛々《らんらん》と輝かせている。

同時に、破損《はそん》を免《まぬが》れた『黒妖犬《モディ》』が十体《じったい》ほど立ち上がり、ヨタヨタと寄ってくる。

さらに、サラカエルの傍《かたわ》ら、鳥と見える力の衣《ころも》を纏《まと》ったフレイムヘイズが、在る。

サーレは倒れてピクリとも動かず、ハリーは苦悶《くもん》に呻き、キアラ自身の傷も深い。

「我々の、勝利です」

「……う、う」

キアラには、どうすればいいのか分からなかった。今さら封絶《ふうぜつ》を張っても意味がない。さらに一人、強い気配《けはい》を放つフレイムヘイズまで加えた敵を相手に勝てるとも思えない。

「うあああああああ!!」

絶叫《ぜっきょう》とともに、自身の左手で弓を形成していた力を、解いた。

「!?」

驚くサラカエルらの眼下《がんか》、キアラを中心としたオーロラの渦《うず》と爆発が起こる。

猛禽《もうきん》のような視線で、その爆発の一角から飛び出したものを射止《いと》めたクロードが、リーダーに求める。

「同志《どうし》サラカエル、始末《しまつ》する」

「どうぞ。ああ、しかし彼女は――」

「分かっている」

言うや、クロードは身に纏《まと》う力の衣《ころも》『サックコート』の翼《つばさ》を畳《たた》み、猛烈《もうれつ》な速度で降下。獲物《えもの》を——爆発にまぎれて遁走《とんそう》を図ったフレイムヘイズの少女を、その頭上から襲《おそ》う。

(もう気付かれた!?)

負傷した二人を両脇《わき》に抱えての逃走《とうそう》、という自身でも分かっている苦し紛《まぎ》れの打開策《だかいさく》に出たキアラは、追撃《ついげき》の気配《けはい》を頭上に感じて唇を噛《か》んだ。二人を可能な限り丁寧《ていねい》に放り落とし、

(ごめん、最期《さいご》まで付き合って)

(ここまで追い込まれても駄目《だめ》、か)

(てゆーか、最期ってのは気が早いわよ)

契約した〝王〟らと刹那《せつな》の声を交わして、再び展開した弓から振り向き様《ざま》、

「——えやあっ!!」

振り絞《しぼ》った力を一閃《いっせん》、射放《いはな》つ。

その極光《きょっこう》の棚引《たなび》きを、

「ふん」

しかし軽い螺旋《らせん》を描くだけ、最低限《げん》の動作で、クロードはかわした。

「!?」

驚きに目を見開く少女に向けて、[革正団《レボルシオン》]の擁《よう》するフレイムヘイズは前転《ぜんてん》、飛び蹴《げ》りの右足先端《せんたん》に集中させた空色《そらいろ》の輝きを、鷲《わし》の爪《つめ》へと形成する。

ズン、

と打ち砕いたものは、地面。

辛《かろ》うじてかわしたキアラは、弓を引き絞る間も与えられぬまま、

「がふっ!!」

腹に素早い左足による二蹴《ふたけ》り目を喰らっていた。地面に打ちつけた右足を軸《じく》とする、同じく

鷲の爪を象《かたど》った瞬速《しゅんそく》の横回《よこまわ》し蹴りに、小石のように吹っ飛ぶ。

さらに翼《つばさ》を現して飛翔《ひしょう》したクロードは、宙に在る少女へと追いつき、

「はあっ!!」

再びの、鷲の右足による前転蹴《げ》りを繰り出していた。しかも、その空色の輝きで形成された足に捕らわれ、蹴りの勢いのまま全身、地面へと叩《たた》きつけられる。

「――ッ!!」

岩ごと砕《くだ》き潰《つぶ》される打撃力に、キアラは叫びの欠片《かけら》も漏らせない。両腕は体ごと鷲の足に掴《つか》まれて、身動きすらままならなかった。振りほどくだけの力の持ち合わせも、既《すで》にない。

(どうして、歌えないの……)

少女の虚《うつ》ろな瞳《ひとみ》に、自分を踏みつけて聳《そび》えるクロードが映っていた。振り上げた手刀《しゅとう》の周りに輝く力が集中し、鷲の頭となる。

彼女にとっての、死の形。

それが、振り下ろされる

「やあ」

寸前《すんぜん》、宵闇《よいやみ》の風に、場違《ばち が》いな声が混じった。

「ようやく出てきてくれたね、『空裏《くうり》の裂《さ》き手《て》』クロード・テイラー」

そこに在る誰もが見た先、荒地《あれち》の高い丘《きゅうじょう》上に立っているのは、ドレスの女。取り立てて特徴《とく ちょう》のない、平凡《へいぼん》な中年の女である……が、ただの人間が、こんなところにいるわけがない。

なにより、

（え……あの、人……？）

キアラには、その女性に見覚えがあった。たしかに今朝《けさ》、ホテルのラウンジでぶつかった、あの女性だった。わけが分からない。

クロードは、

「なんだと……？」

呟《つぶや》き、足元の少女にとどめを刺すよりも、まず闖入者《ちんにゅうしゃ》の警戒《けいかい》を優先する。その場違いな女に気配《けはい》が全く感じられず、女の発した声が弾《はず》むような少年のものだったからである。

さらに、おかしなことが起こる。

「方々探《ほうぼう》したわよ、まったく」

今度は、若々しい女の声が発せられた。

クロードの胸にある、左を向いた鷲《わし》のバッジ型の神器《じんぎ》が、低い唸《うな》り声をあげる。

「この声……まさか」

「その、まさかなのよ、〝觜距《しきょ》の鎧仗《がいじょう》〟カイム」

言って、悪戯《いたずら》っぽく笑った女が、急に力を失って倒れる、
途中で爆発した。


「これは!?」

サラカエルは、空で無数の目を見張った。

爆発の寸前《すんぜん》、女の周囲に気配隠蔽《いんぺい》の自在法《じざいほう》が一瞬《いっしゅん》現れ、解けたのである。

さらに、爆発の炎《ほのお》は渦《うず》を巻いて膨《ふく》れ上がり、地面へと新たな自在式《しき》を展開させてゆく。

(召還《しょうかん》……いや、誘導《ゆうどう》と牽引《けんいん》の複合か)

自在師《し》たる彼は一目《ひとめ》で、その種類と高度さを看破《かんぱ》した。

(いったい、なにを――!!)

そう思う中で、振り向く。

東を。

眼前に望むコオラウ山脈、ではない――

その向こう、隣《となり》のモロカイ島、でもない――

さらに遠く、紺碧《こんぺき》の水平線を越えた彼方《かなた》から――

自在式《じざいしき》に向かって、自在式に引き寄せられて、飛んでくる。

とんでもない速さで、この地目《ちめ》がけて一直線《いっ》に。

恐ろしいほどに大きな気配《けはい》が、二つ。

クロードが、呆然《ぼうぜん》と呟《つぶや》く。

「……『風《かぜ》の転輪《てんりん》』」

「なん、ですって?」

サラカエルは、その言葉の意味するところに気付いて、瞠目《どうもく》した。

いつだったか、彼から聞かされたことがある。

『風《かぜ》の転輪《てんりん》』。

人間と人間の接触《せっしょく》によって伝達を続け、その際の走査《そうさ》で目標物《ぶつ》を探索《たんさく》するという、精緻技巧《せいちぎこう》の自在法《ほう》。目標物を探し当てると、自在法は伝達経路《けいろ》上のトーチから僅《わず》かずつ集めた〝存在の力〟で、意識を憑依《ひょうい》させた傀儡《くぐつ》を形成し、本体の到達まで状況を調査、調整するという。

その本体、自在法の使い手たる〝紅世《ぐぜ》の王〟は、同じく自在師《し》として高名な恋人の〝ミステス〟と合わせて、こう呼ばれている。

「――『約束の二人《エンゲージ・リンク》』――!?」

まるでサラカエルに呼ばれたかのように、頭上の雲が渦巻《うずま》くこと数秒、底が抜けた。

夜を見上げる目を焼いて、琥珀色《こはくいろ》の大瀑布《だいばくふ》と落ちてくる、それは風。

寸分違《すんぶんたが》わず、風の大瀑布は誘導《ゆうどう》と牽引《けんいん》の自在式に合流して、弾《はじ》ける。

その輝きが薄れ消える中心、到来《とうらい》の余韻《よいん》に衣服をはためかす男女二人の姿があった。

クロードが愕然《がくぜん》とする内心《ないしん》を隠《かく》さず、一人一人の名を、呼ぶ。

「……〝彩飄《さいひょう》〟フィレス、『永遠の恋人』ヨーハン……!!」

華奢《きゃしゃ》な身の各所に布を巻いた、つなぎのような着衣《ちゃくい》の、美しい女。

壊れるほどの躍動感《やくどうかん》を漲《みなぎ》らせ、生命の鮮《あざ》やかさを見せ付ける少年。

肩を寄せ合い手を取り合い佇《たたず》むそれは、まさに一対《いっつい》の存在だった。

女が、クロードに明るく笑いかける。

「本当、なんて宿六亭主《やどろくていしゅ》なのかしら、クロード・テイラー」

少年も同じく、爛漫《らんまん》な笑顔を向ける。

「僕らに迷惑《めいわく》がかかる、と分かってやってるんだからなあ」

「そんな、馬鹿な――」

圧倒的な強さを誇り聳《そび》えていた、鋼鉄《こうてつ》のような頑健《がんけん》さを見せ付けていた、フレイムヘイズ

『空裏《くうり》の裂《さ》き手《て》』が今、力なくよろめいていた。

「なぜだ、在り得ない」

「お前たちが、来ただと……どんなペテンを使った？」

弱弱しく返した二人は立ちすくみ、手を取り合う二人は苦笑《くしよう》する。

「相変わらず口が悪いわね、カイム」

「ペテンもなにもない、君たちの約束どおりさ」

言い合う四人を、特に切り札たる『空裏《くうり》の裂《さ》き手《て》』の動揺振《どうようぶ》りを見て、サラカエルは心中《しんちゆう》に焦りを覚えていた。

（このような時に、こんな厄介《やつかい》な人たちが、なぜ……敵、でしょうか？）

どちらの味方とも思えないが、片方に掣肘《せいちゆう》をかけるのは確実であるように見えた。片方とは無論《むろん》、彼ら［革正団《レボルシオン》］……正確には、クロード・テイラーに、である。

この二人は、いずれも強大な〝紅世《ぐぜ》の王〟と〝ミステス〟、しかもとある理由から、世界に害をなさない存在であると見做《みな》されている。ゆえにフレイムヘイズはこれを討《う》たず、〝徒《ともがら》〟も望んで戦いを挑《いど》んだりはしない、真の意味で自由気儘《きまま》に世界を渡る存在だった。

（さっきの女は、この二人の傀儡《くぐつ》ですか……もし気配《けはい》を感じさせなかったあれで、この地を密《ひそ》かに探っていたとなると、ある程度は我々の計画を把握《はあく》していることも在り得ますね）

危機的《ききてき》状況は、この戦場だけに留まらない可能性が出てきていた。彼にとっては当然、そちらの方が重要である。

一方、緊迫《きんぱく》した空気には構わず、『約束の二人《エンゲージ・リンク》』は気軽に、自分たちの用件を告げる。

「どうして奥方《おくがた》のところから逃げ出したりしたのよ?」

「おかげで僕らは約束どおり、君を止める、って重《じゅう》労働に借り出されることになった」

そうして二人、一歩を踏み出した。

思わず、クロードは体を引く。

その足元、

(今、だ!)

キアラは弱まった爪《つめ》の拘束《こうそく》を砕き、脱出した。僅《わず》かな距離を取って、今できる精一杯《せいいっぱい》の虚勢《きょせい》として、左腕の弓を展開する。

「……?」

が、逃がしたクロードの方は、

「うっ、ぐ」

先までの隙《すき》のなさは完全に影を潜《ひそ》め、ただよろめくだけで、逃したフレイムヘイズの少女に向き合おうともしない。

それを見たサラカエルは、

(攻め時を失いました……か)

改めて考える中、

（──）

もう一つ、驚くべき光景を、その無数の目の片隅《かたすみ》に留める。

（──なっ!?）

胸を抉《えぐ》られたはずの『鬼功《きこう》の繰《く》り手《て》』サーレ・ハビヒツブルグが、立ち上がっていた。

人間ならばとうに絶命《ぜつめい》しているはずの重傷、今もそこから大量に出血《しゅっけつ》して、なお顔だけは平然と。新たに人形を呼び出すための予備動作《どうさ》か、静かに、大きく、両手を広げてゆく。

（これまで……ですね）

サラカエルは、遂《つい》に敵殲滅《せんめつ》による事態の全面解決《かいけつ》を断念《だんねん》した。

もはや、混沌《こんとん》などとは言っていられない。サーレに回復のための時間を与え、キアラに逃げる隙《すき》を与え、クロードが戦意を喪失《そうしつ》した。全ての出目《でめ》が、『約束の二人《エンゲージ・リンク》』の出現によって、一挙《いっきょ》に悪い方へと転がっていた。

（だからといって、もはや計画は止められません……現状のまま強行あるのみ）

最も避けたかった選択肢《し》を、しかし覚悟《かくご》とともに受け入れたサラカエルは、笑う。

（……『約束の二人《エンゲージ・リンク》』は、どうやら同志《どうし》クロードを『止める』ため、フレイムヘイズらに協力する様子《ようす》……ただでさえ我々［革正団《レボルシオン》］は嫌われていますし……ふふ）

「おかし、ら……？」

腕の中、不審《ふしん》げに口を開くドゥーグの頭をポンと叩《たた》くと、それを合図としたかのように、

「ふ、ふふ、はっははははは！」

無思慮《むしりょ》な自棄《じき》ではなく、思慮の末の自嘲《じちょう》として、声に出しての笑声を上げた。

この意外《いがい》な行為に、クロードが僅《わず》か動揺《どうよう》から覚める。

「同志、サラカエル」

「す、すまねえ」

「いえ……引き上げましょう」

カイムからも詫《わ》びの声を受け取ったサラカエルは、当面《とうめん》最も警戒《けいかい》すべき二人を見た。

「お二方《ふたかた》、同志クロードと積もる話もあるようですが、お互い体調の優れない者がいる様子《ようす》、一旦《いったん》仕切り直させて頂きますよ」

その『約束の二人《エンゲージ・リンク》』は双方の状況を察し、同じく笑って返す。

「ふう、ん……クロードも面倒《めんどう》な連中《れんちゅう》に引っかかったわね」

「ここで全て済ませてしまおう、って言っても、逃げる手口《てぐち》があるんじゃ仕様《しよう》がない、か」

視線に火花を散らす交錯《こうさく》も数秒、

「では、失礼……できれば、二度とお会いしたくないものですが」

サラカエルは言って、最後まで残った『黒妖犬《モディ》』たちに『呪眼《エンチャント》』を点《とも》した。

ボロボロの〝燐子《りんね》〟たちは一瞬《いっしゅん》、内側に向かって圧縮《あっしゅく》されてから、大爆発《だいばくはつ》する。

その中、

「ヨーハン！」

「つと、と」

手を取り合う『約束の二人《エンゲージ・リンク》』は軽く舞い上がって避け、

「ハリーさん！」

キアラは咄嗟《とっさ》に、倒れたままのハリーの上に覆《おお》い被《かぶ》さり、

「……」

サーレは爆炎《ばくえん》の迫る寸前《すんぜん》、バッタリと前のめりに倒れた。

再び、［革正団《レボルシオン》］は爆炎とともに、去った。

猛烈《もうれつ》な破壊の乱流《らんりゅう》が通り過ぎてから、どれほど経《た》ったのか——。

サラカエル一派《いっぱ》も消え失せ、世界は元の静けさを取り戻していた。

「う……」

波の音と潮風《しおかぜ》を感じ、痛みと耳鳴《みみな》りを押して、

「ハリー、さん？」

「……ぐ……」

キアラは自分の下、どうにか一命《いちめい》を取り留めたらしいハリーを助け起こす。

「大丈夫ですか」

封絶《ふうぜつ》が解けてから、散々《さんざん》地面を引き摺《ず》り回され、また炎《ほのお》に襲《おそ》われした彼のスーツは、もはやボロ布《ぬの》同然の有様《ありさま》で、そこかしこに血も滲《にじ》んでいた。

「い、今すぐ手当てを、します……！」

封絶《ふうぜつ》を解いて彼を傷つけてしまった自責《じせき》の念から、また単純な優しさから、キアラは庇《かば》った自分の背にある焼け付くような痛みを無視して、急ぎ彼の手当てを始める。

「あ――駄《だ》、目《め》」

この期《ご》に及んで触れさせない彼のスーツの前をはだけて、

「そんなこと言ってる場あ――」

キアラは数秒、思考《しこう》を停止させた。

ハリーが力ない手で必死に、スーツの前を合わせ、胸を隠《かく》す。

その仕草《しぐさ》と、たった今《いま》見たものから、

「――あ、れ」

「ええ、っと」

「へっ……？」

キアラと二人の〝紅世《ぐぜ》の王〟はようやく、それだけの声を漏らした。

泥と血に汚れ、引き摺《ず》られてボタンも飛んだシャツの中にあった、二つの膨《ふく》らみ。

それは、少女であるキアラも――大きさでは見劣《みおと》りするが――身に備えているもの。

後ろで纏《まと》めていた髪《かみ》が解けて、胸を隠《かく》す仕草《しぐさ》に当たり前のこととして艶《つや》を与えている。

「ハリー、さん、ですよね？」

顔色を、怪我《けが》の度合い以上に蒼白《そうはく》にしたハリー・スミスを名乗る女は、ゆっくりと頷《うなず》いた。

観念《かんねん》したように、きつく胸元を締めていた腕から、力が抜ける。

「……ええ」

答えた声が、今さらのように女性として響《ひび》いた。

キアラは混乱した頭で、図らずも核心《かくしん》となる質問を口にする。

「でも、あなたは一体《いったい》、誰なんですか……？」

3　真事《しんじ》の訃告《ふこく》

ハワイ諸島は北回帰線《きたかいき》に近い。

そのため、貿易風《ぼうえき》は北東から南西へと吹き抜けてゆく。この太平洋から水分を抱え込んでくる湿った風は、ハワイの山々にぶつかって大量の雨雲となり、ゆえにどの島も大抵《たいてい》、山の手前にある北東部が雨の多い地域、山を越えた南西部が渇《かわ》いた地域となっていた。

オアフ島における貿易風《ふう》の障壁《しょうへき》は、島の北端《ほくたん》から南東方面へと斜めに走るカオラウ山脈である。降水量は当然、直接雲《くも》と接する山間部が最も多く、次いで山に発生した雲の大半《たいはん》が降りる北東部、最後に水分の大半が抜けた風を受ける南西部で、ホノルルはまさにその、カオラウ山脈の南西部に位置していた。

とはいえ勿論《もちろん》、ホノルルにも雨は降る。大半はサッと通り過ぎてはカラッとあがる、スコールというほどでもない俄《にわ》か雨で、ほとんど大地と緑への散水のようなものだった。

「……」

その雨を、『極光《きょっこう》の射手《いて》』キアラ・トスカナが物憂《ものう》げに眺《なが》めている。ホテルの部屋、ベランダ出口の前に椅子《いす》を置いて、身を竦《すく》ませるように小さく座っていた。

彼女らは、昨夜の激しい戦いの後、それ以外にない選択肢《し》として一先《ひとま》ずの撤退《てったい》を決め、『約《エ》束の二人《ンゲージ・リンク》』の手を借りて、元いたホノルルのホテルへと戻っている。

「……ふう」

と重い溜《た》め息を吐いた彼女の背後で、

「——巷《ちまた》に雨の降る如《ごと》く……なんだったかな」

部屋の主《あるじ》である『鬼功《きこう》の繰《く》り手《て》』サーレ・ハビヒツブルグが、ベッドに横たわったまま呟《つぶや》いた。その胸から腹にかけては、清潔《せいけつ》な包帯《ほうたい》が固く丁寧《ていねい》に巻かれている。

傍《かたわ》らのワゴンに置かれた、十字操具型《そうぐがた》の二丁神器《にちょうじんぎ》『レンゲ』と『ザイテ』から、

「——我が心にも涙《なみだ》降る。斯《か》くも心に滲《にじ》み入る、この悲しみは何やらん。——だよ」

〝絢《あや》の羂挂《けんけい》〟ギゾーがスラスラと続けた。

「師匠《ししょう》、起きてたんですか」

キアラは師匠の傷の治り具合を診《み》るため、ベッドに駆け寄る。

師匠の方は、弟子《でし》の翻《ひるがえ》す衣服に、僅《わず》か面食らった。

「なんだ、その格好《かっこう》」

「えっ、ああ、これですか？」

少女が着ているのは、薄地《うすじ》半袖《はんそで》のゆったりしたワンピース風《ふう》の衣装《いしょう》・ホロク。

腰ではなく、胸の上のラインからギャザースカートとなっているのが特徴《とくちょう》で、宣教師《せんきょうし》の伝えた西洋様式《ようしき》が当地なりにアレンジされた、新式の衣装だった（ムームーの前身に当たる）。

新しい服の端《はし》を、キアラは女の子らしい仕草《しぐさ》で少し広げて見せる。

「今朝《けさ》、私の包帯が取れたとき、フィレスさんが、服が汚れてる、自分も着るから、って買ってくださったんです」

彼女らの前に突然現れた『約束の二人《エンゲージ・リンク》』は、［革正団《レボルシオン》］のフレイムヘイズ『空裏の裂き手《くうりのさきて》』クロード・テイラーに用があるらしく、サーレに共闘《きょうとう》をそれとなく持ちかけていた。容態《ようだい》が落ち着いてから改めて話そう、ということで、今は同じホテルに部屋を取って滞在している。

名にし負う〝紅世《ぐぜ》の王〟と〝ミステス〟……であるなずなのだが、その事実を疑わせるほどに、二人は明るく屈託《くったく》のない性格で、キアラともすぐに打ち解けてしまった。服を買ってやったりすることにも、恐らくはまどろっこしい裏などないのだろう、と自然と思わせられるほどに、態度は堂々として、挙措《きょそ》は無邪気《むじゃき》で、やることなすこと楽しげだった。

その明るさの欠片《かけら》を服と一緒にもらったのか、キアラはほんの微《かす》かに微笑《ほほえ》む。

「スカートなんか穿《は》いたの、久しぶりです」

単純な作りの、白くゆったりしたスカートは、少女によく似合《にあ》っていた。

が、それはそれとして、サーレは尋《たず》ねる。

「しかしそれじゃ、戦いにくいだろ」

「……君という奴《やつ》は」

ギゾーが、呆《あき》れ声を溜《た》め息に混ぜた。

「いえ、今は当然、そう考えるべきで――」

言いかけた契約者を遮《さえぎ》って〝破暁の先駆《はぎようせんく》〟ウートレンニヤヤと〝夕暮の後塵《せきぼこうじん》〟ヴェチエール
ニヤヤが、左右お下《さ》げの髪飾《かみかざ》り、鏃型神器《やじりがたじんぎ》『ゾリャー』から口を尖《とが》らせる。

「そういう服は、ちゃんと別に用意してあるわよ」

「つたく、なんで今在《あ》ることしか見ないのかしらねえ、この野暮天《やぼてん》は」

「いいの。それより師匠《ししよう》、傷の具合はどうですか?」

キアラは二人を抑えて、ワゴンから新しい包帯《ほうたい》を手に取った。

それを見たサーレは、寝坊《ねぼう》する駄々《だだ》っ子のようにシーツを被《かぶ》り、弟子《でし》の介護《かいご》から逃げる。

「今朝《けさ》、もう大丈夫って確認しただろ。今のも、念のためってだけの二度寝で、怪我《けが》の方は放っときゃ治るレベルになってんだ。わざわざ手当てし直すほどじゃない」

それでもキアラは問い質《ただ》す。

「本当に、痛みは?」

「ないない、あっても言わん」

シーツ越しに返ってくるのは、理不尽《りふじん》な返答だけである。

「つたく、子供なんだから」

「こういうときくらい甘えときゃいいのにさー」

仕返しとからかうウートレンニャヤとヴェチエールニャヤに、

「死んでも御免《ごめん》だ」

不要な返事だけはキッチリ返す、全く可愛《かわい》げのない男だった。

（死んでも……）

キアラは、その何気ない一言に、ホロクの胸を抑えた。

実際、〝征遼《せいりよう》の睟《すい》〟サラカエル一派との難戦《なんせん》を切り抜けた後のサーレは、今日の未明まで、いつそうなってもおかしくない危険な容態《ようだい》だったのである。

あの戦いで、胸の中ほどを『空裏《くうり》の裂《さ》き手《て》』クロード・テイラーにごっそり捥《も》ぎ取られた彼は、最後の最後に立ち上がってサラカエルを驚かせ、辛《かろ》うじて痛み分けの心境《しんきよう》へと傾かせることに成功した。

しかし、あの屹立《きつりつ》は、超絶的《ちようぜつ》な回復力を発揮《はつき》したわけでも、根性《こんじよう》で体を持ち上げたわけでもなかった。フレイムヘイズ『鬼功《きこう》の繰《く》り手《て》』としての、ほんの小手先《こてさき》の技として、自分自身の体を操《あやつ》って立ち上がらせた、ただそれだけのことだったのである。

あの時点で、既《すで》に自力《じりき》で立つだけの力など、体の内には残っていなかった。どころか、異能《いのう》の力さえ、甚大《じんだい》なダメージによって尽きかけていた。

そんなギリギリまで全てを使った後の回復は、当然のように遅かった。未明までは死体が転がっているのと変わらない、生と死の綱引《つなひ》きを静かに、しかし激しく続けて、ようやく容態《ようだい》が安定し回復に向かったと確認できたのは、薄暮《はくぼ》の頃になってからのこと。

キアラ自身もフレイムヘイズである。胸に重傷を負った身であっても、徹夜《てつや》の看病《かんびよう》程度ならば、大した負担《ふたん》にはならなかった。

しかし、それは肉体的なものに限った話である。師匠《ししよう》が自分を庇《かば》って瀕死《ひんし》の重傷を負った、彼の倒れた後に恐慌《きようこう》状態となった、そのせいで封絶《ふうぜつ》を解いてしまった、挙句《あげく》に逃げようとして失敗した等々の精神的な苦痛は、肉体が頑強《がんきよう》である分、疲労や睡眠《すいみん》による麻痺《まひ》へと逃げることもできず、完全な形で常時、襲《おそ》ってきた。

結果、少女は昨夜のしくじりを鮮明《せんめい》に引き摺《ず》ったまま、師匠に接している。

「でも、師匠があんなことになったのは、初めてで……」

接されているサーレの方は、弟子《でし》の不手際《ふてぎわ》をなんとも思っていない。こういうこともある、という以上には考えていなかった。

ようやくシーツから顔だけ出して、そのことを言ってやる。

「俺は無敵《むてき》でも不死身《ふじみ》でもない、せいぜい小器用《こ》が取り柄《とえ》のフレイムヘイズだぞ。失敗もすれば負けもする。何年一緒《いつしよ》にいるんだ」

「……はい」

もちろんキアラも、理屈《りくつ》では分かっていた。

分かっていてなお、ショックだったのである。

なにもかもが無茶苦茶《むちゃくちゃ》になって暴走《ぼうそう》状態だった自分を、軽く抑え込んだ人形遣《づか》い。

強く心得《こころえ》を諭《さと》すでもなく、細々と手法を教えるでもなく、ただどこへ行くも一緒に連れ歩いて、対等の相手として共に誇《はか》り、たまに倒れたら手を引いて立たせてくれた、そんな師匠。

自失《じしつ》してしまった己《おのれ》の無様《ぶざま》さとは全く別次元のこととして、ただ弟子の我儘《わがまま》として、とにかく、絶対に、『鬼功《きこう》の繰《く》り手《て》』には、倒れて欲しくなかったのだった。

と、その師匠、

「それと、だな」

サーレが付け加えた。

「?」

「どうもおまえは誤解《ごかい》してるようだが、最後の逃走《とうそう》は、むしろ誇るべきことなんだぞ」

「えっ」

もう一人の師匠であるギゾーも続ける。

「同感だね。あの状況で敵に飛びかかっていたら、君も僕らも、確実に死んでいた……逃げる道を選ぶのは、フレイムヘイズにとって恥《はじ》でもなんでもないんだよ」

「でも私、怖くて逃げ出しただけで」

「ただそれだけの奴《やつ》が、俺やあの女を抱えて行くか」

サーレは分かっていない弟子《でし》を、まるで馬鹿にするように誉《ほ》めた。

「おまえは逃避《とうひ》したんじゃない、フレイムヘイズとして撤退《てったい》したんだよ。それが失敗したのなら、仕様《しよう》のないことだ」

「……」

自分の取った咄嗟《とっさ》の行動を理路《りろ》整然と解説されて、ようやくキアラは不毛《ふもう》な自責《じせき》から、幾分《いくぶん》か解放された。

「分かったら、妙《みょう》な気を回すな。ゆっくり眠れん」

言ってからサーレは、そうだ、と気付く。

「そういえば、あの女は見つかったのか？」

「……いえ」

訊《き》かれて、キアラはまた萎《しお》れた。

あの女、というのは無論《むろん》、ハリー・スミスを名乗っていた女のことである。

彼女は、サーレが目を覚ます前に失踪《しっそう》していた。

夜中、師匠《ししょう》を看病《かんびょう》する合間、容態《ようだい》を見に来たキアラに、

「ハリエット」

不意に、ハリー・スミスと名乗っていた女は言った。

「えっ」

ベッド脇の椅子《いす》に座り、新しい水差しを置いていたキアラは、ベッドの女を見た。

「ハリエット・スミス……私の本当の、名前です」

火傷《やけど》と擦《す》り傷で、全身に薄く包帯《ほうたい》を巻いた姿（ハワイは気温と湿度が高いため、あまり巻き過ぎると、かえって汗疹《あせも》や化膿《かのう》、発熱等《など》を併発《へいはつ》させてしまうのである）も痛々しい女性は、横たわったまま、天井《てんじょう》を見つめたまま、再び言った。

「本当、の――」

なぞる途中で、キアラは気付く。

スミス。

ハリー・スミスは、ホノルル外界宿《アウトロー》の構成員だった。

彼は、親の代から家族ぐるみで外界宿《アウトロー》の構成員を務めていた。

外界宿《アウトロー》が〝徒《ともがら》〟の襲撃《しゅうげき》を受けた際、妹を亡くした、と彼女は報告していた。

彼女は。

「まさか、あなたは、本当のハリーさんの」

「はい、妹です」

ややの間を置いて、ようやくキアラは質問する。

「死んだ、っていうのは」

「死んだのは、私ではなく、兄です」

わけが分からなかった。

「ど、どうして……お兄《にい》さんに成り済ましたりなんか」

「助手扱《あつか》いだった妹の私では、外界宿《アウトロー》の運営に関与する権限が、ほとんどなかったから……探すために、知るために、追い出されるわけには行かなかった」

辛《つら》さを声として出す『ハリエット』に、左右の髪飾《かみかざ》りから、

「確かに、ただの助手のあんたが残った、ってのと、腕利《うでき》きだったお兄さんが残った、ってのとじゃ、欧州《おうしゅう》の反応も違ってくるでしょうね」

「外界宿《アウトロー》襲《おそ》った犯人を探すためとはいえ、また思い切ったことするじゃない」

ウートレンニヤヤとヴェチエールニヤヤが、それぞれ呆《あき》れ声を出した。

が、事態の混迷《こんめい》は、その程度の容易さで済むようなものではなかった。

「犯人」

うわ言のように、ハリエットは小さく繰り返す。

「はい？」

「あの事件の、犯人は」

「知って、いるんですか」

キアラは、唐突《とうとつ》に湧《わ》いて出た事件の真相との接触《せっしょく》に、幾分《いくぶん》か当惑《とうわく》も感じつつ、尋《たず》ねた。

躊躇《ちゅうちょ》ではなく、単なる息継《いきつ》ぎをしてから、ハリエットは言う。

「兄です」

「っ!?」

その場が、凍りついた。

「六年前、外界宿《アウトロー》の所在を［革正団《レボルシオン》］に教えて、宝具《ほうぐ》『テッセラ』を強奪《ごうだつ》させたのは、そこにいた皆を殺させたのは、兄だったんです」

「それ、は、どういう？」

キアラの問いかけは、震えていた。

ハリエットの答えは逆に、恐ろしいほどの平淡《へいたん》さ。

「分かりません、分からないんです。だって――」

天井《てんじょう》を見ながら、報告書でも読み上げるように、続けた。

「だって皆、本当に仲が良かったから。ジョージもファーディも、アーヴィングも、皆いい人たちばかりだった。なのに、兄さんはあんなことして、最後はジョージに殺された……分からない、分からないんです、なにもかも」

感情が言葉だけに溢《あふ》れ、口ぶりからは欠落している、全く奇異《きい》な様相《ようそう》だった。ただ、シーツを握り締める手だけに、渾身《こんしん》の力が込められている。

「だから、その答えを探したかった、知りたかった……なにをしてでも」

「……」

キアラたちは、彼女が身分を詐称《さしょう》までして事件に関わろうとした執念《しゅうねん》、職分を超えた真摯《しんし》さと、謹直《きんちょく》さの根源に、ようやく触れたような気がしていた。

「キアラさん」

天井《てんじょう》を向いたまま、ハリエットは呼びかけた。

「な、なんですか」

「仮に［革正団《レボルシオン》］の思想に共感したとしても、それは家族同然《どうぜん》の人たちを殺して、温かな場所を壊せるほどの力になり得るのでしょうか。私には、分かりません」

その、改めて見れば整った美女とも言える顔が突然、落ちるように横を向いた。

キアラは、どういうわけか、恐怖に近いものを覚えた。

「もしかして、復讐者《ふくしゅうしゃ》として生まれるフレイムへイズである貴女《あなた》なら、その答えを知っているのではありませんか？」

追及の視線に、思わず口ごもる。

「えっ、わ、私、が？」

「兄《にい》さんにあんなことをさせただけの感情と、あなたたちが全てを捨てて契約するときの強力な感情は、同じものなのではありませんか？」

代わりに、ハリエットの語気が強くなった。平淡《へいたん》な口ぶりから、少しずつ心の炎《ほのお》が漏れ出している。感情は、欠落していたのではなく、隠《かく》されていただけだった。

「契、約……？」

キアラの脳裏《のうり》に、雪原《せつげん》の記憶《きおく》が木霊《こだま》した。

強要するように、ハリエットは答えを求める。

「どれほどの力があれば、笑い合っていた人たちを殺せるんです？」

「殺、す……？」

木霊が呼び覚ますのは、父を殺された、悲しみと怒り。

もう二人は互いを見て、しかし見ていない。自分の感情と記憶に没入《ぼつにゅう》していた。

「お願いです、教えてください、キアラさん！」

「私……、――」

影絵《かげえ》のような針葉樹林《しんようじゅりん》の中、悲しみと怒りと、絶対に許せないものを――

と、

「はーい、ストップストップ！」

「難詰《なんきつ》したって、出るもんが出るわけでもないっしょ？」

ウートレンニヤヤとヴェチエールニヤヤが、危うくキアラに精神の箍《たが》を嵌《は》め直し、不条理《ふじょうり》な激情の虜《とりこ》となっていたハリエットの目も覚ました。

「あっ……」

自分の行為に今さら驚いたハリエットは再び、今度は逃げるように天井《てんじょう》を見上げた。

「すいません、キアラさん……私……」

「いえ。でも、ちょっと、ビックリしました」

気の抜けた声を交わす二人を、

「ビックリどころか、ビクビクものよ」

「フレイムヘイズに契約のこと尋《たず》ねるなんて、外界宿《アウトロー》にいたってのに迂闊《うかつ》すぎるわ」

左右の髪飾《かみかざ》りが再び窘《たしな》めた。

そうしてお互い、なんとなく口を開きにくくなって数秒、

「私、師匠《ししょう》のところに戻りますね」

キアラは言い、立ち上がった。

「またすぐ、様子《ようす》を見に来ますから」

少し間を置いてからハリエットは頷《うなず》いた。

そして、
次にキアラが病室を覗《のぞ》いたとき、

「ハリエット、さん……？」

既《すで》に、ベッドは空になっていた。

サーレはこれらの事情を、容態《ようだい》の安定した直後に聞いている。

彼女を逃がしたことも含めて、キアラは落ち込んでいた。せめて状況《じょうきょう》報告くらいはキチンとやろう、と新たに起きた小さな出来事を、師匠に話す。

「今、お二人が近くを見回りに……フィレスさんには、望み薄って言われましたけど」

「だろうな」

サーレは半《なか》ば笑って答えた。弾《はず》むように探しに出る『約束の二人《エンゲージ・リンク》』の姿が、容易に想像できたからである。キアラは見回りに、と言ったが、実際のところそれはついでで、主な目的は二人しての散歩に違いなかった。

共闘《きょうとう》を認めさせるための助力、信頼を得るための加勢《かせい》……などと堅苦《かたくる》しく捉《とら》えるのが馬鹿らしくなるほどに、二人には深刻《しんこく》ぶったところがなかった。どころか明らかに、ハワイの朝を昼を太陽を雨を緑を海を鳥を花を、満喫《まんきつ》していた。もっとも、ただの能天気《のうてんき》、というわけでもない。双方とも、起きた事態への的確《てきかく》な分析《ぶんせき》を言い置いてもいる。

「フレイムヘイズや〝徒《ともがら》〟は感覚がパンクしないよう、本能的に人間の気配《けはい》を過度に捉えることをセーブしてるから、害意《がいい》のない人間には案外《あんがい》、出し抜かれるものなのよ」

「とはいえ隣室《りんしつ》から、しかも怪我《けが》人がいなくなることに気付けないほど、僕らも鈍いわけはないから、気配隠匿《けはいいんとく》の自在法《じざいほう》を込めた器物でも貰《もら》ってたんじゃないかな？」

これらも正確に伝えると、ようやくサーレはシーツに籠《こも》るのを止めた。傍《かたわ》らの二丁神器《にちようじんぎ》『レンゲ』と『ザイテ』に目をやり、相棒《あいぼう》と確認する。

「仮に貰ったとして、そんなもの用意できるのは」

「今この地では、［革正団《レボルシオン》］しかないだろうね」

ハリエットの言ったことが本当なら、あの事件の実相、味方だった者同士の裏切りと殺し合いの顛末《てんまつ》を、一方の当事者の血縁者《けつえんしゃ》が目撃《もくげき》して生き残っている、ということになる。運が良かった、で済むレベルの話ではなかった。起きた状況と事情の全てを知り得る立場にあり、その後も無事に生き残って活動を続けていた……つまり兄だけでなく彼女も［革正団《レボルシオン》］との接触《せっしょく》を持っている、と考えるのが自然だった。

「親の代から外界宿《アウトロー》にいたってのにな」

「その、母親が〝徒《ともがら》〟に喰われて死んだ生粋《きっすい》の構成員……という素性《すじょう》自体が、彼女の立場を周囲に疑わせない隠《かく》れ蓑《みの》となっていたわけだ」

言い合う師匠《ししょう》らに、ウートレンニヤとヴェチェールニヤが、不審《ふしん》げに尋《たず》ねる。

「それにしても、海魔《クラーケン》との戦いの間、よく成り済ましてるのがバレなかったわね」

「そーそ、見た目はともかく、兄貴《あにき》や本人の古い知り合いが誰も来なかったのかしら？」

二人は少し考えてから、

「あの女の話からすると、本当に親《ちか》しい者は襲撃《しゅうげき》の際に殺されてるな」

「後は、一人当地《とうち》から情報を流し続ける立場を利用して、派遣《はけん》されてくる討《う》ち手を監視《かんし》、あるいは要請《ようせい》の名で操作《そうさ》していた……というところかな？　その意味では恐ろしく有能だね」

と推測の答えを返した。

「……」

常なら鋭い指摘《してき》を一つ二つ入れるはずのキアラは、会話に加わらない。ただ、自分のやり方が間違っていたかどうかを、弱々しく確認する。

「……ハリエットさんの気持ちを、私たちに引き付けておくために、なにか……少しでも答えておいた方が、良かったんでしょうか」

サーレは、弟子《でし》の後悔《こうかい》を軽く笑い飛ばした。

「そんな誤魔化《ごまか》しして、悩んでる奴《やつ》を引き止められていたとも思えんな。だいたい、非があるってんなら、泳がせるつもりで半端《はんぱ》な指示を出してた俺の方だろ」

ギゾーもフォローを入れる。

「そう、それにフレイムヘイズにとって契約時の状況というのは、容易に明かせない、禁忌《きんき》とも言える秘密の扉《とびら》……言えなかったのは、当たり前のことだよ」

「はい……」

返事に、いつもの小気味《こきみ》よさがない。

少女にとっては初めて尽くしの、衝撃《しょうげき》的な出来事ばかりが立て続けに起こって、心が疲弊《ひへい》しきっていることが、顔色からも容易に見て取れた。

(しようがない)

(だね)

相棒《あいぼう》と密《ひそ》かな声を交わしてから、サーレは少女に片手を差し出す。

ここしばらく、甘やかすのも終わり、と止めていた習慣。

「キアラ」

「……あ」

キアラはパッと顔を輝かせた。いそいそと椅子《いす》をベッドの脇まで運んでから、差し出された手を自分の両掌《てのひら》で包み、座った。強張《こわば》っていた頬《ほお》の力を抜いて、微笑《ほほえ》む。

「久しぶりです」

「知ってるよ」

それだけ答えて、サーレは目を瞑《つぶ》った。

彼は常々、弟子《でし》として預かった情緒《じょうちょ》不安定なフレイムヘイズを、手を繋《つな》ぐことで落ち着かせていた。戦って〝徒《ともがら》〟を倒した、トーチとなって消えた人間を見た、日常のことで心身を傷つけた等々、最初は事を終えて連れ歩く、それだけのこととして始めた行為だった。だったのだが、少女の方はそれを、自分を落ち着かせるための自在法《じざいほう》のように思っていた。

左右の髪飾《かみかざ》りが、苦笑《くしょう》混じりに言う。

「いつまでも師匠《ししょう》離れできない弟子ねえ」

「ま、ある内はこんな手でも握っとけばいいんじゃない？」

キアラ自身、未熟《みじゅく》を自覚しているので、なにも言わない。ただ、繊細《せんさい》なのに硬い、しなやかなのに強い、不思議《ふしぎ》な手を感じることで、心を落ち着かせる。いつまでこの手があるのか分からない……昨日《きのう》初めて思い知った、恐れと根を同じくする安らぎの実感とともに。

ホノルルの降雨は短い。

いつしか、陽《ひ》の光がベランダから差していた。


螺旋《らせん》階段の底深く、［革正団《レボルシオン》］地下基地の一室で、三人の男が向かい合っていた。

「少しは、落ち着かれましたか？」

一人は、机で書き物をしている〝紅世《ぐぜ》の王〟、〝征遼《せいりょう》の睟《すい》〟サラカエル、

「ああ、迷惑《めいわく》をかけた」

「すまねえ」

もう一人にして二人は、フレイムヘイズ『空裏《くうり》の裂《さ》き手《て》』クロード・テイラーと、彼と契約

し異能《いのう》の力を与える〝紅世《ぐぜ》の王〟、〝觜距《しきょ》の鎧仗《がいじょう》〟カイムだった。

この部屋は、サラカエルの私室である。

広い部屋には所狭《ところせま》しと、しかし規則正しく、頑丈《がんじょう》な本棚《ほんだな》が並べられていた。その全てには雑多な種類の本がアルファベット順に収蔵《しゅうぞう》されており(本棚に文字ごとのプレートが貼《は》ってあった)、まるで大都市の図書館の趣《おもむき》である。種類も、羊《よう》皮紙の束《たば》や巻物など雑多《ざった》で、持ち主の蒐《しゅう》集歴《しゅうれき》の長さと幅の広さを感じさせた。

今、その持ち主たる〝王〟は、真新しい装丁《そうてい》の本に、流麗《りゅうれい》な筆跡《て》を走らせている。

クロードが見るでもなく見れば、〝吠狗首《はいこうしゅ》〟ドゥーグに教えた通り、暗号らしき意味不明《ふめい》な書体による文字の並びが延々《えんえん》書き連ねてあった。

一段落《いちだんらく》したらしいそれが、パタンと閉じられ、今は一対《いっつい》の目が彼を見上げてくる。視線は厳《きび》しくも険しくもない、むしろ寛容《かんよう》と慰労《いろう》の色があった。

「仕様《しよう》がありません。あんな事態を予測することなど、誰にもできなかったでしょう」

「とはいえ、俺の不始末《ふしまつ》には違いない」

「ああ。まったく、なにもかもな、くそっ」

クロードは率直《そっちょく》に、カイムは口汚《くちぎたな》く、それぞれ反省の弁を述べる。その鉄のように頑健《がんけん》な体《たい》軀《く》は、心なしか肩を落としているようにも見えた。

サラカエルは、無意味な難詰《なんきつ》をして同志《どうし》の士気《しき》を挫《くじ》くような真似《まね》はしない。ただ、終わったことを検証し、これからあることに備える。

「なんにせよ、我々が今後の作戦スケジュールに規定事項《じこう》と織り込んでいたフレイムヘイズ殲《せん》滅《めつ》に失敗し、厄介《やっかい》な……そう、敵が現れたことは、危機的《ききてき》状況と言えます」

その言葉に込められた求めを受け取り、クロードは強く頷《うなず》いて見せた。

「不意を突かれて動揺《どうよう》はしたが、もうこれ以上の不覚を取るつもりはない」

「そうさ、今度は容赦《ようしゃ》しねえ……引き千切《ちぎ》ってやる」

結構《けっこう》、とサラカエルも頷き直す。

「図らずも、作戦の最終段階をこのような形で迎えることになりましたが、今さらの変更《へんこう》も利きません。もし、あれだけの便を手配し直せば、確実に各港の外界宿《アウトロー》からの不審《ふしん》を買うことになります。細かな偽装《ぎそう》工作も、今度が限界でしょう」

「つまり、一発勝負ということだな」

クロードの端的《たんてき》な表現に、サラカエルは再び頷く。

「ええ。どの道、制圧《せいあつ》部隊が退去した直後、新たな行き来が始まる直前……今という時しか決行の機はなかったのですから、多少条件《たしょう》は厳しくなっても、基本方針に変わりはありません。不本意《ふほんい》ではありますが、作戦領域《りょういき》を警戒《けいかい》し、敵襲《てきしゅう》があれば迎撃《げいげき》する、受け身の姿勢で行きましょう。私も『オベリスク』の起動《きどう》までは、共に警戒に当たります」

「了解《りょうかい》した」

「ああ、やってやるさ」

と、そこに、ドアをノックする音が響《ひび》いた。

「よろしいでしょうか？」

先ほど、自在法《じざいほう》でこの地下基地まで逃れてきた女性の声だった。

クロードはほんの微《かす》か顔を強張《こわば》らせ、サラカエルはそれに見ぬ振りをして答える。

「どうぞ」

そうして、二人は目線《めせん》だけで了解《りようかい》し合い、話を終えた。

「失礼します」

言ってドアを開けたのは、ハリエット・スミス。先客《せんきやく》があったことに、またそれが［革正団《レボルシオン》］のフレイムヘイズだったことに、彼女は表情を不分明《ふ》に揺らし、軽い会釈《えしやく》をした。

クロードも目線を帽子《ぼうし》に隠《かく》すように返し、退出する。

「では、俺は部屋に戻る」

「ええ、決行の時まで、体を休めておいてください」

サラカエルの声を背に数歩、ドアの前で二人は行き逢《あ》った。

これまでの数年間、フレイムヘイズ側の内通者《ないつう》として活動してきたハリエットに、［革正団《レボルシオン》］の連絡役として接してきたクロードは、まるで慨嘆《がいたん》するような声をかける。

「とうとう、来てしまったのだな」

「はい……後悔《こうかい》はしていません」

返された声に滲《にじ》む、せいぜいの強がりを見抜いて、ハリエットは小さく吐息《といき》を漏らす。

「そうか」

しかし指摘《してき》はせず、クロードは部屋を出て行った。

ドアの閉まる音に、どこか安堵《あんど》のようなものを感じて、ハリエットは小さく吐息を漏らす。

そんな彼女を、サラカエルが立ち上がって出迎えた。

「改めて、ようこそ。同志《どうし》ハリエット・スミス」

先の微妙《びみょう》な遣《や》り取りを、特に気に掛ける様子《ようす》もない。ただ、部屋を訪れたハリエットの格好《かっこう》を見て、困った風《ふう》に笑う。

「在り合わせの、しかも古めかしい男物《おとこもの》しかなくて申し訳ありません。生憎《あいにく》と、我々は男所帯《じょたい》なもので」

「いえ、外でもそうでしたから、問題ありません」

ハリエットは、纏《まと》った衣服の胸に手を当てて、十分であることを示す。

彼女が今着ているのは、濃い灰色の修道服《しゅうどうふく》である。ゆったりした貫頭衣《かんとうい》なので、サラカエルが言うほどに、男女の差異《さい》は感じさせない。むしろ丈《たけ》の大きさの方が問題で、帯《おび》のところで調節できる裾《すそ》はともかく、袖《そで》が余ってしまうことは甘受《かんじゅ》するしかない。数年、普段《ふだん》着をスーツで通してきた彼女にとって、このブカブカさ加減《かげん》は、どうにももどかしかった。

そんな彼女の着慣れない様子《ようす》に、サラカエルは微笑《ほほえ》みで返し、

「まあ、おかけください」

机の方ではない、応接用のソファを勧める。

「はい」

頷《うなず》いて、ハリエットはソファに座った。何年も人の座っていなさそうな固さと、埃《ほこり》一つない清潔《せいけつ》さが、この場の特異《とくい》性を感じさせる。まるで図書館のような部屋を見回して、

「すごい、量ですね」

思わず感嘆《かんたん》の声を漏らした。

「ええ、膨大《ぼうだい》な量です」

その視線を追うサラカエルは、あっさり肯定する。

「習得《しゅうとく》には、いささか時間を要しましたが、その甲斐《かい》はありました……まさに、人類の積み重ねてきた、英知《えいち》の結晶《けっしょう》ですね」

「……はい」

ハリエットは、自分の持ちかけた話題への恥ずかしさに、居たたまれなくなった。

人間である自分が、この英知の一パーセントも備えていないこと、異種族たる彼がその逆であろうこと、いずれもが確実と思えたからである。強大な力を持つ持たない以前、意思《い》を持って世に立つ存在としての、深さ大きさで敵《かな》わない。

　サラカエルはそんな彼女の内心《ないしん》を知ってか知らずか、端然《たんぜん》と対面の椅子《いす》にかけ、一対《いっつい》の目で同志《どうし》たる女性を見つめ、閉じる。

「先の戦いでは、貴女《あなた》に酷《ひど》い仕打ちをしてしまいました。長年の協力者であり、また同志として迎え入れたばかりの貴女に対し、あのような……まず、そのことをお詫《わ》びします」

「えっ、あ！」

　ハリエットは慌《あわ》てて、包帯《ほうたい》を巻いた手をブカブカの袖《そで》で隠《かく》した。

「これは……気にされるほどの傷ではありません。認識《にんしき》外で起きた事件から被害や影響《えいきょう》を受けるのは、我々〝紅世《ぐぜ》〟に関わる人間にはよくあることです」

「いえ、それでも、彼らの陽動と誘導《ゆうどう》を依頼したのは私ですから」

「しかし、封絶《ふうぜつ》が解けるというのは、誰にとっても予想外《がい》なことだったでしょう」

「いえ、それでもやはり――」

「しかし、私は……」

「――ふふ」

「……、っ」

　お互い、妙《みょう》な否定をしていると気付いて、ふと笑い合った。

　サラカエルは笑いに苦《にが》さを混ぜる。

「封絶《ふうぜつ》を忌《い》み嫌う我々［革正団《レボルシオン》］が、そこに足を掬《すく》われるとは、皮肉《ひにく》な話です」

（我、々……）

何気なく口にされた言葉に、ハリエットは素朴《そぼく》な感動を覚えた。

彼にとっては、自身の思想《しそう》に共鳴しさえすれば、種族など関係ないのだった。同胞《どうほう》の〝徒《ともがら》〟ドゥーグを始め、宿敵《しゆくてき》であるはずのフレイムヘイズ『空裏《くうり》の裂《さ》き手《て》』クロード・テイラー、喰らう餌《えさ》に過ぎない人間である自分さえ、対等の同志《どうし》として接してくれる。

（だと言うのに、私は……）

そんな彼に感じた後ろ暗さを、

「同志サラカエル」

ハリエットは躊躇《ちゆうちよ》なく口にしていた。接する以上は明確に報告しておかなければ、彼という存在に対する非礼《ひれい》、以上に侮辱《ぶじよく》だと思えたのである。

「はい」

彼女の気持ちの色を見通すように、サラカエルは笑いを収める。

「私は、亡き兄の遺志《いし》を継ぎ、自分の命を助けて頂いた御恩《ごおん》を返そうと、［革正団《レボルシオン》］に協力してきました。直《じか》に貴方《あなた》の考えを聞かされてからは、その気持ちをより強くしました」

「はい」

「でも……」

ハリエットは勇気を奮《ふる》い起こし、声を絞《しぼ》り出す。

「やはり違う。私を胸の内から衝《つ》き動かすものは、貴方のような大望《たいもう》ではないのです」

「どういうことでしょう?」

サラカエルは、気分を害した風《ふう》もない。ただ、傾聴《けいちょう》の姿勢を取る。

修道服《しゅうどうふく》の懐《ふところ》から、ハリエットは一枚の写真を取り出した。

モノクロの、ややピンボケしたその写真には、明るく笑う少女時代のハリエットと、もう一人、よく似た面立《おもだ》ちの、生真面目《きまじめ》そうな青年が写っている。

サラカエルは、この青年をよく知っていた。

「貴女《あなた》の兄上……同志ハリー・スミス、ですね」

「はい。でも、それだけじゃありません、本当は、こんな寂しい写真じゃなかったんです」

青年と少女の間には、不自然な間隔《かんかく》が開いている。また、写真のフレーム全体から見て、兄《けい》妹《まい》は中央に寄り過ぎているようにも見えた。

「本当は、もっと賑《にぎ》やかな写真で、楽しく笑う人たちが、沢山《たくさん》写っていました」

「……なるほど」

「そこに写っていた人たちは、喰われて消え、戦って消えてゆきました。貴方たち——いえ、私たち[革正団《レボルシオン》]との戦いで」

まるで吐くように、ハリエットは言う。

「そして、まだ兄が写っているのは、喰われてしまったからではなく、友人だったフレイムへイズに殺されたからです。そのフレイムヘイズも……勘違《かんちが》いからとはいえ、なにも知らなかった当時の私を裏切り者と罵《ののし》り、同志《どうし》クロードの手にかかり、消えました」

写真を見つめるその目は、悲しみでも憎《にく》しみでもない感情で揺れている。

かつて笑い合っていた友らと兄妹《けいまい》……しかし今、友らは戦いの末に存在を欠け落ちさせて消え、友に殺された証《あかし》として兄はそこに在り続け、友に殺されかけた妹は生き延びることで並んでいる……彼女にとって、この写真は地獄絵図《じごくえず》そのものだった。

（しかし）

十分に彼女の心境《しんきょう》を理解するサラカエルは、それを捨てず持ち続けているという事実、立ち向かう意志の力にこそ、賛嘆《さんたん》の念を抱いていた。未練《みれん》の一言で片付けるには激し過ぎる炎《ほのお》が、彼女の目に点《とも》っていることも見て取る。言葉を、じっと待った。

ほどなく、ハリエットは顔を上げ、宣言《せんげん》する。

「私は、兄があんなことをした意味を探し、知るために、［革正団《レボルシオン》］に入ったのです。ただ、私一人だけの都合《つごう》を理由にして」

自分は卑小《ひしょう》なる者である、という宣言だった。

「こんな私でも、『明白な関係』の大望《たいもう》を掲げる［革正団《レボルシオン》］の一員たり得るのでしょうか？　貴方《あなた》を同志と呼ぶ資格があるのでしょうか？」

彼女にとって余りにも長い、しかし実際にはサラカエルが一呼《ひと》吸する間の沈黙《ちんもく》を経て、答えが返ってくる。

「あるどころか……であればこそ、貴女《あなた》は同志と呼ぶべき存在です、ハリエット・スミス」

「えっ？」

弱味を晒《さら》した上での、思いもよらぬ回答に、ハリエットは驚いた。

サラカエルの方は、全く当たり前のこととして続ける。

「意思在《あ》る者が集《つど》うのですから、各々《おのおの》の立場が違っているのは当然でしょう。立場に伴う理由も、また然《しか》り。しかし、同じ志《こころざし》へと走り出したとき、元いた立場は過去となり、理由は走らせる力へと変わっているのです。現実に在るものは、同じ方向へと共に走る『同志』だけ……理由ではない、志こそが我々［革正団《レボルシオン》］なのです」

間を置いてから、それに、と付け加える。

「貴女は、『自分は人間という非力《ひりき》な存在である』ことを、『こんな私』の中に含めなかった。問いかける所志《しょし》の大小のみで自身を語った。その理性こそが［革正団《レボルシオン》］たり得る唯一《ゆいいつ》の資格なのです。そんな貴女を、どうして拒《こば》むことができるでしょう」

「……あ、ありがとうございます」

ハリエットは、彼の清澄《せいちょう》な視線を、正視《せいし》していられなくなった。らしくないことに、照れてしまったのである。これまで他者に認められることは幾度《いくど》かあったが、自分が弱味と思いこんでいたことを、こうも明確に肯定されたのは、流石《さすが》に初めてだった。

対するサラカエルは、その俯《うつむ》く姿に微笑《ほほえ》みかけて——すぐ、置いてゆくように、すっくと立ち上がる。

「同志《どうし》ハリエット・スミス」

「はい」

こう呼ばれることへの引け目が、すっかり消えていることに、ハリエットは気付いた。

サラカエルは相手を見下《みくだ》さず、自分も上を見て、言う。

「貴女《あなた》が寄る辺をなくし、我々の同志となった今だからこそ……協力を迫る虚偽《きょぎ》や餌《えさ》と受け取られない、語れる事柄《ことがら》があります。聞いて頂けますか？」

「なんでしょう」

その真剣さを受け取って、ハリエットは居住《いず》まいを正し、立ち上がった。

「同志ハリー・スミスのことです」

「！」

「そう、貴女の兄上であり、密偵《みってい》としての貴女の前任者、世界の狭間《はざま》で、もがき、あがき、苦しんでいた男……なにより、我が信頼する同志だった人間のことです」

ハリエットは、これまでの［革正団《レボルシオン》］との接触《せっしょく》においても、クロード越しにも、クロード自身からも、一度として兄《あに》個人についての印象《いんしょう》や扱いを聞かされたことがなかった。ゆえにこそ彼女は、唯一齎《ゆいいつもたら》された情報、襲撃《しゅうげき》に関する事実関係から、兄の言動の意味について考え、探り続けてきたのである。

（信頼する同志、兄《にい》さんが）

それをようやく、今という時になって——確かに、今の自分は［革正団《レボルシオン》］にとって、もう取引する意味などない、同志であること以外には、なんの存在価値《かち》もない——その言葉に従うなら、今という時だからこそ、サラカエルが語っていた。

「なにが彼にそうさせたのか、私には答えようのないことです。なぜなら、私はその写真の中に在ったはずの交流がどれほどのものか、知らないからです」

彼の言は、いつも論理的《ろんり》である。

「しかし、彼がどのような経緯《けいい》を辿《たど》り、我々と協力するに至ったのか、彼が私になにを語ったか、それを伝えることならできます。そこから先の、彼の思いと行動の意味は、貴女自身《じしん》で見つけるしかありません。それでも、よろしいですか？」

「はい」

決然と、ハリエットは答えた。

「結構《けっこう》。見せたい物もあります、付いてきてください」

頷《うなず》いて、サラカエルは歩き出す。

「まずは貴女たちの母上、トマシーナ・スミスさんの話から始めましょう」

「母《かあ》さん、の……？」

彼の開ける扉《とびら》が、ハリエットには勇気を試す関門《かんもん》のように見えた。

ハリーとハリエットの母、トマシーナ・スミス。

アメリカで生まれ育った彼女は、縁《えん》あって西海岸の外界宿《アウトロー》で働くことになった。そして、そこで同僚《どうりょう》の男性と恋をし、結婚し、子供らを設ける。こういうことは、外界宿《アウトロー》でも珍しくはない、ごく当たり前の光景だった。仲間は祝福してくれたし、彼女らも幸せだった。

しかし、ある日、ごく当たり前ではない災厄《さいやく》が、彼女ら一家を浸食《しんしょく》し始める。

彼女らを祝福してくれたフレイムヘイズの一人が、アメリカにおける内乱《ないらん》で命を落としたのだった。トマシーナの夫は怒り、悲しみ、当時の外界宿《アウトロー》で稀《まれ》に見られるようになった、一つの異常な行為に帰着《きちゃく》した。

外界宿《アウトロー》の構成員――『この世の本当のこと』を知る人間による契約、である。

トマシーナの夫は、友の復讐《ふくしゅう》を果たすため、フレイムヘイズとなったのだった。

フレイムヘイズは、契約すれば、それまで人間として持っていた絆《きずな》を全て失う。

トマシーナの夫も無論《むろん》、その世界の法則にとっての例外では、在り得なかった。

契約によって、彼は周囲から忘れ去られ、戦いに赴《おもむ》き、妻子《さいし》を残して、死んだ。

トマシーナには、なにがなんだか分からなかった。

夫の記憶《きおく》を失い、いつの間にか死なれたのである。

契約《けいやく》直後、一人の男が、自分こそ夫だ、忘れているだけで事実だ、と教えてくれた。

が、そんなことを唐突に言われても、知らないものは知らないし、実感もなかった。

そして、当たり前のこととして、男が死んでも、なにも感じなかった……ただ、教えてもらった事実、知識としての事実と感覚のギャップ、世界の法則そのものに、彼女は得《え》も言われぬ違和感《いわかん》と恐怖、自責《じせき》の念を抱くこととなった。なにも感じないというのに、なにも感じないことが、なにも感じないせいで、彼女を苛《さいな》んだ。

この母の苦しむ姿を、幼いハリーは、しっかりと覚えていた。

父のことは、何一つ覚えていない。母に余計《よけい》なことを言ったフレイムヘイズ、としてしか認《にん》識《しき》していなかった。彼が抱き上げてくれたことも、父だと説明したことも覚えていたが、そんなことをされても繋《つな》がりなど感じず、ゆえに勝手《かって》な芝居《しばい》としか捉《とら》えることができなかった。

だから当然、いなくなっても、なにも感じなかった。

母の煩悶《はんもん》が、より強く深くなってゆくことだけが、辛《つら》かった。

ほどなく、トマシーナの憔悴《しょうすい》振りを気に病んだ友人たちは、ハワイへの移住を勧めた。穏《おだ》やかな気候と美しい自然の中での保養、というだけではない。経験豊《ゆた》かな構成員を、まだ歴史の浅い当地の外界宿《アウトロー》が欲した、という実務的な理由もあった。

やがて、友人たちの説得もあって、トマシーナはハワイの地を踏む。新しい土地での二人の子供との生活は、ようやく彼女に精神の安らぎと生き甲斐《がい》の再生を齎《もたら》した。

その穏《おだ》やかな生活は、しかし追ってきた災厄《さいやく》によって、またすぐに終わりを告げる。

トマシーナが〝徒《ともがら》〟に喰われ、死んだのだった。

当時のハワイは、地勢《ちせい》ゆえに散発《さんぱつ》的な襲撃《しゅうげき》を受けていたが、その頻繁《ひんぱん》でもない戦いの一幕、捕食《ほしょく》の一端《いったん》に、彼女は運悪く巻き込まれ、喰われ、死んだのだった。

少年となったハリーは、母が存在を喰われて死んだ、という状況を忘れず、認識していた。母の助手として外界宿《アウトロー》に長く在ったことで〝存在の力〟に長く触れ、また『この世の本当のこと』についても、深く知る立場にあったためである。

それは彼の父が、友たるフレイムヘイズを亡くして、なお記憶《きおく》に留めていた現象《げんしょう》と同じだった。そしてまた彼も、父と同じように、母の死を悲しみ、喰らった〝徒《ともがら》〟を憎《にく》んだ。ゆえに必然の流れとして、彼もフレイムヘイズになる選択肢《し》を、この時点で持っていた。彼自身も、そうなる可能性を思いの端《はし》に乗せていた。

しかし、一つの事件、一つの誤差《ごさ》が、彼を愕然《がくぜん》とさせ、立ち竦《すく》ませた。

ハリエットが――あれほど母を愛し愛されていた妹が――母の事を忘れていたのである。

彼女は外界宿《アウトロー》の小間使《こまづか》いとして、ほんの雑用にしか携《たずさ》わっておらず、また『この世の本当のこと』も教わっていなかった。亡き母の、尋常《じんじょう》な人間として生きて欲しい、という願いの、それはあまりに無残《むざん》な結果だった。母の愛情が、母を忘れさせてしまったのである。

彼は初めて、かつての自分を外側から見た。

この不自然な眺《なが》めは、いったいなんなのか。

こんなものが『本当のこと』だというのか。

こんな『なにも知らず、忘れ去った』姿が。

今までも、他人に起きる事象《じしょう》としてなら幾度《いくど》となく見てきた光景。それを彼は、ようやく身近に、日々の生活の中に実感できる違和感《いわかん》として、目《ま》の当たりにしたのだった。

あったはずの椅子《いす》、並んでいたはずの皿《さら》がなくなった。母が発条《ぜんまい》を巻くことになっていた家の時計が遅れ出した。母の次に自分を起こしに来る妹が、平然と自分だけを起こして、朝食を作り始めた。母しか育て方を知らなかった庭の花が、枯《か》れた。

彼の日々は、思い出で締め付ける拷問《ごうもん》へと変貌《へんぼう》した。

そして、そんな日々から逃げるため転属《てんぞく》したアメリカ大陸、内乱《ないらん》の事後《じご》処理の中で、彼は一つの思想と出会った。誰もが狂気の沙汰《さた》と嘲笑《ちょうしょう》し嫌忌《けんき》していた、その思想。

曰《いわ》く、『明白な関係』——

「そして彼は、我々と初めての接触《せっしょく》を取りました。八年前のことです」

サラカエルの靴音《くつおと》が、鉄板《てっぱん》を鈍く渡る。

彼の私室からさらに奥、この基地の特徴《とくちょう》として螺旋《らせん》状に大きく旋回《せんかい》する廊下を、二人はゆっくりと下っていた。天井《てんじょう》には縦横《じゅうおう》無数のケーブルやパイプが通っており、左右の壁には扉《とびら》もなくなってしばらく経《た》つ。

ハリエットは、基地の核心《かくしん》部分に近付いている実感に、緊張《きんちょう》せずにはいられない。

「確かに、私は母のことを覚えていません……知識としては、教わりましたが」

言いながら、自分の置かれた立場を自問する。

「しかし、そんな事件があった、というのなら、なぜ兄は私に『この世の本当のこと』を教え、全てを感じられるようにしたのでしょう。その辛《つら》さを知っていて、なぜ私を外界宿《アウトロー》の正式な一員に加え、皆の死を感じさせるようにしたのでしょう」

「彼は、こう言っていました――」

『私の抱く苦しみは、大切に思う気持ちと同じものです。大切だからこそ、母を失って、なかったことにされて、苦しんでいます。ハリエットはそんな、確かに存在していた人に向けた思いを、良いも悪いも全て、掌《てのひら》から取りこぼしながら生きてゆくべきなのでしょうか？　私は、見つめて欲しい。ハリエットに、全ての人に。そこに在るものを、在りのままに』

『私は、苦しみを隠《かく》し、なかったことにして動いてゆく、そんな世界が、どうにも我慢《がまん》なりません。誰もが、この大切なものを受け止めて生きるべきだと思うのです。だから私は、世界を覆《おお》うベールの一枚を……それが友なら、友すらも、排除《はいじょ》するのです。そうして私は、大切な真実を、自分の苦しみとして、他人の恨《うら》みとして、受け止めるでしょう』

「――と。私から伝えられることは、ここまでです」

しばらく無言のまま歩いたハリエットは、やがて小さく返す。

「ありがとう、ございます」

兄の言葉にではなく、サラカエルの行為への答えだった。

不思議と、兄の意見が押し付けであるとは思えなかった。

ホノルルの外界宿《アウトロー》で共に過ごしていた、大切な友人たち。

彼らを覚えていられるのは、たしかに兄のおかげだった。

しかし、彼らが死んだのは、間違いなく兄のせいだった。

兄は、失う苦しみによって、大切に思う気持ちを自覚したという。

小さくは自分にそれを望み、大きくは世界にそれを望んだ、と。

小さくは自分に託し、大きくは［革正団《レボルシオン》］に託したのだ、と。

誰に、なにを言い、ぶつければいいのか、分からなかった。

これが、自分の探していた答えだったのか、それすらも。

「同志《どうし》サラカエル」

「はい」

「私は、兄の真意《しんい》に触れたいという自分の衝動《しょうどう》から、密偵《みってい》たるの任務を捨て、外界宿《アウトロー》を離れた身です。もうお役に立てることも、ないかもしれません」

「……」

サラカエルは、今度は無言。

「でもせめて、この作戦を最後まで……兄が望みを託した[革正団《レボルシオン》]が、なにを行うのか、どのように世界を変えるのか、見届けさせてください。お願いします」

ハリエットは、[革正団《レボルシオン》]としての自分の存在意義《いぎ》を表明した。

全くの役立たずによる、身勝手極《みがって》まりない、無意味かもしれない望み、と分かっている。

しかし彼女には、それ以外のものは、もう、なにもなかった。

「……」

サラカエルはなおも無言のまま先を歩き、止まる。

廊下の先にあるのは、廊下の前面を占《し》める、巨大な鉄の扉《とびら》。

「……そのつもりで、私はここに、貴女《あなた》を案内したのです」

確認するように、ゆっくりと言って、彼は扉に付いた太いペダルを横に回した。

蒸気の噴出《ふんしゅつ》と金属の擦過《さっか》、二つの騒音《そうおん》を反響《はんきょう》させて扉が両開きにスライドを始め、その間から、灰色《いろ》の微光《びこう》が差す。空気の流れが、ドア向こうに広がる空間の大きさを感じさせた。

「さあ、どうぞ」

「これ、は？」

導き導かれ、二人が入ったのは、拍子抜《ぬ》けするように平坦《へいたん》なホールだった。

鏡のように磨《みが》かれた床板は、どうやら硬いガラス状の材質であるらしく、鉄とは違う独特の硬質感《こうしつ》がある。ホールの各所には、アーク灯《とう》の平行電極《でんきよく》に似た人の背丈《せたけ》ほどのポールが規則正しく放射状《ほうしや》に立っており、どこか環状列石《かんじようれっせき》のような神秘的雰囲気《ふんいき》を漂わせていた。

そしてホール中央には守護魔像《ガーゴイル》のように、ドゥーグの〝燐子《りんね》〟『黒妖犬《モデイ》』が一匹《ぴき》、咆哮《ほうこう》をあげるような体勢で鎮座《ちんざ》し、細い炎《ほのお》を直上へと立ち上らせていた。

その炎の行く先を目で追ったハリエットは、驚きの声を上げる。

「あっ……」

足は自然と、前に進み出た。

サラカエルも彼女に並んで、ゆっくりと歩いてゆく。

ホールの高い天頂《てんちよう》に、見慣れた、しかし数年ぶりに見る物体が浮かんでいた。

釣《つ》り糸もなく宙に静止して、ドゥーグの炎の色である灰色に輝くそれは本来、フレイムヘイズの情報交換・支援《しえん》施設である外界宿《アウトロー》の中核《ちゆうかく》として設置されるはずのもの。今は、この地下基地をフレイムヘイズから隠《かく》し続けているもの。彼女の兄、ハリー・スミスがサラカエル一派に奪わせた、全ての始まりたるガラスの正十二面体《せいたい》。

設置者の力を受けて一定範囲内《はんいない》の気配《けはい》を遮断《しゃだん》する宝具《ほうぐ》――『テッセラ』だった。

この、基地の中枢《ちゅうかく》に違いない場所に案内されたことの意味、重さを、ハリエットは見上げる内に実感する。恐らくは本当に、ここで全て。

サラカエルが、穏《おだ》やかに、厳《きび》しく、同志《どうし》に語りかける。

「今から貴女《あなた》には、計画の全貌《ぜんぼう》を知って頂きます。『見届ける』ために必要な、見て、理解し、考え、得る……その材料を差し上げましょう、同志ハリエット・スミス」

「ありがとう、ございます、同志サラカエル」

ハリエットは『テッセラ』を見上げたまま、敬《けい》すべき男に答えた。

サラカエルは余計《よけい》な言葉で返さず、ただ同じものを見上げる。

その、充足した数秒の沈黙《ちんもく》に、

「あれれ、〝征遼の睟《せいりょうすい》〟様?」

妙《みょう》に愛嬌《あいきょう》のある、子供のような声が割って入った。

「えっ?」

我に返ったハリエットは『黒妖犬《モディ》』を見たが、毛むくじゃらの〝燐子《りんね》〟は『テッセラ』に〝存在の力〟を供給する姿勢を崩していない。そもそも、彼らに会話はできないはずだった。

「作戦開始時間まで、まだ間があるはずでは?」

もう一度声がしてから、ようやくハリエットは声の来た場所を見つける。

『黒妖犬《モディ》』を挟んだホールの反対側に、部屋の単純さとは真逆《まぎやく》の、ゴチャゴチャと機械類が一つ塊《かたまり》を成す一角が備え付けられていたのだった。

サラカエルは、その塊の頂《いただき》で、ギリギリとレンチを回している何者かに声をかける。

「作業を続けてもらって構いませんよ、同志カンターテ・ドミノ。この新しい同志、ハリエット・スミスに、計画を説明して差し上げようと、案内しただけです」

「ははあ、そうでございますですか。初めましてでございますです、新しい同志の方」

「は、はい、こちらこそ」

ハリエットは戸惑《とまど》いの中、声を詰まらせて答えた。

挨拶《あいさつ》してきたモノが、サラカエルのような人間の形でも、ドゥーグのような獣《けもの》の形でもない、機械でできたなにかだったからである。

膨《ふく》れた発条《はつじょう》に歯車の両目を付け、頂にネジ巻きを刺したような頭。体は鉄の球体で、腕も細長い機械仕掛けと、生き物らしい部分が全く見えない。

サラカエルが、彼女の戸惑いを払うように、笑って言う。

「紹介しましょう。彼は、同志『我学《ががく》の結晶《けっしょう》エクセレント28―カンターテ・ドミノ』。貴女もお会いした、同志〝探耽求究《たんたんきゅうきゅう》〟ダンタリオン教授の助手を務める〝燐子《りんね》〟です」

「〝燐子《りんね》〟、さん？　同志ドゥーグの、『黒妖犬《モディ》』のような？」

いえ、と敬意《けいい》を持って、彼は首を振った。

「『黒妖犬《モディ》』には、同志《どうし》ドゥーグの命令した単純《たんじゆん》作業に従事させる程度、最低限度《げんど》の知性しかありませんが、彼は違います。人間と比べても遜色《そんしよく》ない、高度なそれの持ち主なのです」

「そこまで誉《ほ》めてもらうほどのものでは、ないんでございますです、はい」

照れているのか、ドミノは目の歯車をクルクル回す。その姿はユーモラスで、たしかに『黒妖犬《モディ》』とは違う、個性のようなものの存在が窺《うかが》えた。

サラカエルはハリエットを、その一角まで導いて、声を継ぐ。

「謙遜《けんそん》されることもないでしょう。私は、そんな貴方《あなた》であればこそ、同志ダンタリオン教授ともども客分《きやくぶん》として、我らが同志として迎えたのですから」

ドミノは困った風《ふう》に金属の頭を金属の手で掻《か》く中、思いつく。

「あっ、そうだ。〝征遼《せいりよう》の晬《すい》〟様、計画を説明されるのなら、装置を使われませんか？」

「よろしいのですか？　作業のお邪魔《じやま》では」

「いえ、これは計器の種類を教授の好みに換装《かんそう》していただけで、当区画《とうくかく》自体は既《すで》に微《び》調整も終わってるんでございますです」

「そうですか。では、お言葉に甘えましょう。まずは……作戦予定区域《くいき》を尺度《しやくど》最大、パターンは妨害なし、状況《じようきよう》進行速度は低速、という辺りでお願いします」

なんのことか分からないハリエットに、サラカエルは手を差し伸べ、ホールの中央へと向き直らせる。

「はいでございますです。作戦予定《よてい》区域尺度最大、パターン妨害なし、状況進行速度《そくど》低速。投《とう》影《えい》開始いたしますです」

ガチン、とスイッチの稼動《かどう》音がして、各所に立てられたポールの頂《いただき》に火花が散り始める。

と突然、床面が光を失うように真《ま》っ暗《くら》になった。

「同志ハリエット・スミス。どうか、見届けてください」

サラカエルが言う間にも、細い炎《ほのお》を吹き上げる守護魔像《ガーゴイル》を中心としたホールの床面で、ハリエットもよく知る図版《ずはん》が、その像を結び始める。

「貴女の兄上、我が同志ハリー・スミスのくれた六年間が、我々になにを齎《もたら》したかを」

ホテルの白壁が、鮮やかな夕日の赤に染まる。

その頃になって、体力も十分に回復した、と判断したサーレは、再戦に備え新しい服に着替えた。多少、薄着《うすぎ》になったというだけで、大して変わり映えのしない旅装《りょそう》である。足回りを固め、十字操具《そうぐ》型《がた》の二丁神器《にちょうじんぎ》『レンゲ』と『ザイテ』を収めるためのガンベルトを巻き、帽子《ぼうし》と外套《がいとう》を身につけると、もうほとんど以前と同じである。

そうして臨戦《りんせん》態勢を整え、

「……」

ベッドに座って、十分余《よ》。

「……なにやってんだ、キアラの奴《やつ》」

「あの二人は近所を回ってるらしいから、すぐに連れ帰ってくるはずだったんだけれどね」

さらにそれから十分余、水平線が暗い青に変わった頃になって、ようやくドアが開いた。

「お、遅れてすいません、師匠《ししょう》」

声に振り向けば、そこには花しかない。

部屋の明かりに照り映える、山のような花束《はなたば》が三つ、戸口《とぐち》に立っていた。

その一つの向こう側から、困った半分笑い半分のキアラが、おずおずと顔を覗《のぞ》かせた。サーレも弟子《でし》には文句《もんく》を言わない。どうせ残る二人のペースに巻き込まれたに決まっていた。

その二人たる花束二つ越しに、声が来る。

「やあ、傷はもういいんだって？」

「ハワイって、花の綺麗《きれい》なところね」

一抱《かか》え二抱えはある花束をドサッと床に撒《ま》いて、『約束の二人《エンゲージ・リンク》』が姿を現した。

ヨーハンは薄手《うすで》のシャツと半ズボン、麦藁帽子《むぎわらぼうし》を首にかけており、フィレスはキアラのようにホロクを着て、ヨーハンとおそろいの麦藁帽子を、やはり首にかけている。

世に聞こえた使い手二人とは思えない、なんとも緩んだ格好《かっこう》だった。

「……助けてもらったことには感謝するが、こっちは急いでんだ。少しは真面目《まじめ》にやってもらえんもんかね」

サーレの要請《ようせい》を、二人はそ知らぬ顔で聞き流し、ストンとその場に座る。床にぶちまけた花や草を掻《か》き分けて、手に手に何かを作り始めた。

「気張ったところで、まずは作戦会議をしなければ、動きようもないだろう？」

「お互い、なにをして、なにを話すか、まず協議しないとね。ヨーハン、これがいいわ」

いい加減《かげん》な見かけとは裏腹《うらはら》な正論に、サーレも納得《なっとく》せざるを得ない。

「たしかに、焦っても仕様《しよう》がない、か」

言って、キアラを見る、

「まず、おまえは服装を整えて来い」

「はい！」

少女は脱兎《だっと》の如《ごと》く自室へと走った。

その間に、師匠として一応の確認をする。

「お前さんたちが無害なのは知ってるが、うちの弟子に妙《みょう》な真似《まね》はしてくれるなよ。あれでも扱いの難しい子なんだ」

「恩人《おんじん》には心苦しい物言いだが……これは脅《おど》しじゃない」

ギゾーも、やや真面目な声で補足した。

花を選びながら、ヨーハンは明るい声で答える。

「分かってるよ。僕らを無害と皆が言うのは、まさにそういう妙な真似をしないからさ」

「私たちは、お互いがいれば、それ以上の混乱は望まない。安心してくれていいわ」

選んだ花を、似合《にあ》うか確かめるように恋人へと翳《かざ》すフィレスも保証した。

どこまで信用して良いのか、サーレとしては容易に判断しかねた。今こうして一緒に『作戦会議』などを開こうとしている関係も、二人の側が協力を求め、師弟《してい》の側はクロード・テイラーへの態度と行動からなし崩し的に認めた、いわば成り行きの産物なのである。

(俺たちに利用価値《かち》がある限りは、共闘《きょうとう》も可能、だろう)

(だと、いいけどね)

二人の無邪気《むじゃき》さが、かえって不安になる『鬼功《きこう》の繰《く》り手《て》』だった。

ほどなく、キアラが真新しい旅装《りょそう》となって戻ってくる。

「お待たせしました!」

「よし、じゃあ始めるか」

サーレは宣言した。『約束の二人《エンゲージ・リンク》』は未だ床に座って、しかも鼻歌《はなうた》交じりに草花を弄《いじ》っているが、そっちはとりあえず無視する。

「はい!」

椅子《いす》に座って背筋《せすじ》を伸ばすキアラの真面目《まじめ》さに、珍しく救われる思いだった。

「ちゃっちゃと行きましょうか」

「はーいはい、ちゃっちゃとねー」

　お軽く囃《はや》すウートレンニヤヤとヴェチエールニヤヤも無視して、彼は口を開く。

「まず、これまでの状況を整理しよう。今のところ［革正団《レボルシオン》］の具体的な目論見《もくろみ》は不明だ。しかし、あの空言《そらごと》を他人に吹聴《ふいちょう》することだけが楽しみって変物どもが、外界宿《アウトロー》を襲《おそ》って『テッセラ』を奪い、数年から息を潜《ひそ》めていた。その行動自体《じたい》が異常なのは分かるだろう」

「そんな連中《れんちゅう》が襲ってきた事実も、裏になにか秘密を隠《かく》していることへの傍証《ぼうしょう》になるね。海魔《クラーケン》と決戦して追い散らすのが目的だった制圧《せいあつ》部隊なら、息を潜めてやり過ごせる……でも、外界宿《アウトロー》を再設置するための調査を行う我々だと、そうはいかない」

　二人で一人の『鬼功《きこう》の繰《く》り手《て》』は、それぞれを補完し合う。

　キアラがその後を継ぐ。

「襲撃《しゅうげき》は、なにより私たちの調査を妨害するため、ということなんでしょうか。狙《ねら》いをホノルル港としたのは、外部との連絡を一時的にでも麻痺《まひ》させ、増援《ぞうえん》の派遣《はけん》を遅滞《ちたい》させるのが一つ、襲撃という行為自体で私たちの出足を鈍らせ、時間を稼《かせ》ぐことが一つ……ここまでは、以前も推測しましたね。作戦としては定石《じょうせき》だと思いますが」

　どうやら立ち直ったらしい弟子《でし》に、サーレは頷《うなず》き、

「ああ。俺も二度目の襲撃を受けるまでは、そう思ったんだが……」

なんとなく腰から二丁神器《にちょうじんぎ》『レンゲ』と『ザイテ』を抜く。

「どうも、やり口が性急過《す》ぎるように思えてならん」

言いつつ、十字操具《そうぐ》を手先に遊ばせ始めた。操《あやつ》るものが先にあるように、敵の思惑《おもわく》を自分がなぞるように、操られる側から類推《るいすい》する。

「ハワイ諸島は、意外《いがい》に広くて地形も複雑だ。俺としては、捜索《そうさく》には相当な日数がかかる、と覚悟《かくご》してた。それが、来たその当日に、わざわざ正体を明かすオマケ付きで襲撃《しゅうげき》だ。なぜ、もっと本拠地《ほんきょち》を絞《しぼ》り込まれそうな段階になってから仕掛けなかった？　なにしろ連中《れんちゅう》は、俺たちのガイドを抱きこんでいたんだ、時間を稼《かせ》ぐための誘導《ゆうどう》は容易《たやす》かったはずだろう？」

ぐっ、と辛《つら》さを噛《か》み締めるキアラを、あえて無視して続けた。

「しかも、だ。連中は、それからたった二日しか間を開けず、再度の襲撃をかけてきた。『空《くう》裏《り》の裂《さ》き手《て》』クロード・テイラーのような切り札まで駆り出してな」

今度は、花の中にいる『約束の二人《エンゲージ・リンク》』が耳を欹《そばだ》てる。

「あれは、こっちを全滅《ぜんめつ》させるつもりの、本気の攻勢だった。実際、あんたたちが来てくれなけりゃ、俺たちは確実にそうなっていた。一度目の襲撃で不十分な面通しを行い、二度目の襲撃で不意《ふい》討《う》ちを、しかも敵《てき》味方の判別を惑《まど》わすフレイムヘイズで仕掛ける……俺たちの持ってる、[革正団《レボルシオン》]は自己顕示《けんじ》欲《よく》が強い、って先入観《せんにゅうかん》まで利用した、全く見事な罠《わな》だよ」

「それだけ本気の攻勢を、一気呵成《いっきかせい》にかけてきた、ということは」

ギゾーの言う途中で、サーレは操具を持った手を向けた。

向けられたキアラは、一言で正鵠《せいこく》を得る。

「ジックリ構えていられない、何らかの時間的な制約があった……だから大急ぎで決着を付けようとした、ということでしょうか」

「そうだ。奴《やつ》らは、一旦《いったん》動き出せば、ハワイ諸島に在る限り確実に感付かれるような『ドでかいなにか』を、近い内に決行しようとしているんだ。その大事を前に、俺たちを掃除しようとした。それを『約束の二人《エンゲージ・リンク》』の登場で台無《だいな》しにされたってわけだ」

「今の状況は、決して彼らの思い通りには行っていない……この狂いは、時間に縛《しば》られている彼らにとって弱味《よわみ》であり、逆に僕らにとっては攻め時ということなんだ」

結論付けたサーレとギゾーは、言及《げんきゅう》を受けた『約束の二人《エンゲージ・リンク》』に目を移した。

その先には、話の内容に全く見合わない、ピンクや赤、黄、オレンジ色の花を編んでいる仲《なか》睦《むつ》まじい恋人同士《どうし》の姿しかない。どうやらお互いに向けたものを編んでいるらしく、ときどき相手の髪《かみ》に頬《ほお》に、自分の持った花を添えて、似合《にあ》うかどうか確かめていた。

師匠《ししょう》を気遣《きづか》ったキアラが二人の意見を求めようとする、

「――あ」

「こうしている時間も勿体《もったい》無い！」

その機先《きせん》を制して、作業の手を休めないヨーハンが口を開く。

「早く敵のアジトを探さないと攻撃の機会を失う！　って言うんだろう？」

「気持ちは分かるけど、もう場所は分かってるんだから、焦ることないわ」

フィレスの何気ない言葉をなぞろうとしたサーレは、

「その場所が分かってりゃ、誰も焦ったりはし――なにぃっ？」

珍しく驚いて、二人に向き直った。

ヨーハンはそちらには気を払わず、ようやく編み終わった花輪《レイ》を置くと、キアラが思わずドキッとするほど、頬《ほお》に頬を寄せて、フィレスの首にかけられた麦藁帽子《むぎわらぼうし》を取った。師弟《してい》が答えを待っている気配《けはい》を知りつつ、ピンクと白に彩《いろど》られた花輪《レイ》を、代わりにかける。

「僕らが、君たちの周りをうろついてたのは、どうしてだと思う？」

逆質問《ぎゃく》の意味を、サーレが考える間に、今度はフィレスが同じく、頬に頬を寄せてヨーハンの麦藁帽子を取り、オレンジと赤に彩られた花輪《レイ》を首にかけた。そのついでのように、先取りの回答を示す。

「クロードが［革正団《レボルシオン》］のアジトに籠《こも》りっぱなしで、本当にいるかどうか確認ができなかったから……代わりに獲物《えもの》になる貴方《あなた》たちのところで、出てくるのを待ってたのよ」

そうして二人、じっと花輪《レイ》をかけたお互いを見て、相好《そうごう》を崩した。

「綺麗《きれい》だよ、フィレス」

「うん、ヨーハンも似合《にあ》ってる」

なんだか馬鹿らしくなって頬杖《ほおづえ》を付いたサーレに代わり、まだドキドキの収まらないキアラが、少し赤い顔で確認する。

「もしかして、私たちが来るずっと前から、このハワイ諸島でクロード・テイラーを探し回っていたんですか？」

二人は床に座ったまま、子供のようにくるりと回って背を合わせ、それぞれ頷《うなず》いた。

「そういうこと。フィレスの『風《かぜ》の転輪《てんりん》』でクロードを探して数年、その情報に触れたまでは良かったけど、足取り自体はハワイに向かった時点で途切《とぎ》れてしまった」

「ハワイに先行させた傀儡《くぐつ》で、どうも隠《かく》れ家《が》に潜《ひそ》む連中《れんちゅう》がいる、ってところまで確認したら、後はお手上げ。だって連中、〝燐子《りんね》〟に人間喰《く》わせるばかりで、外に出ないんだもの」

キアラの髪飾《かみかざ》りから、ウートレンニャヤとヴェチエールニャヤが訊《き》く。

「なんでレベッカたち制圧部隊に言いつけて、連中のアジトに踏み込まなかったのよ？」

「ハワイ諸島の完全制圧《せいあつ》と『テッセラ』の奪還《だっかん》で釣《つ》れば、幾《いく》らでも動かせたでしょーに」

二人は詰まらなさそうに首を振った。

「言ってるだろう？　そこにいるかどうか分からなかった、って。もしいたとして、大勢のフレイムヘイズが入り混じる乱戦になったら、彼を見つけて連れ出すことは至難《しなん》の業だ」

「彼を捕まえるには、傀儡じゃなく私たち自身でなきゃいけない。でも、大勢《おおぜい》に囲まれて戦うって状況も、正直ぞっとしない。私たち、フレイムヘイズのこと、あまり信じてないの」

サーレはようやく、会話に含まれた遠回しな取引に気付く。

「……要するに、連中のアジトを教える代わりに、クロードの始末《しまつ》は任せろ、ってことか。俺たちを引き止めといてその条件ってのは、フェアじゃないな」

二人は、なにかを遠く見るように、コンと後頭部を打ち合わせた。

「僕らにとっては、意味のある用事なんだ。まさか［革正団《レボルシオン》］なんてものに入ってるとは思わなかったけど……とにかくクロードの扱いは一任してもらう、その条件だけは譲《ゆず》れない」

「あと、もう一つだけ、条件があるの。大したことじゃないけど、とっても大事なこと。この二つを受け入れてくれたら、連中のアジトも教えるし、戦いにも協力してあげる」

優しげな容貌《ようぼう》のヨーハンが断固《だんこ》と言い、凛《りん》とした美貌《びぼう》のフィレスが譲歩案《じょうほあん》を持ち出す。見た目の印象《いんしょう》とは真逆《まぎゃく》な、二人の態度だった。

それらを見据《みす》えて、サーレは考えを巡らす。

「……」

時間が切迫《せっぱく》している公算《こうさん》は大きい。この二人なしでクロードを加えた［革正団《レボルシオン》］に当たるのは厳《きび》しい。クロードを彼らで相殺《そうさい》できれば、戦いは相当楽《らく》になる。でなくとも、大きな謀《はかりごと》が潜んでいる可能性が高い。余力は大きく取っておくべきである。

つらつら利害損得《そんとく》に思考《しこう》を数秒流して、ようやっと頷く。

「……分かった。その取引、乗った」

「「そうこなくっちゃ」」

声を合わせて『約束の二人《エンゲージ・リンク》』は笑い合い、背中合わせで器用に、手と手をパンと打ち合わせた。裏を疑うのが馬鹿らしくなるような、底抜けの明るさで。

と、そこに、

「あの……」

キアラが、言い辛《づら》そうに口を開く。

「今まで、訊《き》く機会がなかったんですけど……『空裏《くうり》の裂《さ》き手《て》』クロード・テイラーって、いったい、どういう人なんですか？」


計画決行の時が迫っていた。

ハリエットは、サラカエルから聞かされた計画への興奮《こうふん》と苦悩から、集合の呼び出しが来る前に、廊下に出た。緩い螺旋《らせん》を描く暗い廊下を、上に向かって足早に歩く。

すぐに廊下は終わり、鉄の巨塔《きよとう》『オベリスク』のあるフロアに出た。

もう、教授や『黒妖犬《モディ》』たちによる微《び》調整や細部の改修《かいしゅう》も終わって、空洞《くうどう》は静寂《せいじゃく》の中にある。

立ち尽くすように足が止まり、上を仰いだ。

何度見ても、抱く畏怖《いふ》は同じ。薄暗《うすぐら》い空洞に聳《そび》えるそれは、世界へと挑《いど》み、現実に作り上げる力と技を実感させる、［革正団《レボルシオン》］の精神を具現化《ぐげんか》させたモニュメントとして目に映る。

「これが、動き出せば……」

聞かされた計画と、その代償を思い、声に恐れが滲《にじ》んだ。

世界の狭間《はざま》に轢《ひ》き潰《つぶ》された兄の思いは、未だ狭間で彷徨《さまよ》う自分の道は、この強く広がる力で、真《ま》っ直《す》ぐに伸びる存在で、明確な答えと方角を得ることができるのだろうか。

分からない、分からないが、もう後には引けなかった。

心ならず選んだのでも、他者に強制されたのでもない。

答えを求めて、方角を探して、自分で選んだのだから。

「そう、この道を、進むだけ」

と、その背後、廊下の出口から、もう一人の人影《ひとかげ》が歩み出る。

「あっ」

「……」

ハリエットの振り向いた先で、少し驚いた顔をしたのは、『空裏《くうり》の裂《さ》き手《て》』クロード・テイラーだった。彼も、呼び出されるよりも早く、集合場所に現れたものらしい。

さっきの独白を聞かれた羞恥《しゅうち》に顔を赤らめる彼女を、クロードの胸にある左を向いた鷲《わし》のバッジ型の神器《じんぎ》『ソアラー』（と言うらしい）から、彼と契約する〝紅世《ぐぜ》の王〟、〝犇《しき》距《きょ》の鎧仗《がいじょう》〟カイムがからかう。

「よう、姉《ねぇ》ちゃん。そっちも張り切ってるみてえだな」

「は、はい……」

クロードの方は、軽く一瞥《いちべつ》しただけで、先までの彼女と同じく『オベリスク』を見上げている。帽子《ぼうし》の下に覗《のぞ》く視線には、サラカエルの静かに燃える情熱とは対照《たいしょう》的な、感情の揺れも見えない虚《うつ》ろさだけがあった。

「奴《やつ》らは、必ず来るぞ」

「えっ」

その虚ろな中から、不意に声が木霊《こだま》のように漏れた。

「来れば、俺たちは奴らを、殺す」

「……」

戸惑《とまど》うハリエットに、クロードはこれから起きることを、ぶつける。

「六年前の、あの時と同じだ。同志《どうし》ハリー・スミスがそうだったように、おまえは自分の欲する答えを追い求めて、仲間たちに背き、殺そうとしている」

相手を見ず、彼らの道標《みちしるべ》『オベリスク』を見上げたまま、ぶつける。

「同志ハリー・スミスは、そんな自分の行為が、どれほど自分を苦しめることになるか、覚悟《かくご》していた。今のおまえはどうだ？　ただ助けを求め俺の手を取ったおまえは……覚悟を固めるほどに、変われたのか？」

ハリエットの脳裏《のうり》に、忘れることのできない炎《ほのお》の記憶《きおく》が蘇《よみがえ》る。

「変わ、れ――」

封絶《ふうぜつ》が、あ、っ、た、の、だ、ろ、う。

それまで当たり前のように続いていた日常――笑い合う友らと共に在った外界宿《アウトロー》――の光景が、炎と煙に、痛みと血に、一変していた。兄が自分に肩を貸して、その中を歩いていた。

体中、煤《すす》に塗《まみ》れ血に塗れて、意識も朦朧《もうろう》としていた。

どうしてこうなったのか、なにもかも唐突《とうとつ》過ぎて、なにもかも分からなかった。

自分がなにを言ったか、全く覚えていない。なにも言わなかったかもしれない。

兄がなにを言ったか、全く覚えていない。なにかポツポツと語っていたはずだ。

その背後から、兄を呼ぶ憎悪《ぞうお》の声が聞こえた。

兄は咄嗟《とっさ》に、自分を強く突き飛ばした。

その腕が根元から斬《き》り飛ばされた。

兄の胴《どう》の半《なか》ばほどで、ようやく止まった、その剣。

自分がよく知っているフレイムヘイズ、自慢の剣。

友人の剣が、兄の血潮《ちしお》で、真《ま》っ赤《か》に染まっていた。

兄の叫びは、聞こえなかった。代わりに友人の泣き声が、聞こえていた。

友人が、蹲《うずくま》った自分を、涙を流して罵《ののし》っていた。

どうして、なぜ、裏切り者、そんな言葉が、途切《とぎ》れ途切れに聞こえてきた。
意味不明《ふめい》な状況の、突然の変転《へんてん》など、理解できるわけもなかった。
一歩、彼が自分の方に踏み出しても、動けなかった。動く気もなかった。
彼が泣いているのが悲しくて、彼に罵《ののし》られるのが辛《つら》くて、それになにより――兄が。
剣を振り上げた、

その彼を頭上から、
力の結晶《けっしょう》たる鷲《わし》の爪《つめ》が、
一撃《いちげき》、地面へと叩《たた》き潰《つぶ》した。
地面から跳ね返った彼の顔から、血と、炎《ほのお》と、涙が、自分の頬《ほお》へと、飛び散った。
再びの蹴《け》りが彼を叩き飛ばし、炎の中に、二度と戻らない炎の中に、追いやった。
見上げれば、鉄のような男が聳《そび》えていた。
遅かったか、そう言ったような気がする。
男の頭上から、幾《いく》つもの炎弾《えんだん》が降り注《そそ》いだ。
これもよく知っている、友人の炎の色だった。
男は、力を羽と広げ、己《おの》が身と、自分を覆《おお》った。
炸裂《さくれつ》と燃焼《ねんしょう》が数秒、まだ炎の消えない間に、男は羽を一打ち、飛翔《ひしょう》した。
見上げたままだった頭上、炎の向こうから、友人たちが、飛び込んでくる。

空中の交差は、よく見えなかった。

ただ男が友人たちを、蹴りで引き裂き、羽で切り裂いた、結果だけが見えた。

着地した男は、ぼんやりと上を見ている自分に、手を指し伸ばした。

なにも理解できないままに、自分はその手を取っていた。

まだ今も、その手を取った自分のままでいる。

まだ今も、惑乱《わくらん》した自分のままで。

しかし、覚悟《かくご》は。

「――はい。変わりました」

気持ちよい返事をしていた、可愛《かわい》らしいフレイムヘイズの少女を思い起こす。

いい加減《かげん》そうに見えて、恐ろしく強《したた》かだったフレイムヘイズの男を思い出す。

彼女らが、いつかの友人たちのように。

刹那《せつな》浮かんだ、その幻《まぼろし》を振り払わず。

「はい」

確と見据《みす》えて、もう一度、宣誓《せんせい》した。

「そうすることで初めて、私は兄《にい》さんの気持ちを受け入れることができるでしょう。巻き込まれ、流されるのではなく、自分から選び、進むのですから」

クロードは、やはり目線《めせん》を『オベリスク』から動かさず、彼の答えを返す。

「そうか。おまえは、進むのだな」

「あなたは？」

なぜ尋《たず》ねたのか、ハリエット自身も驚いた。ただ、彼の声に相容《あいい》れない違和感《いわかん》を覚えた、その反射として、フレイムヘイズ『空裏《くうり》の裂《さ》き手《て》』に、尋ねていた。

「あなたは、違うのですか？」

「……」

ハリエットは、黙って見上げるフレイムヘイズが――［革正団《レボルシオン》］の一員となって改めて気付く、彼がそこにいることのおかしさが、違和感と繋《つな》がったように思った。

「……違う、な」

常から重い声が、よりゆっくりと、零《こぼ》れ落ちる。

「俺は、進んでいるのではなく、逃げている」

「ふん。逃げて逃げて、今度は逃げたものから追っ手が来た、か？　［革正団《レボルシオン》］は溺《おぼ》れて摑《つか》んだ船、逃げ隠《かく》れする洞穴《どうけつ》ってわけだ」

カイムが、契約者への非難とも、補足とも聞こえる言葉を吐き捨てた。

「逃げる、というのは――」

ハリエットが言いかけた、

「んんーっ、ふふふふふふふふ!!」

そのとき、

「来ぃーました来ぃーました、来ぃーましたよぉー!!」

重く激しい稼動《かどう》音を連れて、無駄《むだ》に騒がしくハイテンションな声が下方から響《ひび》いてきた。

「あっ!?」

ハリエットの立つ床面が急速に開き、地下からデッキが競り上がってくる。クロードが咄嗟《とっさ》にその腕を掴み、開いた空洞《くうどう》から彼女を退避《たいひ》させた。

「あ、ありがとうございます」

「ああ」

二人の背後でデッキは、ガンと乱暴な音を立てて止まり、開いた床面にピッタリ嵌《は》まる。

広いその中央に立っているのは当然、教授とドミノである。

教授は一瞬《いっしゅん》で、両手を広げ両足を広げ、立っていられるギリギリまで背筋《せすじ》を逸《そ》らす奇妙《きみょう》なポーズを取り、空洞に響《ひび》き渡る絶叫《ぜっきょう》を情熱のまま迸《ほとばし》らせる。

「計画実ぃー行の時っ、今、来ぃーったれり!!　いぃーざ征《ゆ》かん未踏《みとう》の境《きょ》お——地《ち》っ!!」

「まだ『オベリスク』の予定稼動《かどう》時間まで、十分あるようでございますでふひははは《すいたたた》!?」

手を翳《かざ》して頭上を見上げたドミノが冷静に突っ込み、頬《ほお》をヤットコのように変形した教授の手で抓《つね》りあげられた。

そして、呆気《あっけ》に取られるハリエットとクロードの背後から、

「皆さん、早いですね」

彼女らのリーダーたる〝紅世《ぐぜ》の王〟が声をかける。

「やはり、こちらでしたか」

「俺、呼びに行ったら、誰もいなかった。驚いた」

傍《かたわ》らに低い姿勢で付き従うドゥーグが、ハリエットやクロード、最後に『オベリスク』をキョロキョロと見回した。その頭をポンと叩《たた》いて、サラカエルも視線を追い、仰ぐ。

（あ……）

ハリエットは、この場に在る誰もが同じ、それぞれの形で鉄の巨塔《きょとう》を見上げたことに、なんとはなしの感慨《かんがい》を覚えた。始まること、進むことの中に、悲しさと寂しさが漂う。

サラカエルはそれを感じて、しかし挙措はあくまで穏やかに、『オベリスク』の根元に張り出した搭乗《とうじょう》デッキへと続く階段を、ゆっくりと上る。途中で止まり、呼びかけた。

「さあ、皆さんも一緒に、この時を迎えましょう」

「ああ」

クロードが言葉短く、

「ふん、また気取ったことしやがる」

カイムが口汚《きたな》く、

「私は下でシィーステムのコォーンディションを確認しぃーたいんですがねぇー？」

教授は不満たらたらに、

「起動《きどう》の操作《そうさ》を遠隔《えんかく》操縦で試す、とさっき言ってたはずへ《で》は《は》ひ《い》は《た》ひ《い》は《い》ひ《た》は《い》ひ！」

ドミノは抓《つね》られて、

「どうした、上らないのか、同志《どうし》、ハリエット・スミス」

ドゥーグが呼びかけて、

「はい」

ハリエットは鉄の階段に足をかけた。

上った先は、横に広い舞台のような平面で、見上げても複雑に絡み合った鉄の塔の下部しか目に入らない。目を転じた階下、何度も行き来したフロアが、奇妙に小さく見えた。

一同は、中心にサラカエル、その右にドゥーグ、教授、ドミノ。その左にクロード、ハリエットと、まるで舞台のカーテンコールに応える役者のように並んだ。

主演の位置を占《し》めるサラカエルが、少し俯《うつむ》いてから、万感《ばんかん》の言葉を紡《つむ》ぐ。

「ここから、始めましょう――『明白な関係』を、世界に」

言葉が空洞《くうどう》に吸い込まれて数秒。

静寂《せいじゃく》の向こうから、鈍い稼動《かどう》音が断続的に鳴り始める。

ズズズズ、と真下から深く大きな轟《とどろ》きが唸《うな》って、一瞬《いっしゅん》、持ち上がる衝撃《しょうげき》があった。周囲の空洞に這《は》う構造物が、下へとゆっくり落ちてゆく――否、鉄の巨塔『オベリスク』が、上へと昇

っていた。巨大な質量が持ち上がっていると感じさせる細かい振動《しんどう》の中、

「ハアアアアアア――ッチ、オオオオオオオ――ップン!!」

教授が絶叫《ぜっきょう》し、手元のスイッチを押した。

頭上、『オベリスク』の上昇するそれとは別の轟音《ごうおん》が重なり、天井《てんじょう》が放射《ほうしゃ》状に開いてゆく。

ハリエットは、自分も、サラカエルも、クロードもドゥーグも教授もドミノも、皆が同じものを見上げて、同じ方向に進んでいる、と思った。

(人間――〝紅世《ぐぜ》の王〟――フレイムヘイズ――〝紅世《ぐぜ》の徒《ともがら》〟――〝燐子《りんね》〟――みんなが)

思いが、口から零《こぼ》れる。

「貰《もら》ったものを、確かめる」

クロードは、傍《かたわ》らの女性の呟《つぶや》きを聞いた。

「私は、ここで答えを見つける」

4　永遠《とわ》の夢路《ゆめじ》

過剰《かじょう》な緑の密度にむせる森林、岩と砂だけを撒《ま》き散らした荒地《あれち》、土と水の境《さかい》も曖昧《あいまい》な湿地、圧倒的な断崖《だんがい》を刻む渓谷《けいこく》等々、小さな面積の中に様々な風土地勢《ちせい》を詰め込むハワイ諸島にあっても、特別辺鄙《へんぴ》な場所に、彼女らはサーレの指示を受けて潜《ひそ》んでいた。

満天煌《まんてんきらめ》かす星空に対し、黒々と広がる寂莫《せきばく》の岩原、その一隅《いちぐう》である。

起伏《きふく》に乏しく硬質《こうしつ》感の欠けた、横に平たく広がる襞状《ひだじょう》の連なりで、奇妙《きみょう》に粉《こな》っぽい。陥没《かんぼつ》の闇《やみ》を各所に開ける竪穴《たてあな》の一つに潜《もぐ》り込んでいるのだった。

「どうしたの、キアラ。サーレ・ハビヒツブルグが言ったこと、まだ気にしてるの?」

優しく声をかけたのは〝彩飄《さいひょう》〟フィレスである。

その隣《となり》、小さく三角座《ずわ》りするフレイムヘイズ、『極光《きょっこう》の射手《いて》』キアラ・トスカナは、抱えた膝《ひざ》の中に顔を伏せる。

「……いえ、そんなことは」

小さな返事に、彼女の左右お下《さ》げに付けられた髪飾《かみかざ》り、鏃型神器《やじりがたじんぎ》『ゾリャー』から放られるのは、〝破暁《はぎよう》の先駆《せんく》〟ウートレンニヤヤと、〝夕暮《せきぼ》の後塵《こうじん》〟ヴェチェールニヤヤの指摘《してき》。

「思いっきり気にしてんじゃない」

「難しく考えすぎなのよ。自分がナニモンだろうと、やることは変わんないんだからさ」

ううん、とキアラは小さく、膝《ひざ》の間で首を振った。

「私のことじゃ、なくて……そ、その通りだし……でも、師匠《ししよう》が自分のこと、あんな風《ふう》に」

なおさら、という追い討《う》ちが来る。

「あの男は、露悪《ろあく》も偽悪《ぎあく》も趣味《しゆみ》じゃないわよ。本当にそう思ってるだけ」

「そーそ、本人が平然としてんだから、他人がなにをやっても思ってもお節介《せつかい》ってもんよ」

「……」

黙らされた少女の耳に、今度はフィレスの緩やかで酷《こく》な、リフレインが届く。

「『フレイムヘイズは人でなし』、『人でなしに同情するような余裕《よゆう》はない』、か」

「でも、師匠とギゾーは私たちとは違う。無理矢理《むりやり》に――」

せめての抵抗という呟《つぶや》きが、俄《にわ》かな地響《じひび》きに断ち切られた。

「――っ、な、なに⁉」

大地を揺るがす、細かくも強い振動《しんどう》。それが徐々《じよじよ》に範囲《はんい》を広げてゆく、怖気《おぞけ》を伴う実感に、彼女らは翻弄《ほんろう》される。とにもかくにも、場所が場所である。慌《あわ》てない方がおかしい。

両髪飾《かみかざ》りから叫びが。

「ちょっ、見て、山の上よ!!」

「ふ、ふふ噴火《ふんか》あ!?」

それまでの穏《おだ》やかな雰囲気《ふんいき》を一転《いってん》、フィレスがキッと鋭く見上げた。

「違う」

彼女らは、[革正団《レボルシオン》]〝征遼の睟《せいりようすい》〟サラカエル一派が見せた員数から、抱く気宇《きう》を見誤《みあやま》り、備える力を侮《あなど》っていたことを、事実によって思い知らされる。

見上げる先、なだらかな地平線が丸ごと高大に盛り上がったかのような活火山《かっかざん》・マウナロアの頂《いただき》から、巨大奇怪《きかい》な鉄の塔《とう》が、鋭く高く、天を突き上げ、せり上がりつつあった。


驚いて、しかし身を伏せて待つ。

戦端《せんたん》の開かれない時点で迂闊《うかつ》に動けば、感付かれる恐れがあった。

慎重《しんちよう》に気配《けはい》を殺して、じっと待つ。


ハワイ島は、ハワイ諸島《しょとう》最大の島である。

諸島東端《とうたん》に位置し、他の主要《しゆよう》七島全《すべ》てを合わせたよりも大きな面積を持つ、この『ビッグ・

アイランド』は、統一王朝《おうちょう》を築いたカメハメハ大王《だいおう》の出身島《とう》であり、ゆえに王国の、諸島の名に冠《かん》されることとなった。

地勢《ちせい》は大雑把《おおざっぱ》に、海から突き出す南北二つの大山および裾野《すその》、という形よりなっている。

山の一つ、北側は、標高《ひょうこう》四二〇五メートルを誇る休火山《きゅうかざん》・マウナケア（『白い山』の意）。

もう一つ、南側が、標高四一六九メートル、今も直下のマグマ溜《だ》まり＝ホットスポットから噴煙《ふんえん》を上げ続けている活火山《かっかざん》・マウナロア（『長い山』の意）である。

ハワイ・ホットスポットの特徴《とくちょう》である粘性《ねんせい》の低い溶岩《ようがん》によって形成されたため、この山も他同様、縦に険しくではなく、横へとなだらかに広がり、活火山としては世界最大の山塊《さんかい》を成している（ハワイ島の南半分《みなみ》は、この火山そのものといっていい）。

またこの山は地勢ゆえに当然のこと、噴火《ふんか》も多く、記録に残る一七八〇年からでも、数十回に渡って、莫大《ばくだい》なエネルギーを地の奥底から吐き出し続けていた。中でも、一八六八年におけるそれは、大地震《おおじしん》に伴う津波《つなみ》で深い爪跡《つめあと》を島に刻んだばかりである。

山頂には火山活動によって落ち窪《くぼ》んだ巨大な凹地《くぼち》、いわゆるカルデラが多く形成され、草木も疎《まば》らな山肌《やまはだ》ともども、夜の底に荒涼《こうりょう》の風景を広げている。

その一角、中型の陥没《かんぼつ》クレーター底面が放射《ほうしゃ》状に開いて、［革正団《レボルシオン》］が六年の歳月《さいげつ》をかけて作り上げた鉄の巨塔《きょとう》『オベリスク』を突出させていた。

塔は、シルエットこそ単純な、縦に長い円柱《えんちゅう》だが、表面の造作《ぞうさく》は複雑怪奇《かいき》極まりない部品の集合体《しゆうごうたい》である。鉄骨《てつこつ》鉄板にパイプにコード、針を振る計器類《けいきるい》にガラガラ回る歯車、蒸気を吹く圧力弁《べん》に稼動《かどう》するクランクまでも剝《む》き出しにして、その全てを統一性なく組み上げている。

やがて断続的に響《ひび》いていたジャッキアップの轟音《ごうおん》が、全部位《ぜんぶい》の露出《ろしゆつ》によって一際《ひときわ》高く響き、静まった。高山の頂部《ちようぶ》を抜ける冴《さ》え切った夜風の中、異様《いよう》な塔は己《おの》が存在を高々と誇る。

その根元、搭乗《とうじよう》デッキ上に在る一同の端《はし》で、

「う、ああ――」

元外界宿調査官《もとアウトローかん》、今や［革正団《レボルシオン》］の一員たるハリエット・スミスは、思わず息を呑んで眼下《がんか》の光景を一望した。

マウナロアは、他島における山地のように、未だ風雨《ふうう》河川の浸食《しんしよく》を受けていない、なだらかな大地の盛り上がりである。粘性の低いマグマがひたすら積み上げてきた山塊、彼女らが見下ろす南東部の裾野が遥か遠く、海下へと没している（正確に言うと、マウナケア、マウナロア両山は、海底の平野から噴火を始めた一万メートルになんなんとする大山の上半分が、海上に出ている形なのである）。

現地の人間でもまず目にすることのない、夜の山頂から星と月を頼りに見晴るかす溶岩平原《へいげん》の威容《いよう》は、強風低温《ていおん》と相俟《あいま》って、彼女に身震《みぶる》いを起こさせた。これから起きることは確実に世界を変える、という期待と恐怖が震えに含まれていることを隠《かく》すべきか表すべきか、身を竦《すく》めた修道服《しゆうどうふく》の中で迷う。

一同の中心に立つ〝征遼の晬《せいりようすい》〟サラカエルが、

「さて」

同じ景色を見て、彼女とは全く違う理性《りせい》の声を、風の中に流した、

「そろそろ、見えるはずですが……同志《どうし》ドゥーグ」

その傍《かたわ》ら、猫背《ねこぜ》気味に直立する黒い大犬〝吠狗首《はいこうしゅ》〟ドゥーグが、真円《しんえん》の両眼《りようめ》を光らせて、遥か海上を見やる。

「時間、ピッタリ、です、同志サラカエル。俺の『黒妖犬《モディ》』たち、来てる」

「結構《けっこう》」

頷《うなず》いて、サラカエルも靡《なび》く髪《かみ》の間に無数の目を縦に見開いた。その目の一つが、人間には闇《やみ》の壁としか捉《とら》えることのできない海上に、一点、舳先《へさき》に灯火《とうか》した一団を発見する。

「来た……!」

その妖艶《ようえん》な美貌《びぼう》に、深い喜悦《きえつ》が滲《にじ》んだ。

波濤《はとう》の奥の奥、静かに航走《こうそう》してくるのは、遥々《はるばる》北米の西海岸から到来《とうらい》した、数十隻《せき》もの輸送船団。いずれも蒸気船《じようきせん》の煙突《えんとつ》と帆船《はんせん》の帆《ほ》、双方を備えた二〇〇〇トン級の大型船である。

それらが、正気とも思えない沿岸の夜間航行《こうこう》を行い、しかも舳先の全てを海岸線に向けている……が、問題はない。そここそが船団の目的地なのだった。

「同志ダンタリオン教授」

声に着火された花火のように、〝探耽求究《たんたんきゅうきゅう》〟ダンタリオン教授は、グルグルグルグッと三回転半、助手である『我学《ががく》の結晶《けっしょう》エクセレント28―カンターテ・ドミノ』に指示を送る。

「分ぁーかっています！　ドォーミノォー!!　揚陸《ようりく》作業準《じゅん》ーっ備《び》!!」

「はいでございますです！」

ドミノは自分の体の前を開《あ》けて、その中にあるレバーを一つ、ガチャコン、と倒した。

すると再び、マウナロアは鈍く震え始める。

「あっ」

ハリエットが見下ろしていた山腹《さんぷく》の中ほどが、外側へと観音《かんのん》開きに巨大な扉《とびら》を開いた。

その中から競り上がってきたのは、ゴテゴテと稼動《かどう》部を纏《まと》わり付かせたレール状の機械。ただし、その大きさは通常見慣《みな》れたものと、数十倍という規模で違う。細かい調整作業のためか、周りで動き回っている『黒妖犬《モディ》』が、子犬どころか豆粒《まめつぶ》のように見えた。

やがてレールは、片端《かたはし》を山上の『オベリスク』に、もう片端を海岸線に向けて、伸張《しんちょう》を開始する。滑稽《こっけい》とも思えるこれら行為は、しかし物体のサイズによる迫力《はくりょく》で見る者を圧する。

「この『オベリスク』を作り上げた大量の資材は、こうやって運び上げていたのですね」

ハリエットは、隣《となり》に立つ鉄のような男、『空裏《くうり》の裂《さ》き手《て》』クロード・テイラーに尋《たず》ねた。

「ああ」

返事の短い彼に代わり、その胸にある、左を向いた鷲《わし》のバッジ型神器《じんぎ》『ソアラー』から〝觜《し》距《きょ》の鎧仗《がいじょう》〟カイムが、おかしげに説明する。

「毎日毎週ってわけじゃねえ。半年に一回二回、人目《ひとめ》を忍《しの》んだ真夜中に、ドバーッと来やがるのよ。夜中にコッソリたあ言え、こんな仕掛け、そうそうおっ広げてらんねえからな」

頷《うなず》きかけて、ハリエットは気が付いた。

小さな灯火《とうか》の群れ、船団が一向に速度を落とさない。伸張《しんちょう》するレールの到達しつつある海岸線に向かって、船独特《どくとく》のいつの間にかという猛《もう》スピードで接近している。

「あ、あのままでは海岸に激突《げきとつ》……その前に浅瀬《あさせ》へと乗り上げてしまうのでは」

「構やしねえ。どうせ乗員は皆、喰っちまってんだ。機能を凍結《とうけつ》させた長期保存《ほぞん》状態の『黒妖犬《モデイ》』を荷に混ぜて運び込み、この近辺に到達したらドゥーグが活性化《かっせいか》させて船を乗っ取る。船は沿岸に沈めて、証拠《しょうこ》を隠滅《いんめつ》する。そういう手口《てぐち》よ」

平然《へいぜん》当然の答えに息を呑むハリエットを、カイムは嘲笑《あざわら》った。

「非道《ひどう》なやり口たあ、今さら言ってくれるなよ、姉《ねえ》ちゃん」

「……はい」

未だ心揺《ゆ》らす彼女に、リーダーたるサラカエルが、あくまで理屈《りくつ》としての解説を加える。

「これまでは、船舶《せんぱく》の大量行方《ゆくえ》不明を『海魔《クラーケン》の仕業《しわざ》』と誤魔化《ごまか》してきましたが、駆逐《くちく》のほぼ成った今、その言い訳は通らないでしょう。といって細々と進めれば、太平洋平定《へいてい》の報が広まり、外界宿《アウトロー》に多くて十人以上のフレイムヘイズが、常時東西から往来《おうらい》するようになる……最終運搬《うんぱん》作業はともかく、計画を決行する時は、最も手薄な今しかないのですよ」

そうして隣《となり》、教授を見て、仕様《しよう》がない風《ふう》に笑った。

「いかな天才を擁《よう》していても、やはり『オベリスク』ほどの巨大建造物、製作資材は外よりの搬入に頼るしかなかったわけですが……結果的には、作戦の一部に組み込めましたか」

「ハワイィーには重工業の拠点《きょてん》があぁーりませんからねぇー！」

賞賛《しょうさん》を受けた教授は、胸を過剰《かじょう》に逸《そ》らすこと一秒、再び勢い良く前のめりに姿勢を戻して、左右へと叫ぶ。

「ドォーミノォー！　揚陸《ようりく》ステェーション起動《きどう》!!　ドウ——グ、最っ終作《さ》ぁー業《ぎょう》を、開始しぃーますよぉー！」

「分かった、船を、増速《ぞうそく》させる」

ドウーグが頷いて、船上に在る『黒妖犬《モディ》』たちに簡単な指示を送り、

「はいでございますです！」

目上の存在の返事を待ったドミノが、胸にある別のレバーを、ガチャコン、と倒した。

操作に従い、レールが伸張する海岸の溶岩平原《へいげん》を割って、揚陸ステーションと言うらしい新たな構造物が出現する。『オベリスク』に比べて、やや小ぶり、より堅固《けんご》と見えるそれは、骨だけの傘《かさ》を逆さに突き刺した鉄の城と見えた。

その一郭《いっかく》に伸張してきたレールが連結《れんけつ》されると、傘の骨と見えた物が四方《しほう》八方に広がる。数

十のそれらは全て、牛馬《ぎゅうば》を軽く一摘《ひとつ》みできるほどに大きな、鉄の腕だった。

さらに『黒妖犬《モディ》』が多数、レールを伝ってステーションの各部署《かくぶしょ》へと素早く飛び込んで、荷揚げの準備に入る。船団の方も、既《すで》に舵《かじ》を切る労力も惜しんでか、無茶な船間《せんかん》距離で密集《みっしゅう》していた。浅瀬《あさせ》に乗り上げる、あるいは海岸に激突《げきとつ》するのは、もはや時間の問題である。

これから起こる破壊に身構《みがま》えるハリエットの耳に、怪訝《けげん》そうなドゥーグの声が届く。

「なん、だ？」

「むっ」

クロードも唸《うな》って、周囲の警戒《けいかい》を始めた。

「どうかしま――、これ、は？」

尋《たず》ねかけて、ハリエットも気付く。

さっきまで団子《だんご》状態だった船団が、ゆっくりとばらけ始めている。外側の船から順に、急な舵を切って、針路《しんろ》を八方に散らしているのだった。

予定外《がい》のハプニングに、教授が叫ぶ。

「ドゥ――グ！　なあーにをフラフラホロホロやぁーっているのですかぁー!?」

「舵は、切っているが、戻らな――」

「こ、このままでは揚陸《ようりく》アームの回収範囲《はんい》外《がい》に船が――」

戸惑《とまど》うドゥーグと慌《あわ》てるドミノ、二人の答えが終わる前に、

　ゴガガンッ、
　と遠くにあっても耳障《みみざわ》りな衝突音《しょうとつおん》が響《ひび》く。

「ツノォォォォォォォォ——‼」

　と教授の耳障りな絶叫《ぜっきょう》も響く。

　ばらけた船団の内、加速した一隻《せき》が、別の一隻の横腹《よこばら》を、舳先《へさき》で深々と抉《えぐ》っていた。

　双方、軍艦《ぐんかん》のように特別な装甲《そうこう》も施《ほどこ》されていない、ようやく鉄製が一般的になったばかりの蒸気船《じょうきせん》である。舳先は速さのまま船腹《せんぷく》を叩《たた》き割って、うそ寒いボイラーの破裂音《はれつおん》を海上に轟《とどろ》かせた。衝突した側もされた側も船体の歪《ゆが》みに耐え切れず、積荷《つみに》の重さにも引き摺《ず》られ、縺《もつ》れ合う勢いのまま轟沈《ごうちん》する。

　しかも、一つでは済まなかった。

　轟沈の泡《あわ》が海上に残る間に、二つ、三つと立て続けに同様の衝突が起こる。

　唖然《あぜん》となって、ただ見るしかない一同の中、サラカエルは見抜《みぬ》いた。

　てんでばらばらに迷走《めいそう》を始めた、と当初は見えた船団が、実は精緻巧妙《せいちこうみょう》に船速と針路を調整され、互いの衝突への最短コースを取っている。

（いったい、どこに）

　誰が、ということは分かりきっていた。

　髪《かみ》の間に開いた無数の目が、やがて一点を睨《ね》め付ける。

「──っ！」

瞬間《しゅんかん》、『呪眼《エンチャント》』がデッキ傍《かたわ》らに在るサーチライトに宿り、ぐい、と下方へと光を向けた。

光線は、船団の進む海、その上を照らし出す。

空と海の風に外套《がいとう》を靡《なび》かせ浮かんでいる、一人の男。

広げた両手に十字操具《そうぐ》を握った、古臭《ふるくさ》いガンマンスタイル。

フレイムヘイズ『鬼功《きこう》の繰《く》り手《て》』サーレ・ハビヒツブルグだった。

その彼が、フン、と鼻を鳴らす。

「見つかったか」

《サ、サ》

「なに、元より時間の問題だったさ。できる間にできるだけ、沈めておくとしよう」

十字操具型《がた》の二丁神器《にちょうじんぎ》『レンゲ』と『ザイテ』から、〝絢《あや》の羂挂《けんけい》〟ギゾーが軽く答えた。

「それにしても、さすが『永遠の恋人』……短時間とはいえ、気配隠蔽《けはいいんぺい》も大した威力《いりょく》だ」

《サ、ササ、ササ》

「彼は、僕らのように自在法《じざいほう》を感覚的に使うだけじゃなく、日々《ひび》研究も行っているそうだ」

一人にして二人の男は、自在法の込められた一輪の花を投げ落とす。その眼下《がんか》を眺《なが》め、

「また、やけに簡単に沈むな。ボロ船をかき集めたのか？」

《ササ、サササササ》

「いや、見たところ型もそれほど古くはない……理由は恐らく、積荷《つみに》の重量だろう」
一隻《いっせき》、また一隻とぶつける船について、分析《ぶんせき》する
「連中《れんちゅう》の資材か。完成したから出てきたんだとばかり思ったが」
《ササササササササササササササササ》
「状況からして、仕上げに使う特別なもの、かな。沈めておくに越したことは――」
いい加減《かげん》、うるさく感じた二人は、
《サーレ・ハビヒーッツブルグ!!》
デッキに据《す》えられた音声の伝達装置（実際に声を出したり拾ったりしているのは海岸の揚陸《ようりく》ステーションだが）越しに喚《わめ》く教授へと、目線《めせん》を転じた。ウンザリした顔で挨拶《あいさつ》する。
「変なモンがぶっ立ってると思ったら、やっぱりあんただったのか、親父殿《おやじどの》」
「まったく、懲《こ》りるということを知らない人だ、我らが好敵手《こうてきしゅ》」
《誰がオォーヤジでコーッテキシュですか!?　停滞不敏《ていたいふびん》の失ぃーっ敗作にそぉーう呼ばれるのは不《ふ》ぅー愉快《ゆかい》の極みです！　まぁーたまたまたまたまたまたまたまたまたまた私の雄図《ゆうと》をーっ阻《はば》みに現れたぁーのですねぇー!?》
「いやだって、生みの親で」
「やることは迷惑《めいわく》だからね」
《んぬぅーおおおおおおおおおおー!!》

「生みの親？　ということは、彼は『強制契約《けいやく》実験』の？」

逆上《ぎゃくじょう》する教授の傍《かたわ》らに、サラカエルが立った。

《そぉーのとおぉーり！　『我《が》あー学《がく》の結晶《けっしょう》エエークスペリメント13261ー合《が》あーっ体《たい》無敵超人《ちょうじん》』!!　……のはずだったんですがねえ》

「その呼び方止《や》めてくれ、恥ずかしい」

「ネーミングセンスを疑うよ、まったく」

過去の経緯《いきさつ》に特段の隔意《かくい》を持つ風《ふう》でもない二人は、ただ淡々《たんたん》と輸送船を操《あやつ》り沈め続ける。

サラカエルは、幾分《いくぶん》かの同情を含んで、苦《にが》く笑った。

（なるほど、『鬼功《きこう》の繰《く》り手《て》』ほどのフレイムヘイズを、生み出してしまったのですか……同《どう》胞《ほう》に同志《どうし》ダンタリオン教授を恨《うら》む者が多いのも頷《うなず》けますね）

『強制契約実験』とは、かつて教授が『契約のメカニズムの研究』と称して、人間と〝紅世《ぐぜ》の徒《ともがら》〟を文字通り強制的に契約させて、存在理由を持たないフレイムヘイズを多く生み出した実験のことである（どのような方法を使ったのか、サラカエルも詳しくは知らない）。

この事件は、世の裏で跋扈《ばっこ》する〝紅世《ぐぜ》の徒《ともがら》〟にとっては、一時の興味で天敵《てんてき》を大量に作り出した背信《はいしん》行為だった。大きく〝徒《ともがら》〟全体にとっては、契約を望まない〝王〟や卑小《ひしょう》な〝徒《ともがら》〟らを〝紅世《ぐぜ》〟から引き摺《ず》り寄せ、その途上、世界の狭間《はざま》で多くを失わしめた虐殺《ぎゃくさつ》だった。

また、無事《ぶじ》契約し得た者ら——運の悪いただの人間たち——にとっても、実験は凶事《きょうじ》でしかなかった。身の内に抱え込んだのが、たまたま契約させられた、ゆえに使命感の欠片《かけら》も持たない〝徒《ともがら》〟ばかりだったのだから当然である。世を荒らしてはフレイムヘイズに討《う》たれ、なにも知らぬまま〝徒《ともがら》〟に殺され、果ては人間に追われる者、自殺・発狂《はっきょう》する者すらいた。サーレのように生き残り、今も無事に使命を遂行《すいこう》している者は、例外《れいがい》中の例外である。

要するに、教授以外、誰も喜ばない実験だった。

(しかし、そのようなお人だからこそ、私の計画に乗ってくれた……世界というのは、どこまで皮肉《ひにく》めいて作られているのでしょうね)

苦笑《くしょう》はそのままに、サラカエルは伝達装置へと『呪眼《エンチャント》』を飛ばした。

《ようこそ、『鬼功《きこう》の繰り手《て》』。よく、ここがお分かりになりましたね》

サーレは誇るでもなく説明する。

「なに、おまえらが焦ってた理由、時間の制約ってのが、この島という地勢《ちせい》自体にあるんじゃないか、と見当《けんとう》をつけてみたのさ。となると、船、しかないだろう?」

他《た》地域から隔絶《かくぜつ》された場所、制圧《せいあつ》部隊の撤退後程《てったいごほど》なくという時機、決着を早めに済ませたかった状況。それらが隠《かく》していたものは、彼らの手を遠く離れた場所から始まって変更《へんこう》が利かない、海上で制圧部隊とすれ違わせようとした、やってくる期日の調整が利かないもの……つまり、『前もって手配していた船便《ふなびん》』だった。

「あとは、あの二人が教えてくれた場所近辺《きんぺん》の海岸線に張り込んだだけ……とはいえ、ここまでの船団を組んで、しかも大きな要塞《ようさい》で出迎えるとは、思いもしなかったけれどね」

ギゾーは感嘆《かんたん》で締めた。

サラカエルは溜《た》め息を吐く。

《なるほど。遅れて来てくれれば、と期待もしていたのですが。さすがに、そこまで甘くはありませんか……あの時、とどめをさしておけなかったことが悔《く》やまれます》

《ハリエットさん!!》

と突然、風を渡って、少女の声が『オベリスク』に届いた。

「キアラさん!?」

驚いてハリエットは周囲を見回すが、姿はない。

「自在法《じざいほう》か。『約束の二人《エンゲージ・リンク》』の仕業《しわざ》だな」

クロードは言って、辺りの力を探った。

《お願いだから逃げてください！　私は、戦う以上は本気で戦います！　だから――》

「駄目《だめ》です、キアラさん」

ハリエットは、キッパリと断る。

「私は、ここでしか答えを見つけられない。だからずっと、ここを進みます」

《……意地《いじ》っ張《ば》り!!》

声が途切《とぎ》れ、代わりに山の裾野《すその》から、オーロラの一閃《いっせん》が、山頂の『オベリスク』に奔《はし》った。

「！」

　サラカエルが頭上、掌《てのひら》を差し上げて『呪眼《エンチャント》』を塔《とう》の表面に移す。

　その瞳《ひとみ》に命中《めいちゅう》して、しかし射抜《いぬ》けず、オーロラは破壊のエネルギーを撒《ま》き散らした。

「同志《どうし》ドゥーグ、さきほどの発射《はっしゃ》地点に！」

「へ、へい、少数を割《さ》いて、向かわせました」

　光輝《こうき》に明暗《めいあん》強い衝撃《しょうげき》の中、身を伏せていたドゥーグが、リーダーに即答《そくとう》した。

　ステーションから『黒妖犬《モディ》』が数体、オーロラの発射された地点に向かって、影のように素早く駆けてゆく。倒せずとも、足止め、あるいは居場所を見定める囮《おとり》になればよかった。

　鉄のように屹立《きつりつ》するクロードが、平静に提案する。

「奴《やつ》らが来る。俺たち以外は退避《たいひ》させよう」

「そうですね。同志ダンタリオン教授、以降の作業進行は地下司令室《しれいしつ》でお願いします」

　サラカエルは頷《うなず》き、オーロラで半分ほど黒く焦《こ》がされた〝紅世《ぐぜ》の王〟に求めた。

「了《りょ》ぉーう解《かい》です！」

　固まっていた教授は、スイッチが入ったかのように飛び跳ねる。

「もう『テエーッセラ』でも隠蔽《いんぺい》不能な大っ!!　エエーネルギー運用を隠《かく》す必要もあぁーりませんからねぇー！　全プラントをフゥール稼《か》動《どう》！　後は、あぁーの失敗作に一泡《ひとあわ》二泡三泡四泡、ブクブクブクブク吹ぅーかせてやります！　行ぃーきますよぉー、ドォーミノォー!!」

「はいでございます、あ、〝征遼《せいりょう》の睟《すい》〟様」

ドミノが尋《たず》ねた意味を察して、サラカエルは頷《うなず》く。

「同志《どうし》ハリエット・スミス、一緒に退避《たいひ》してください」

「はい、……」

何事か言いかけた彼女の視界《しかい》の隅《すみ》に、二度三度、オーロラが瞬《またた》く。

サラカエルはこれにも『呪眼《エンチャント》』を飛ばして『オベリスク』を守り、クロードは力の羽根を大きく広げて、教授やドミノ、ハリエットらを覆《おお》った。

「守ってばかりでは埒《らち》が明きませんね。同志ドゥーグ、あなたは既定《きてい》の作戦通りに『黒妖犬《モディ》』を動かしてください。連中《れんちゅう》は、私と同志クロード、同志ダンタリオン教授の機械で叩《たた》きます」

「へ、へい」

返事も碌《ろく》に待たず、サラカエルは矢継《やつ》ぎ早に指示を下してゆく。

「私はまず、あの厄介《やっかい》な『鬼功《きこう》の繰《く》り手《て》』を抑えます。同志クロードは、少しの間で構いません、『約束の二人《エンゲージ・リンク》』と『極光《きょっこう》の射手《いて》』、三者の相手を。同志ダンタリオン教授は、戦う前にまず一度二度、絶対に荷揚《にあ》げの方をお願いします」

言い終わるや、『呪眼《エンチャント》』の光背《こうはい》を点《とも》して、なんの躊躇《ためら》いもなく戦いへと飛び立った。

「あ……」

置いていかれた赤《あか》ん坊《ぼう》のように、ハリエットはその後姿《うしろすがた》を見送る。

その傍《かたわ》ら、自分を前に置き続ける男の後に、各人は続いていた。ドゥーグはデッキから飛び降りて山肌《やまはだ》に姿を消し、教授とドミノは奥にあるリフトのスイッチを入れ、クロードは次の攻撃を警戒《けいかい》しつつハリエットの手を引く。

さらに遠方からの一撃《いちげき》、今度は特大の極光が迫った。

「ちっ！」

舌打《したう》ちしたクロードは、防ぎきれないだろう羽根で覆うのではなく、右腕に鷲《わし》の頭を現すと一振《ひとふ》り、鞭《むち》のように伸ばし、迫る輝きを中空《ちゅうくう》で打ち払った。

極光は『オベリスク』に到達せず、至近《しきん》で大爆発を起こす。

「ひょげえええぇー！」

「うわひゃー!?」

教授とドミノの声を、耳鳴りの中にようやく聞くハリエットは、今度も自分がフレイムヘイズの羽根に守られていることに、数秒して気付いた。

「だ、大丈夫ですか!?」

「意地《いじ》っ張《ば》り、か……ハリー・スミスとフレイムヘイズ、双方から同じ評価を得るとはな」

思わぬことを言われて、反射的に尋ねる。

「兄が、そんなことを？」

「アメリカにいた頃から、あいつは家族の話ばかりしていた」

彼にとってのアメリカにいた頃が、［革正団《レボルシオン》］に入って以降のことなのか、それとも本来の使命に従事していた頃のことなのか、彼は明言しなかった。外界宿《アウトロー》の構成員であったハリエットも、彼の経歴《けいれき》については、アメリカの内乱《ないらん》で活躍した、程度にしか聞いていない。内乱は討《う》ち手《て》同士の戦いだったため、当時も事後も敵《てき》味方の区別が混沌《こんとん》として、外界宿《アウトロー》における記録も碌《ろく》に残っていない。正義を踏み躙《にじ》らねばならない、という非常非情《ひじょう》の戦いだったことから、『アメリカ帰り』にはあまり触れるな、と言う不文律《ふぶんりつ》すらあった。

ハリエットは六年間、［革正団《レボルシオン》］との連絡役として接し続けた男に、初めて訊《き》いていた。

「どうして、［革正団《レボルシオン》］に？」

が、彼はそれを無視して、リフトの中に倒れる二人に声をかけていた。

「教授、リフトは使えるな？」

「ば、爆風《ばくふう》でドアのロォーックが壊れた程度でぇーすねぇー」

「今、応急《おうきゅう》処置しますです！」

「早くしろ、ボヤボヤしていたら、今のが二度三度来《く》るぞ」

言うやハリエットを壁際《かべぎわ》に退避《たいひ》させ、自身は攻撃に備え背を向ける。その鋭く精巧《せいこう》な鷲《わし》の目が、遠い海岸、ドゥーグの繰《く》り出した『黒妖犬《モディ》』の群れと接触《せっしょく》し舞い上がった『約束の二人《エンゲージ・リンク》』、および岩陰に隠《かく》れて迎撃《げいげき》する『極光《きょっこう》の射手《いて》』の姿を、明確に捉《とら》えた。

僅《わず》かな猶予《ゆうよ》が作用したのか、

「父と母、兄と妹」

唐突《とうとつ》に彼は、口を開いた。

「え？」

「おまえたちの家族と、よく似ていたからな」

「……」

どこかの問いへの答えが、訥々《とつとつ》と紡《つむ》がれてゆく。


予想範囲内《はんいない》の山肌《やまはだ》に、やはり入り口は隠されていた。

慎重《しんちょう》に、気配《けはい》が漏れないよう細心《さいしん》の注意を払いながら、罠《わな》を外す。

扉の奥には、風を吸い込む通路が、長く延びていた。


接触後《ご》も、両陣営《じんえい》は封絶《ふうぜつ》を張っていなかった。

海から四〇〇〇メートル級のマウナロア山頂までを覆《おお》う巨大な封絶《ふうぜつ》維持は流石《さすが》に骨が折れる、周囲に人気《ひとけ》がないため目撃者《もくげきしゃ》に気を払う必要がない、ということだけが理由ではない。

フレイムヘイズ陣営としては、内に囲われた物体が容易《たやす》く修復《しゅうふく》できてしまう封絶《ふうぜつ》は、施設《しせつ》破壊を〝徒《ともがら》〟の討滅《とうめつ》と同《どう》程度に重要視《し》する現状のような戦いでは、害にしかならない。

一方の［革正団《レボルシオン》］陣営《じんえい》は、封絶《ふうぜつ》を張らないことが信条《しんじょう》である。しかも今《いま》現在、広大な海上で妨害を受けている輸送《ゆそう》船団を、わざわざ認識《にんしき》し辛《づら》くする真似《まね》などする必要がない。

結果、両陣営は生の世界、暗夜のハワイ島マウナロア山麓《さんろく》を舞台に嚙《か》み合うこととなった。

その南東の海上、サーレは既《すで》に輸送船団の三分の一を衝突《しょうとつ》によって撃沈《げきちん》している。

一見しての大戦果《だいせんか》に、しかし彼は心中《しんちゅう》で舌打《したう》ちしていた。

（意外《いがい》に手間《てま》取るな）

彼としては、もっと短時間で片付けるつもりだったのだが、衝突する双方を共倒《ともだお》れさせるには、やはりそれなりの速度が必要だった。恐ろしく重い荷を積んでいるらしい船足は、想像以上に遅く、増速にも時間がかかっている。また、初期配置の密集《みっしゅう》隊形もまずかった。横腹《よこばら》にぶつけるための進入角度《かくど》を稼《かせ》ぐため、一旦《いったん》船団をバラさなければならなかったのだった。

（ま、やれるだけのことをやるさ）

それでも彼は、無駄《むだ》に迷走《めいそう》させるでもなく、弱い衝突を無駄打《う》ちすることもなく、数十の大船団を最短の航路で繰《く》り、衝突させ、沈めてゆく。黒い海に描かれる、数十もの白い円形の航《こう》跡《せき》は、まさしく『鬼功《きこう》の繰《く》り手《て》』による精緻《せいち》の芸術だった。

（とはいえ）

（独演会《どくえんかい》も切り上げ時、だね）

ギゾーと言い交わした彼は、十字操具型《そうぐがた》の二丁神器《にちょうじんぎ》『レンゲ』と『ザイテ』に絡めていた指を鋭く速く蠢《うごめ》かす――と、神器から伸びて輸送船に取り付いていた不可視《ふかし》の糸が、切れた。勢いよく跳ねた数十のそれらは、航跡《こうせき》の波飛沫《しぶき》へと混じり、新たな力を染《し》み渡らせる。最初は白い泡《あわ》の塊《かたまり》だったものが、集まって数秒で黒い海面の撓《たわ》みとなり、波の沈下《ちんか》に勢いをつけて、一挙《いっきょ》に伸び上がる。

出現したものは、スカートを穿《は》いたように下半身を波間に広げた、海水の巨人だった。

その伸ばされた腕が、サーレを狙《ねら》って飛ぶ碧玉《へきぎょく》の光を掌《てのひら》に受け止め、爆発する。衝撃《しょうげき》に飛び散った掌が、すぐ周囲の海水を補充し、元通りになる。続けて命中《めいちゅう》した体中でも、同じ。

「さすが、大した力です。それを旧態《きゅうたい》の保持にしか使わないのは、惜しい」

サーレと、海水の巨人を挟んだ水煙《みずけむり》の奥から、髪《かみ》の間に無数の目を開き光背《こうはい》を背負う〝征遼《せいりょう》の睟《すい》〟サラカエルが声をかけていた。

「今からでも遅くはありません、私たちと共に新たな世界を切り拓《ひら》く気はありませんか？　ご存知《ぞんじ》のように、世界の狭間《はざま》に苦悶《くもん》する『空裏《くうり》の裂き手《て》』クロード・テイラーは、私たちと共に歩んでいます。フレイムヘイズであることを、私は垣根《かきね》だと思ってはいません」

サーレは、この誘《さそ》いを気のない風《ふう》に返す。

「悪いが、俺は無精者《ぶしょうもの》でね。気張って変えようと突っ走るのは性《しょう》に合わないんだ。それに、お前さんたちの言う旧態ってものが、俺はお気に入りなのさ」

「理屈《りくつ》の説得は、この男には通じないよ、〝征遼《せいりよう》の睟《すい》〟。ましてや意気に感じさせようなんて、石像《せきぞう》に拍手喝采《かつさい》を求めるようなもの……石像は、ただそこに在るだけだ」

ギゾーの駄目押《だめお》しに、仕様《しよう》がない、と言う風《ふう》に［革正団《レボルシオン》］の男は笑った。

「なるほど、それは残念です」

彼は賛同しない者を罵《ののし》らない。自分たちがこの時代にあって、いかにイレギュラー的存在であるかを知り尽くしている。だからこそ、理解者を広く求めるための、多く顕在化《けんざいか》させるための、新しく作るための、作戦を進めているのである。

「フレイムヘイズでありながら、復讐《ふくしゆう》に猛《たけ》るでも、使命に燃えるでもなく、ただなんとなく、ですか。貴方《あなた》たちが同志《どうし》ダンタリオン教授に嫌われるわけが分かりました。それに——」

と続けて素早く、眼下《がんか》の海面へと手を払い、未だ糸の残されていた輸送船数隻《すうせき》に『呪眼《エンチャント》』を移す。強烈な干渉《かんしよう》を受け、繊細《せんさい》な繰《く》りの糸が切れた。

「——なかなかに抜け目がない。戦うには最も質《たち》の悪い敵ですね」

悪戯《いたずら》を見抜《みぬ》かれた子供のような笑いで返し、

「それじゃ、話が通じないと分かったところで」

「一つ、挫《くじ》かせてもらおうかな……君らの企《たくら》みを」

二人で一人の『鬼功《きこう》の繰《く》り手《て》』は、繰りの糸に力を込める。

初撃《しよげき》を受け止めた姿勢のまま静止していた海水の巨人が、津波《つなみ》のようにサラカエルへと襲《おそ》い

掛かった。暗夜に轟音《ごうおん》を上げてのしかかる圧倒的な質量は、抗《あらが》い難い壁と見える――が、

「幾《いく》らなんでも」

サラカエルは笑って光背《こうはい》へと力を流し、

「私を侮《あなど》りすぎでは？」

巨人を飛び越えた先、後方で糸を繰っていたサーレの頭上へと立ち現れていた。既《すで》に、その掌《てのひら》には大きな『呪眼《エンチャント》』が彼を睨《にら》みつけている。

「うおっ⁉」

慌《あわ》てて身をかわすが、空中で素早く動くことは、彼の本分ではない。

一撃《いちげき》、その胸に瞳《ひとみ》が取り付く。二度目の戦いで、キアラが胸を貫《つらぬ》かれた戦法である。

（しまった）

思ったとき、既《すで》にサーレは対処策《たいしょさく》を取っている。『呪眼《エンチャント》』が威力《いりょく》を発揮《はっき》する前に、その制御を乗っ取ってしまおうと、操具《そうぐ》から伸ばした糸を取り付かせていたのである。

自在法《じざいほう》そのものの主導権《しゅどうけん》を奪い合うという、刹那《せつな》の奇怪《きかい》な綱引《つなひ》きは、痛み分けに終わる。

サーレの胸から引き剝《は》がされるように中空《ちゅうくう》に浮かんだ『呪眼《エンチャント》』が、爆発したのだった。

（なんという男だ）

仕掛けたサラカエルも啞然《あぜん》とする。彼の『呪眼《エンチャント》』を、中途《ちゅうと》で打ち落としたり防御力《ぼうぎょりょく》で跳ね返したりする以外、こんな方法で防いだ者は今まで見たことがなかった。

しかし、驚くにはまだ早かったことを、彼はすぐに思い知る。

彼の浮かぶ高度に、あるわけのないものが。

爆炎《ばくえん》の散る狭間《はざま》に、波が見えて、津波《つなみ》が見えて、高潮《たかしお》が見えた。

「──」

「──っな⁉」

それは、先の海水の巨人が変じた、円形劇場《リング》。

下方を竜巻《たつまき》のような水柱で支えられたそれは、サラカエルを追って空を飛ぶ。その表面に等《とう》身大《しんだい》の人形を多数立《た》たせて。

「俺は空中戦《せん》って奴《やつ》が苦手《にがて》でね」

「ならば地面を上げればいい……不《ふ》出来なジョークも、いざやってみれば味もある」

二人で一人の『鬼功《きこう》の繰《く》り手《て》』は、鏡《かがみ》で映したように正反対《せい》、逆さになって舞台の裏側に立っていた──否、ぶら下がっていた。その手で『レンゲ』と『ザイテ』が踊り、舞台上の水《みず》人形たちも踊る。手に手に剣を持ち、宙の舞台で軽やかに。

「まったく、とんでもないお人だ」

サラカエルはこの人形たちを次々と『呪眼《エンチャント》』で爆破《ばくは》するが、その数は一向に減らない。

海が無限に材料を供給し続けているのだから、当然だった。

二重三重に肩車《かたぐるま》し、時間差をつけて上下左右、油断《ゆだん》をすれば舞台そのものからも……人形は技巧《ぎこう》の粋《すい》を尽くす曲芸師《きょくげいし》のように、剣の舞の共演を彼に強いる。

と、不意に、

「来た」

サラカエルは無数の『呪眼《エンチャント》』で自身を球状《きゅうじょう》に覆《おお》った。

(防御《ぼうぎょ》体勢?)

訝《いぶか》ったサーレに、

(下、いや上だ!!)

ギゾーが声なき声で叫んでいた。

舞台を支えていた水柱が、中ほどから吹っ飛ばされた。

巨大な鉄拳《てっけん》で。

その振動《しんどう》が伝わる間にも二つ三つ四つと新たな拳《こぶし》が飛んで、水柱のみならず舞台までもが一《いっ》挙《きょ》に撃砕《げきさい》される。

「なぬ?」

制御を失って雨と振る海水の中、危うく逃れたサーレを、

《んんーっんっんっんふふふっふっふっふふふはあははっげほっげほっ!》

今度は大音量《だいおんりょう》の声が叩《たた》く。

《……っ今《きょ》お一日《う》こそは、小癪《こしゃく》なおまえに邪《じゃ》あー魔《ま》はさぁーせませんよおー!!》

彼の声は、海岸に聳《そび》える揚陸《ようりく》ステーションからのものだった。その鉄の城に数十と生《は》えた巨大な可動アームが次々に襲《おそ》い掛かって、彼の円形劇場《リング》を破壊したらしい。

「なんで親父殿《おやじどの》は、腕とくれば切り離して飛ばすんだ？」

「さてね、趣味《しゅみ》らしいけれど」

首を傾《かし》げながらも、サーレはここまで海岸に近付いていながら気付けなかった、

（いや、誘《おび》き寄せられたんだ）

自身の不覚とサラカエルの狡猾《こうかつ》さを、呪《のろ》うでも感嘆《かんたん》するでもなく、ただ評価する。

（なかなかどうして、見かけによらぬ良い戦士じゃないか）

声なき声を交わしつつ、サーレは眼前に迫る、自分の身の丈《たけ》ほどもある拳《こぶし》をかわした。間髪《かんはつ》入れず真横《まよこ》から、別の拳が襲ってくる。

《逃いーげず、かぁーわさず、食うーらいなさぁあーい!!》

「無茶《むちゃ》言うなよ」

言って、通り過ぎたアームに糸を絡め、その牽引《けんいん》力で離脱《りだつ》しようとする——眼前、

「ふっ」

笑うサラカエルが立ちふさがって、『呪眼《エンチャント》』を放った。

「ちっ」

これをかわすため、やむなく糸を切って軌道《きどう》を修正する。

その先から、またアームが襲い掛かってきた。

(見かけによらぬ)

(いい闘士《とうし》、とね)

二人で一人の『鬼功《きこう》の繰《く》り手《て》』は、自分たちがサラカエルと教授の重囲《じゅうい》に落ちたことを自覚せざるを得なかった。

主な攻撃はアームで行い、その場から逃れようとする、あるいは乗っ取り操《あやつ》ろうとするとサラカエルが『呪眼《エンチャント》』で邪魔《じゃま》をする。意外《いがい》に息の合った——サラカエルが一方的に合わせているのだろうが——コンビプレイに、一方的に攻め込まれる。

そうする内、

ゴゴーン、とすぐ脇の海岸から轟音《ごうおん》が響《ひび》いた。繰《く》りから解放された輸送船が海岸に座礁《ざしょう》したのである。アームが幾《いく》つか、これに取り付き、甲板《かんぱん》を乱暴に引っぺがし、積荷を摑《つか》み出す。

(なんだ、あれは?)

サーレは最初、それの正体を測りかねた。

機械ではない、黒くて分厚《ぶあつ》い、ただの大質量《だいしつりょう》たる鉄塊《てっかい》。

それが、揚陸《ようりく》ステーションから山頂の『オベリスク』まで、長々と繋《つな》がったレールの上に乗せられた瞬間《しゅんかん》——火花を上げ、猛烈《もうれつ》な速度で滑走《かっそう》を始めた。山腹《さんぷく》の傾斜をものともせず駆け上ったそれは、いつの間にか要塞《ようさい》『オベリスク』の側でも展開されていたアームで、ガッチリと受け止められる。冗談《じょうだん》のような光景は、その結果を見ると、全く笑えなくなる。アームが『オベリスク』の一角に、それを取り付けたのだった。黒く分厚《ぶあつ》い鉄塊《てっかい》は、マウントの駆動音《くどうおん》とともに、磐石《ばんじゃく》というも生温《なまぬる》い、不動の質感を持って塔《とう》の一部となる。

(――装甲板《そうこうばん》か!)

サーレが驚き攻撃をかわす間にも、輸送《ゆそう》船団は次々と強行接岸《せつがん》し、揚陸《ようりく》ステーションのアームは次々とレールに鉄塊を乗せ、受け取った『オベリスク』は金城《きんじょう》鉄壁を築いてゆく。

「こんな鉄のハリボテを孤島《ことう》に配置して」

アームの上を走り、次のアームに飛び移り、迫る鉄拳《てっけん》を避けて、サーレは言う。

「海を舞台の大戦《たいせん》でもやらかすつもりか?」

「いくら[革正団《レボルシオン》]が自分を隠《かく》さないとはいえ、アピールも度が過ぎるんじゃないかな」

ギゾーも声を向けた彼方《かなた》、マウナロアを背に浮かぶサラカエルは、笑った。

「ははは、こんな巨大要塞《ようさい》が太平洋のど真《ま》ん中《なか》に居座《いすわ》ったら、たしかにフレイムヘイズたちは、大いに、大いに、困るでしょうね」

あくまでも陽気に、高らかに。

驚くべき設備と規模だったが、悠長《ゆうちょう》に観察してはいられない。

理屈《りくつ》から考えて、施設の重要区画《くかく》は攻撃の余波《よは》を蒙《こうむ》りにくい、穴の奥底だろう。

不気味《ぶきみ》に鳴動《めいどう》する機械の中を、警戒《けいかい》しつつ一気に飛び降りる。


マウナロアの底の底、『オベリスク』を持ち上げた格納筒《かくのうとう》より、さらに螺旋《らせん》状の廊下を潜《くぐ》った地下にある司令《しれい》室には、忙《せわ》しない熱狂《ねっきょう》の空気が満ちている。

「装甲板第五陣《じん》、到達！　西面ブロックにおけるアーム精度、問題なし！」

「揚陸ステエーションの標《ひょう》うー的追尾《てきついび》装置も上《じょう》うー々の出《で》ぇー来《き》ですねぇぇー！」

平淡《へいたん》なホールの一角、機械類をかき集めて盛り上がる司令《しれい》区画で、ドミノと教授がそれぞれ大声を上げての作業に没頭《ぼっとう》していた。

「『オベリスク』側アーム、最終チェック！」

「タアーゲット——ロオークオオオン！」

司令区画の前、広いホールの硬質なガラス面には、マウナロアからハワイ島南東沿岸にかけての拡大《かくだい》地図が投影《とうえい》されている。戦況《せんきょう》の方はついでに表示《ひょうじ》してあるだけで、揚陸ステーションの制御や『オベリスク』への装甲板搬送《はんそう》・取り付け等、計画の工程《こうてい》こそが表示の主体である。

やがてドミノが報告し、

「アームのパワーバランス微調整《びちょうせい》終了！　以降の装甲マウント作業は、オート制御に移行するんでございますです！」

「エエーックセレント!!　準備はあーっコォーレまでっ！　いぃーよいよ本番開《か》ぃー始《し》、今《こ》んー度《ど》こそっ、あぁーの失敗作の邪《じゃ》あー魔《ま》など跳ね除《の》けて、大《だい》っ成《せい》っ功《こう》のフィーニュッシュエンーッドを迎えるんでぇーすよぉーー！　んんーっ、宝具《ほうぐ》『ノーメンクラタ』起《き》ぃーっ動《どう》!!」

教授の命令一下《いっか》、ホール中央に鎮座《ちんざ》する『黒妖犬《モディ》』前足の間から、銀色の円盤《えんばん》が、ふわりと宙に漂い出す。それは最初、軽く緩やかに、やがて加速して激しく、無軌道《むきどう》な回転を行い、銀色の球状《きゅうじょう》になった。

ぐにゃり、と突然、その銀色の球《たま》が崩《くず》れて膨《ふく》れ、一個の映像を形作る。

司令《しれい》区画の一角に立つハリエットは、目を見張る。

「……『オベリスク』……！」

床に移された概略図《がいりゃくず》ではなく、立体的な映像として、彼女ら「革正団《レボルシオン》」のシンボルたる鉄の巨塔《きょとう》が、宙に描き出されていた。さらに、映像の各所から、細かい表示《ひょうじ》が無数に羅列《られつ》されてゆく。特に目立つのは、血管のように各所に張り巡らされた配線図《はいせんず》と、映像下部にある横長のゲージで、配線図は暗く沈黙《ちんもく》し、ゲージは四分の一ほどを赤く染めていた。

「これは、いったい？」

「表示は各部の諸元《しょげん》数値で、下のゲージは起動に必要なエネルギー量の目安を表しているんでございますです。この宝具『ノーメンクラタ』は、物体の組成《そせい》や構造を解析《かいせき》表示するという、非常に珍しい宝具なんでございますれふひはははは《ですぃたたたた》」

解説するドミノの頬《ほお》を、教授のやっとこ状の手が抓《つね》り上げる。

「なぁーにをグゥーズグズしていぃーるんですか、ドォーミノォー！　さぁーっさかさぁーっと『オベリスク』起動シィーケンスを開始すぅーるんですよぉー!!」

「はひれほはひはふへふ《はぃでござぃますです》！」

抓られたまま、ドミノはどこかのスイッチを、ガチンと押す。

応じて、床面に新たな表示が追加された。

風力や天候に関する値はハリエットにも理解できたが、文字を追うだけでは分からない、彼女の専門外《がい》か教授独自《どくじ》の方式か、意味不明《ふめい》な表示も数多くあった。

気付けば、『ノーメンクラタ』の表示する棒グラフが、三分の一ほどにまで上がっている。

傍《かたわ》らで、同じものを見ていたらしいドミノが言う。

「教授、エネルギーゲージ上昇率《りつ》は、予定より二十パーセント増でございますです」

「ギィーリギリゴリリまで改造を続けた甲斐《かい》があぁーりましたねぇー！　あぁーとは〝存在の力〟精製《せいせい》に成功しぃーてさえいれば、研究自《じ》ぃー体《たい》は満点だぁーったんですが――」

そこで教授は、スパッ、とハリエットの方に向き直った。

驚く彼女に、ひょろ長い手で勢い付けて指し示す。

「しぃーかしっ！　満点満足に安住すぅーるのは魂《たましい》のぉーっ死!!　前身《ぜんしん》進歩発展繁栄《はんえい》！　そぉ

ーれこそが我々生《い》ぃーきる者、意思在《あ》ぁーる者のっ使命!!　こぉーのマウナロアの地ぃー下に存在するホォーットスポット!　地ぃー球の生命と言える巨ぉー大莫大《ばくだい》なエェーネルギーを利ぃー用するプラントこそが、マウナロア地下大秘密《ひみつ》基地のぉー本《ほん》っ体《たい》!!」

どうも教授は、助手以外の聴衆《ちょうしゅう》、という滅多《めった》にいない存在に向けて、自分の所信《しょしん》と発明をアピールしているらしい。

「あぁーの『オベリスク』……正《せい》ぃー式名称《しきめいしょう》『我《が》ぁー学《がく》の結晶《けっしょう》エークセレント27071ー穿《せん》破《ば》の楔《くさび》』!!　っに、起《き》ぃー動《どう》および触媒《しょくばい》として注《そそ》ぎ込ぉーまれるエぇーネルギーは、まぁーさっ、にっ、こぉーの集大成《しゅうたいせい》!!」

彼がバン、と指し示した先で、『ノーメンクラタ』はマウナロア地下基地の全形図《ず》へと表示《ひょうじ》を変更《へんこう》した。巨大山塊《さんかい》の下に滾《たぎ》るホットスポット、いわゆるマグマ溜《だ》まりと、そこに根の先端《せんたん》を接触《せっしょく》させる形で広がる地下基地が、一目《ひとめ》で分かる。

「教授、勝手《かって》に表示を変えたら、同期《どうき》作業に支障《ししょう》が出るんでございまふ《す》ひ《ぃ》は《た》は《た》は《た》!」

「微《び》ぃー小《しょう》なハアーップニングに一々文句《もんく》を言ぃーっていたらっ!　こぉーれからの作業は乗おーり越えらぁーれませんよぉー、ドォーミノォー!?」

二人の遣《や》り取りを他所《よそ》に、ハリエットは再び戦況《せんきょう》へと目をやった。

サラカエルは海岸の揚陸《ようりく》ステーションでサーレと、クロードは裾野《すその》の一角でキアラ、および『約束の二人《エンゲージ・リンク》』と、それぞれ交戦中。ドゥーグは遠巻《とおま》きに黒妖犬《モディ》の包囲《ほうい》を敷いている。

そのグリッドが一つ、大きく動いた。

ハリエットは、別れる直前に彼から聞かされた話に、同情か共感か、哀《あわ》れみか腹立ちか、いずれとも付かない不分明《ふぶんめい》な気持ちを抱いて、その勇戦振りを、ただ見守った。

（同志クロード……）

穴の底には、ジャッキアップされた鉄塔《てっとう》の基部が、天を支える柱のように聳《そび》えている。地下深く、恐らくは火山の奥底からエネルギーを導いているらしい。

破壊すべきか、と考えて、首を振る……防御措置《そち》を発動させる藪蛇《やぶへび》は避けるべきだった。

クロード・テイラーは、アメリカ東部に生まれた、ごく普通の農夫《のうふ》だった。

少しばかり腕っ節《ぶし》が強く、頑健《がんけん》な体を持ってもいたが、性格は穏《おだ》やかで争いに自ら加わるようなこともなかった。家族との静かな暮らしさえあれば、自分の平凡《へいぼん》な一生になんの不満も疑問も持たない、どこにでもいる、ただの男だった。

しかし世界は、そんな穏やかな、ただの男に牙《きば》を剝《む》いた。

それさえあれば、という男から、それを取り上げた。

彼と妻、息子《むすこ》と娘、という家族との、静かな暮らしを。

それは、息子が可愛《かわい》い町娘《まちむすめ》との婚礼《こんれい》を挙げた、幸せの日。

溢《あふ》れる喜びと誇りに、少量の寂しさが混じる、祝福のとき。

親としての人間としての義務を、妻と一緒に果たした、という満足感の中、起こった。

〝紅世《ぐぜ》の徒《ともがら》〟による、ただの捕食が。

息子が、その伴侶《はんりょ》となるはずだった娘諸共《もろとも》に喰われる、悲劇が。

当時、まだ新しい自在法《じざいほう》だった封絶《ふうぜつ》は張られていなかった。全てを見せられた彼は、これまで一度たりと抱くことのなかった本気の怒りに任せて、契約していた。

強大な〝紅世《ぐぜ》の王〟であったその〝徒《ともがら》〟は、予想外《がい》の出来事に驚き、しかし逃げた。戦いなど欲してはいない……〝王〟はいつも通り、食事をしただけなのだった。

逃げた〝王〟を追う前に、彼は妻と娘に別れを告げたが、彼女らはなにも、覚えていなかった。自分のことも、喰われた息子、その伴侶となるはずだった娘のことすらも。

それでもなお、彼は〝王〟を追った。多くのフレイムヘイズがそうであるように、彼もまた契約によって力を得た当時は、悲しみの清算《せいさん》ではなく怒りの発散《はっさん》を求めていたのだった。

彼は、フレイムヘイズとして強力で、幸運だった。

情勢不穏《ふおん》のアメリカを彷徨《さまよ》い、追って、追って、戦って、並み居る敵を叩《たた》き潰《つぶ》し、協力者を得、仇《かたき》たる〝王〟を僅《わず》か数年という期間で追い詰め、復讐《ふくしゅう》の討滅《とうめつ》を果たしたのである。

しかし、そこから先の彼は、無力で、不運だった。

復讐を極めて早期に遂げてしまったため、『空裏の裂き手《くうりのさきて》』はフレイムヘイズとしての使命感を明確に形成できなかったのだった。知り合いとなったフレイムヘイズ、外界宿《アウトロー》の者たち、いずれもが彼に本来在《あ》るべき姿について講釈《こうしゃく》したが、彼は元から、息子の仇を討《う》つため、それ以外、それ以上のことは、なにも考えていなかった。

なにより彼には、まだ元いた場所が、数年という期間だけを置いて、残っていた。

だから彼は、フレイムヘイズとしての使命、生き方から、躊躇《ちゅうちょ》なく逃げた。

否、帰ろうとした。

果たせぬことと薄々《うすうす》察して、それでも、恋しさの駆るままに帰ろうとした。

自分の故郷《こきょう》、愛し愛された家族の許《もと》へ。

そして当然のように、彼は拒絶《きょぜつ》された。

今の彼は、かつて彼を知っていた誰からも忘れ去られた、不審《ふしん》な男でしかなかった。

それでもなお、彼はその地、自分の故郷に、未練《みれん》から留まった。

最初は遠巻《とおま》きに、やがて近くに寄って、自分なき後の困苦《こんく》に苦しんでいた家族を助けた。驚かれ、拒絶され、気味《きみ》悪がられ、それでも助け続けた。なによりも大切な、家族だったから。

そんな日々が、またしばらく続いて、彼は少しずつ妻や娘と打ち解けていった。

が、それは当然、彼がなによりも望んだ、かつての安らぎの再現ではなかった。

自分や息子《むすこ》の思い出をなに一つ持たない赤の他人との、新たな関係なのだった。

こうなって初めて、彼は気付かされた。

あの時、捨てたものの、本当の大切さを。

捨てたものが、二度と戻ってこないことを。

死んだ息子が、決して生き返らないように。

知っていたはずなのに、一時の怒りに身を任せ、残された妻と娘の蒙《こうむ》る困苦《こんく》をすら無視し、ただ一人、自分の憂《う》さを晴らす行為を追った……否、苦しみの中で見えた『フレイムヘイズという裏道《うらみち》』に逃げたことを、激しい後悔《こうかい》の中で、痛みとともに。

そんな、身勝手《みがって》で愚《おろ》かと思い知らされた今の自分を、
かつて在った自分のことを忘れ去った妻が、
今また愛しつつあると知ったとき、
彼は――また逃げていた。

宝具《ほうぐ》一つ、残して。


機械部分《ぶぶん》以外の場所……この空洞《くうどう》の底付近《そこ》に、求める重要区画《くかく》はあるはず。

あの［革正団《レボルシオン》］が数年もの間、潜《ひそ》んでいた以上は、何らかの大きな意味があるはず。

　それを探って突き止め、可能なら阻止《そし》する……条件に対して出された、条件だった。

　恐るべき重さ速さで迫る『空裏《くうり》の裂《さ》き手《て》』クロード・テイラーの蹴《け》り、空色《そらいろ》の力の衣《ころも》『サックコート』の鋭い爪《つめ》、

「うおおおおおおおおお！」

　琥珀色《こはくいろ》をした大圧力《だい》の暴風《ぼうふう》に包まれ、重く強烈に繰《く》り出される〝彩飄《さいひょう》〟フィレスの拳《こぶし》、『インベルナ』の衝撃波《しょうげきは》、

「はあああああああああ！」

　双方の輝きが、暗夜のハワイ島南東の裾野、一面黒い溶岩《ようがん》平原を、鮮《あざ》やかに染め上げる。

　バン、と触れ合ったか合わないか、双方とも文字通りに反発して距離を取った。

　その僅《わず》かな間、

「クロード、あなた今、自分でもなにをやってるか、分かってないんじゃないの？」

　風巻く中心に在るフィレスに、

「分かっている」

「君は奥方《おくがた》に全部、話していたね。彼女は僕らのことを理解して、君のことを託したよ？」

　その隣《となり》で手を取るヨーハンに、

「分かっている」

クロードはどこまでも重く答える。

「分かっているのだ。だが、もう遅いではないか。お前たちが来たことで、なおさら俺にとって世界は……変えることにしか存在意義《いぎ》のないものとなってしまった」

「ああ、全くその通り。今さら引き返すような道が、この腰抜《こしぬ》け野郎にあるものか」

カイムが嘲笑《ちょうしょう》とも諦念《ていねん》とも付かない罵声《ばせい》で続いた。

二人は顔を見合わせて、溜《た》め息を吐く。

「こんな分からず屋だと知ってたら、世話になんかならなかったのにね、ヨーハン」

「でも、恩は恩だ。奥方《おくがた》の懸念《けねん》した通りになってる以上、言いつけ通りに止めなきゃ」

クロードは虚《うつ》ろな目を鋭く細め、二人へと飛びかかった。

「止められはせん……止まる理由は、もうない！」

その鼻先、加速する線上に、オーロラの矢が射ち放たれた。

溶岩《ようがん》平原の一角に潜《ひそ》む、『極光《きょっこう》の射手《いて》』キアラ・トスカナである。

クロードは、一射目《いっしゃめ》を危うく、首を返して頬《ほお》にかすらせ、二射目を『サックコート』の足、鷲《わし》の爪《つめ》で受け止めた。その炸裂《さくれつ》の衝撃《しょうげき》を使ってバック転し、三射目をかわす。さらに、その勢いを降下に換えて、小うるさいフレイムヘイズの少女を片付けようと襲《おそ》い掛かる。

その横合いから、

「まだ話は――」

「――終わってないよ!!」

琥珀色《こはくいろ》の風、自在法《じざいほう》『インベルナ』が、回避《かいひ》不能の大きさで彼を叩《たた》いた。

「ちぃっ!」

邪魔《じゃま》されたクロードは舌打《したう》ち一つ、翼《つばさ》を畳《たた》んで暴風《ぼうふう》の翻弄《ほんろう》から逃れる。

フィレスの『インベルナ』は、周囲に発生させた風を操《あやつ》るだけでなく、その全体に彼女の気《け》配《はい》を宿すことで気流全体を一つのフィレスと認識させ敵を攪乱《かくらん》する、特殊な自在法である。

通常、フレイムヘイズや〝徒《ともがら》〟は、行動の際に生まれる気配、または集中する〝存在の力〟を感知《かんち》して敵に対処《たいしょ》する。フィレスの『インベルナ』は、これら戦いの前提《ぜんてい》を覆《くつがえ》す脅威《きょうい》の自在法であり、また『永遠の恋人』ヨーハンという凄腕《すごうで》の自在師《し》が加わることで、効果と応用力は数倍に跳ね上がる。『約束の二人《エンゲージ・リンク》』が恐れられる所以《ゆえん》だった。

が、クロードの方も、空中戦《せん》と格闘《かくとう》戦ではトップクラスのフレイムヘイズである。みすみすされるがままにはなっていない。己《おの》を押し包む風に逆らわず身を任せ、その中で捻《ひね》りを入れて加速、風の流れを読み切るや、『サックコート』の翼を広げて一挙《いっきょ》に勢力圏《けん》から上空へと、見事離脱《りだつ》する。その鷲のように鋭い眼光が、風の中核《ちゅうかく》で手を繋《つな》ぐ二人を捉《とら》えた。

「ぬうんっ!」

気合《きあい》一声、獲物《えもの》を狙《ねら》う猛禽《もうきん》のように降下、蹴りを先端《せんたん》とした一点突破《とっぱ》を謀《はか》る。

「！」「！」

二人も気付いて彼を見上げ、ダンスの一振《ひとふ》りのように手を離して別れる。

その中間点、正確にクロードの降下の先端《せんたん》を狙《ねら》って、オーロラの矢が射ち放たれた。

「ふん」

クロードは降下の速度を、片翼《かたよく》を広げることで横《よこ》回転に変え、巻き込む、あるいは弾《はじ》くようにオーロラの矢を火花として飛散《ひさん》させた。さらに回転を続けて、翼《つばさ》から無数の羽根を下方へと乱射する。地面へと着弾《ちゃくだん》した羽根は一帯に空色《そらいろ》の小爆《しょう》発を起こし、黒い岩肌《いわはだ》を粉砕《ふんさい》した。

その猛火《もうか》の中からキアラが飛び出し、駆ける。

「回避《かいひ》する間にも、辺りを確認！」

「戦況《せんきょう》を理解してから、射つ！」

「はい！——っや！」

上体だけを返して、走りながら弓を射ち放った。その軌道《きどう》は鋭く速く曲線を描いて、クロードに襲《おそ》い掛かる。同時に、かわそうとする彼の両脇《わき》からフィレスとヨーハンが挟撃《きょうげき》せんと迫った。並のフレイムへイズなら、ただ逃げるだけのこれら攻撃を、

「ふんっ！」

クロードは両腕を広げて逆襲《ぎゃくしゅう》に転じる。腕を覆《おお》う力の衣《ころも》『サックコート』の先端が鷲《わし》の足として瞬時《しゅんじ》に伸び、風の中に在るフィレスとヨーハンの攻撃の先端、拳《こぶし》を文字通り鷲掴《づか》みにす

る。そのまま二人の突進の勢いを殺さず強引《ごういん》に捻《ひね》りを加えて引っ張り、

「う、わ」「っと!?」

互いの場所を入れ替えるように振り回す。その振り回された片方、ヨーハンでキアラの射撃《しゃげき》を打ち落とす、という攻防《こうぼう》両立、神業《かみわざ》のような対処《たいしょ》だった。

放り出された姿勢をようやく建て直したフィレスが叫ぶ。

「ヨーハン!?」

「大丈夫だよ、フィレス。それにしても……」

ヨーハンは焦《こ》げた手を振って答え、二人の間、空に頑《がん》と立つ『空裏《くうり》の裂《さ》き手《て》』を見た。

「どうして、そこまでの強さを持っていて、あっちフラフラ、こっちフラフラするんだい、クロード・テイラー? 君ほどの男なら、断じて選べば道は開けるだろうに」

しかしクロードは答えず、代わりに問い返す。

「貴様《きさま》らこそ、なぜだ。約束などと言っているが、あんなもの、所詮《しょせん》は別れ際の軽口《かるくち》でしかなかったはずだ。なぜそこまで躍起《やっき》になる必要がある」

「たしかに、あのときは僕らも、そう思ってた」

ヨーハンは、重苦しく語る相手にも、翳《かげり》なく笑う。

「君の仇《かたき》たる〝王〟を倒すための、行きずりの共闘《きょうとう》……でも、お互い助け合って命を拾ったのは事実だ。だからその分の、短くも強い絆《きずな》を得た証《あかし》として、僕らは君にあれを贈ったんだ」

フィレスも、夜に浮かんでなお、明るく笑いかける。

「あなた、言ったわよね。これからどうするか分からない、まず郷里《きょうり》に残した妻子《さいし》のところに戻って考える、って。だから誰にも使えないあれを、愛情の記念品として放り投げたのよ」

「そうだ。『もし呼べたら、なんでも言うことをきいてやる』……お互い約束とは思っていなかった。再び去るとき、全てを話したあいつにあれを渡したのも、命を代償《だいしょう》にしなければ使えない宝具《ほうぐ》だったからだ。あいつには使えないはずの物を渡したからこそ、俺は諦《あきら》めることができた。あいつにも、無理難題《むりなんだい》を押し付けることで諦めてもらおうとした」

重苦しい声が、自らの重さに潰《つぶ》れたように、途切《とぎ》れた。

その胸にあるバッジ『ソアラー』から、カイムが代弁《だいべん》するように呟《つぶや》く。

「だってえのに……なんだって、どいつもこいつも追いかけてきやがる」

フィレスが、右手を真横《まよこ》に振って、

「私たちがここまでする理由……ここに来たとき言ったでしょ？　奇跡《きせき》が、起きたのよ」

暗夜の空に琥珀色《こはくいろ》の風が吹く。

ヨーハンも、応えて右手を真横に。

「全くの冗談《じょうだん》から君へと渡したものに、本物の気持ちでお返しされたからさ。この僕らが」

暗夜を染める風は勢いを増す。

「その悔《くや》しさと意地《いじ》が、半分」

またヨーハンが言って、凪は、クロードを囲む檻《おり》のような竜巻《たつまき》になった。

「後の半分は、奇跡への敬意《けいい》」

またフィレスが言って、振った手にコイン大のペンダントを現していた。

凪に靡《なび》くそれは、彼女らからクロードに、クロードからその妻へと渡り、また彼女らの手に戻った宝具——使用者に已《おの》が身を捨てさせることで起動《きどう》する、ギリシャ十字。

名は、『ヒラルダ』。


研究室らしき場所、書類を持つ手が、大きな驚愕《きょうがく》とある種の感銘《かんめい》に震えていた。

孤島《ことう》の山上に要塞《ようさい》が現れた時点で、普通誰《だれ》もが陰謀《いんぼう》はそこが到達点と考えるだろう。

しかし実際は、それどころではない……そんなものは、ただの一歩目に過ぎなかった。


竜巻の発生する前に、その勢力圏外《けんがい》に逃れたキアラは、自分たちのいる場所を確認して、

（よし）

と心中《しんちゅう》で頷《うなず》いた。心中、というのは、まず溶岩《ようがん》平原の岩陰に伏せて、周囲に『黒妖犬《モディ》』がいないか警戒《けいかい》していたためである。どうやらクロードと交戦を始めてからは、遠巻《とおま》きに包囲《ほうい》して

いるだけで、積極的な攻勢には出てこない。それだけクロードを信頼しているのか、逆に『黒《モ》妖犬《ディ》』の戦闘力に牽制《けんせい》以上の期待をしていないのか。

（二度目の戦いで、迂闊《うかつ》に近付いた群れの頭が射たれて、慎重《しんちょう》になってるのかな？）

なんにせよ、ここまでクロードを誘導《ゆうどう》できたのは、まずもって上《じょう》出来と言うべきだった。

既《すで》にステーションが、射れば当たる距離にまで近くなっている。援護《えんご》射撃《しゃげき》が、現状できる精《せい》一杯《いっぱい》の彼女にとって、今もサラカエルやアームを相手に阻止《そし》行動を続けている師匠《ししょう》、クロードを捕らえている琥珀《こはく》色《いろ》の竜巻《たつまき》、双方を射程《しゃてい》に入れる場所を占《し》めることは必須《ひっす》の行動だった。

当面、部品も剝《む》き出しの不完全な形態で聳《そび》えている山上の要塞《ようさい》ではなく、輸送船《ゆそうせん》に積まれた装甲板陸揚《そうこうばんりくあ》げの阻止《そし》と、その作業を行うステーションの破壊を優先することは、師弟《してい》互いに行動で了解《りょうかい》を取り合っている。

事前に示し合わせた作戦方針《ほうしん》は、師匠による先制《せんせい》攻撃の後、本格的な攻撃はフィレスに任せて自身は囮《おとり》を務め、戦闘エリアを密集《みっしゅう》させて乱戦《らんせん》に持ち込む、というものである。

出たがりの「革正団《レボルシオン》」が数年もの間、企《たくら》みを持って潜《ひそ》んでいた。ということは、連中《れんちゅう》には守るべき物体か地点が必ず存在するはず、それを破壊か占拠《せんきょ》すれば目論見《もくろみ》も瓦解《がかい》する、というのが師匠の読みで、現状、敵の目論見《もくろみ》に関しては読みが的中《てきちゅう》する形で進行している。

ただし、隠《かく》されていた物体が、予想を遥かに超えた要塞であったこと、邪魔《じゃま》されつつも着々と、装甲板を加えて完成に向かっていること、二点は読みの範疇《はんちゅう》にはない。

仕様《しよう》のない事ではある。時が限られていた以上、不確定《ふかくてい》要素の多さも覚悟《かくご》の上で仕掛けた戦いだった。予定通りに行くわけはない、と師匠を始め、誰もが思っていた。

（それに）

キアラは、竜巻の中を飛ぶ二つの影と、広がり舞う空色《そらいろ》の翼《つばさ》を見やる。

この戦いが始まる少し前に、彼女は『約束の二人《エンゲージ・リンク》』から聞かされていた。

妻子《さいし》の許《もと》へと帰ることで、かけがえのないものを捨てた罪悪感《ざいあくかん》を知った男。

そこに安住することもできず、欠落《けつらく》のあまりな大きさに怯《おび》えたフレイムヘイズ。

自分を忘れた妻に再び愛しなおされるという、新たなものを築くことを恐れた夫。

宝具《ほうぐ》を形見《かたみ》に残し、またも全てを捨てて逃げることしかできなかった『空裏《くうり》の裂《さ》き手《て》』。

強くて哀《あわ》れな、クロード・テイラーについて。

（彼みたいな大《だい》戦力の始末《しまつ》が、元々《もともと》二人任《まか》せだったんだ）

この戦いには、『あのフレイムヘイズは自分たちが何とかする』という、『約束の二人《エンゲージ・リンク》』の提示した条件、対処《たいしょ》どころか結末すら曖昧《あいまい》な方針に、その大きな一角を預けているのである。とりあえず戦って、対症療法的《りょうほうてき》に片付けていくしかないのだった。もっとも師匠は、それほど楽天家《らくてんか》でもなかったので、条件に条件を返した、一つの保険もかけていたが……。

それでもキアラは、

（説得を成功させて欲しい）

と無理を承知で願っていた。

敵《てき》戦力を削《そ》ぐ、という計算からではない。

クロードへの同情、という意味でもない。

フレイムヘイズが人でなしではないことの証明を、敵にまで求めていたのだった。

師匠はそうじゃない、という弟子にとっての我儘から。


背後、『黒妖犬《モディ》』と言うらしい〝燐子《りんね》〟に発見され、一撃《いちげき》で突破する。

けたたましいサイレンの中を、ひたすら上へと飛ぶ……螺旋状《らせんじょう》の通路が煩《わずら》わしかった。

塔真下《とうましした》の空洞《くうどう》に出た瞬間《しゅんかん》、可能な限り大きな拡声《かくせい》の自在法《じざいほう》を組み上げて、叫ぶ。


夜に黒々と広がるマウナロアを揺るがす大音声《だい》、

《他には構うな!! 塔を……『オベリスク』を破壊するんだ!!》

その意味するところを理解して、流石《さすが》のサラカエルがギョッとなった。

「つな!?」

驚く間にも、次なる声が響《ひび》く。

《目的は要塞《ようさい》の建設なんかじゃない！　自分たちの目的と存在を全《ぜん》人類に触れ回ることだ!!

こいつらは塔を核《かく》に、無線《むせん》電信と組み合わせた自在法を世界中にばら撒《ま》くつもりなんだ！》

今度は、対峙《たいじ》していたサーレがギョッとなる。

「っに!?」

さらに、次の声が夜に渡る。

《装甲《そうこう》の貼《は》り付けも、それを守る戦いも、全部ただの時間稼《かせ》ぎだ！　連中《れんちゅう》は今、自在法を発信するための莫大《ばくだい》なエネルギーを、地下から充塡《じゅうてん》している!!》

聞き覚えのある声に、クロードは別の意味で驚愕《きょうがく》する。

「どういうこと、だ――!?」

その眼前、竜巻《たつまき》の中を舞っていた少年――『永遠の恋人』ヨーハンの、焦《こ》げた腕から花弁《かべん》が零《こぼ》れた。見る間に彼の輪郭《りんかく》が、花弁に草蔓《くさづる》となって解けてゆく。ほんの数秒、自在法を込められた花輪《レイ》の一片《いっぺん》が散り果てた。

カイムが悪罵《あくたい》を吐く。

「くそったれ、傀儡《くぐつ》だと!?」

「本物は基地内《ない》か」

クロードの問いに、フィレスはこれまでのように陽気に答えない。彼女の指示で動き、擬似人格で会話する程度の傀儡でも、傍にヨーハンがいないと覿面《てきめん》に機嫌《きげん》が悪くなるのである。

「……っ」

無言のまま、自分の掌《てのひら》に小さな渦《うず》を呼び出す。

その中から、圧縮されていた彼女の方の花輪《レイ》が、同じく花弁《かべん》として一斉《いっせい》に散った。

花弁一つ一つに攻撃の自在法《じざいほう》が込められていることを、自身を囲む竜巻《たつまき》がその自在法による檻《おり》となっていることを、クロードは苦渋《くじゅう》の表情で認識《にんしき》する。

が、そのとき、ヨーハンの大《だい》音声が、

《早くしないと間に合わなくなる！　早く破壊するんだ!!　この塔《とう》はもうすぐ――》

ズバッ、と号砲《ごうほう》一声、山頂から立ち上り塔を取り巻いた、火山雷《かざんらい》とも見える膨大《ぼうだい》な稲妻《いなずま》の中で、途切《とぎ》れた。

「ヨーハン!!」

フィレスは叫んで自在法を解き、

クロードは隙《すき》と捉《とら》えて前に飛ぶ。

「はああっ!!」

弱まった風を貫《つらぬ》いた蹴《け》りの穂先《ほさき》、『サックコート』の鷲《わし》の爪《つめ》がフィレスに突き刺さった。

「つは、ぐ――」

腹から折り曲がった彼女の脳天《のうてん》に、逃避《とうひ》への狂騒《きょうそう》に駆られる男による二撃目《にげきめ》の前転踵落《かかとお》とし

が、凄《すさ》まじい重さを持って叩《たた》き込まれる。

「――っ！」

減速する風を生む間もなく、彼女は溶岩平原《ようがん》に墜落《ついらく》した。

脆《もろ》い岩質の地表《ちひょう》は容易《たやす》く砕け、その身を半《なか》ば埋もれさす――

だけでは済まさない、とどめと直下に飛ぶ両足の蹴撃《しゅうげき》が――

危うく、オーロラの矢による釣瓶《つるべ》射ちで阻《はば》まれる。

これを錐《きり》もみ状に回避《かいひ》して、再び空に舞い上がったクロードは、

「まだ、いたのか」

狂気の箍《たが》が外れるにも似た、異様《いよう》な歓喜《かんき》の笑《え》みを浮かべていた。ヨーハンの掃滅、フィレス
の打倒は、彼にとって逃避の一里塚《いちりづか》だった。次々と、自分を思い煩《わずら》わせる過去からの追っ手が
消えていく、その後ろ向きな解放感が今や隠《かく》れず、顔に表れていた。

「もう少しだ」

「らしいな、腰抜《こしぬ》け」

「ああ、もう少しで……この世にも、片が付く」

カイムの嘲弄《ちょうろう》にも、歓喜の表情は変わらない。

地下司令室《しれいしつ》では、教授が各種装置《そうち》の操作に忙《いそが》しい。

「格納筒《かくのうとう》内部の侵入《しんにゅう》ぅー者撃退装《げきたいそう》ぅー置《ち》の局部《きょくぶ》放電によるエェーネルギー損耗率《そんもうりつ》は、どぉーの程度でぇーすかぁー、ドォーミノォー!?」

「損耗率0・2%、充塡《じゅうてん》作業に八秒のタイムロス、損耗分は回復済《ず》みでございますです！」

ドミノが、『オベリスク』をモニターする宝具《ほうぐ》『ノーメンクラタ』に同調させた計器を、歯車の目で確認し、キビキビと返した。

「エエーックセレントッ!!」

教授は顔を両手で覆《おお》い、すぐに大きく広げる。ついでに、必要なレバーも不要なレバーもガタガタと押し倒す。

「邪《じゃ》あー魔《ま》者も排除《はいじょ》完ーっ了！ いぃーよいよ、計画の最っ終シィーケンスに入ぃーりますよおー!! サァーラカエルへの連絡用花火《はなび》ぃー、打ち上げぇー！」

「はいでございますです！」

ドミノの手が次々とスイッチを押してゆく。

司令《しれい》室の床面、ハワイ島南東部の概略図《がいりゃくず》に、点から円形に広がって消える、花火らしき表示《ひょうじ》が次々と表示された。

「そぉーれではぁーっ、チエエエーックを続けまぁーすよぉー！」

「はいでございますです！ 基地内サイレン継続、確認。『黒妖犬《モディ》』所定《しょてい》ブロック退避《たいひ》、確認。山頂風速《ふうそく》計測、確認。管制《かんせい》装置リセット発信、確認。誘導《ゆうどう》装置テスト応答、確認――」

ドミノがリストを読み上げる度《たび》に、

「オォオオオッケイ!!」

と教授が返し、『ノーメンクラタ』に点《とも》されていた赤い表示が、次々と緑に変わってゆく。

それは、ハリエットの素人目《しろうとめ》にも、障害《しょうがい》が排除《はいじょ》されてゆく証《あかし》だと理解できた。

「装甲《そうこう》基部ジョイント接合《せつごう》、確認。内部圧力循環器《じゅんかんき》チャージ必要値到達《とうたつ》、確認。搭乗部《とうじょうぶ》デバイス起動《きどう》、確認、一次加圧《かあつ》バルブ開放、確認。予行《よこう》パルス送信、確認――」

「オォオオオッケイ!!」

自在法《じざいほう》が手順を踏んで起動するように、彼らの我学《ががく》の結晶《けっしょう》『オベリスク』は、少しずつ、持てる真の力を呼び覚まし、鈍く深く鳴動《めいどう》を始める。

未だ襲《おそ》い来るアームをかわす中、サーレは『呪眼《エンチャント》』の光背《こうはい》を輝かせる、狂人（としか彼には映らない）の親玉《おやだま》へと問いかける。

「全世界に無線《むせん》電信を送るだと？　正気か、おまえら」

無論《むろん》、サラカエルは大いに正気で、理解されないことも承知《しょうち》していた。

「もちろん。同志《どうし》ダンタリオン教授の装置は、従来技術の枠を遥かに超えた、広大な地域をカバーすることが可能なのです。この孤島《ことう》から、アメリカ、極東《きょくとう》、欧州《おうしゅう》までも！」

最も厄介《やっかい》な敵に貼《は》り付き妨害しながら、彼は饒舌《じょうぜつ》に語り続ける。

「受信機送信機を問わない、いずれかの伝達に関する装置に接触《せっしょく》しさえすれば、そこに私の姿が声が、浮かび上がります。電信線に流れれば、それを伝って末端《まったん》まで……現状、送受信の機器のない場所に影響《えいきょう》を及ぼすことは不可能ですが、まず大事の烽火としては上出来《じょうでき》でしょう」

「君は語りたがり、というだけでなく、目立ちたがりでもあったようだね」

ギゾーの呆《あき》れ声にも、軽やかな笑いが返った。

「はっは、私自身のことなど！　力に慣れ、理《ことわり》を解することで、人間は『この世の本当のこと』を認識《にんしき》する……とはいえ、一朝一夕《いっちょういっせき》に、私たちの願い『明白な関係』が成り立つとは思っていません。ただ、その小さな種を蒔くだけ、ささやかな一歩ですよ」

サーレは、彼らの計画が実現された状況を想像して、痩身《そうしん》に寒気を走らせた。サラカエルの言うことが全くの事実だったからである。

今まで、常人《じょうじん》が〝存在の力〟への適性《てきせい》を持っていても、長く触れて体に馴染《なじ》んでいても、フレイムヘイズや〝徒《ともがら》〟らの行動を理解せず常識の中に埋もれさせることができていたのは、不可思議《ふかしぎ》を説明できる理論体系《たいけい》に疎《うと》かったためだった。常識の幅が広まり、解釈《かいしゃく》の理屈《りくつ》が通ったとき、適性者《しゃ》・慣熟者《かんじゆく》は〝紅世《ぐぜ》〟の事柄《ことがら》――『この世の本当のこと』に目覚め、認識する。

そうなれば、これまでのような軽い気持ちでの誤魔化《ごまか》しは通じなくなり、互いが曝《さら》け出され軋轢《あつれき》を生じさせる、もう一つの世界への扉《とびら》が開いてしまう。

　人間は自分たちを喰らう異《い》世界の怪物《かいぶつ》が、すぐ傍《かたわ》らに潜《ひそ》んでいることを知る。どう足掻《あが》いても歯向かえない絶望が、僅《わず》かな掣肘《せいちゅう》しかないまま野放しとなっていることを知る。人間がそのような地位に在ること、ずっと在ったことを、知ってしまう。

　戦乱《せんらん》や騒動《そうどう》で済めばいい。しかし、人間が自身を『明らかに劣《おと》った種族』と認識することによる失意《しつい》と落胆《らくたん》は、取り返しのつかない挫折《ざせつ》と退嬰《たいえい》を呼び込んでしまう可能性があった。

　サラカエルは、それをすら人間は乗り越えて、先に進めると信じていた。

　しかし、サーレは、信じるだけで世界を変えられてたまるか、と思った。

　二人の……［革正団《レボルシオン》］とフレイムヘイズの差は、その程度のものだった。

　その程度、ではあっても、決して埋まることも、縮まることもない、差。

　サーレは思いを声にして、断固と叫ぶ。

「させるか、よ！」

　傍らを通り過ぎたアームを蹴《け》りで叩《たた》き折ると、宙を舞う大木のような鉄骨に操具《そうぐ》からの糸を付け、巨大な矢を走らせるようにサラカエルへと飛ばした。回避《かいひ》させた隙《すき》に、妨害するつもりで実は足止めされていた揚陸《ようりく》ステーションから離れる腹積《はらづ》もりだった――が、

　サラカエルは、回避などしない。

「つはあああああ!!」

　その右掌《てのひら》に『呪眼《エンチャント》』を点《とも》して、鉄骨を先端《せんたん》から打ち砕きつつ、一直線に突き進む。

その掌《てのひら》が迫る。

咄嗟《とっさ》に、常の戦法として敵に不可視《ふかし》の糸を絡めるが、この〝征遼の晬《せいりようすい》〟サラカエルは、彼らの能力にとっては天敵《てんてき》と言うべき存在だった。彼の糸から伝わる以上の、『呪眼《エンチャント》』による干渉《かんしょう》力で鎧《よろ》われた体は、この糸を容易《たやす》く弾《はじ》いてしまう。

意表《いひょう》を突かれた『鬼功《きこう》の繰り手《て》』たる二人の眼前に、

「つな」「に!?」

ガッ、と、

「つぐ!?」

サラカエルは風姿《ふうし》に似合《にあ》わない強引《ごういん》さで、サーレの顔面を掴《つか》んでいた。そのまま一直線に加速、無数のアームに彼を打ちつけながら、流星《りゅうせい》のように地面へと激突《げきとつ》する。

「ご、はあっ!」

粉々《こなごな》に砕ける岩の中、サーレは自身への衝撃《しょうげき》を押して、今度は干渉力を通すのではない、糸そのものを自分の顔面を捕らえる腕に絡める。

(捕らえた!)

ところが、サラカエルはさらに予想外《がい》の行動に出る。地に打ち付けたサーレの腹を両の足で思い切り踏みつけ、全力で伸び上がったのである。自分の腕に絡んだ糸にも構わず。

ブチブチ、と不気味《ぶきみ》な破断の音がして、糸の張力《ちょうりょく》のまま、サラカエルの右腕が千切《ちぎ》れた。

(こいつ、いったい)

（突然、なにを!?）

サーレは腹への衝撃に眩《くら》む目の中、血のように碧玉《へきぎょく》の火《ひ》の粉《こ》を撒《ま》いて上空へと一挙《いっきょ》に飛びあがる〝紅世《ぐぜ》の王〟を見送った。早く体勢を立て直さなければ狙《ねら》い撃《う》ちだ、と焦る彼へと、嘲《あざけ》るような（実際には痛みを誤魔化《ごまか》す強がりだったが）笑《え》みを向けたサラカエルが、その髪《かみ》の間に無数の目を開いて、大きく叫ぶ。

「同志《どうし》ドゥーグ!!」

「ツバオオオオオオオオ――――！」

遠い丘の影から、瞬時《しゅんじ》の返答が返ってきた。

サラカエルは無数の目で、全てを一望《いちぼう》する。

直下に在る『鬼功《きこう》の繰《く》り手《て》』サーレ・ハビヒツブルグ。

同志クロードが地に打《う》ち据《す》えた〝彩飄《さいひょう》〟フィレス。

その間に潜《ひそ》む『極光《きょっこう》の射手《いて》』キアラ・トスカナ。

それらを囲む同志ドゥーグの『黒妖犬《モディ》』。

全てが、上手《うま》くいっていた。

「はあっ！」

哄笑《こうしょう》にも聞こえる一声で、彼らを囲む『黒妖犬《モディ》』全てに、強化の『呪眼《エンチャント》』が点《とも》る。そして再び、今度はとどめの号令《ごうれい》として、大きく叫ぶ。

「今です!!」

息を吸う一拍を置いて、

「――ッバオオオオオオオオオオオオオオオオオ――!」

ドゥーグが再び、より大きく咆哮《ほうこう》する。唱和《しょうわ》して、

「バオオオオ――!」「バオオオン!」「バオオオオ――!」「バオオオオオオオオ!」

強化された『黒妖犬《モディ》』たちも一斉《いっせい》に咆《ほ》え始める。

夜気を震わせるその声は、耳だけでなく肌《はだ》にまで感じられる、音の怒涛《どとう》。

師匠《ししょう》の危機に駆けつけようとしたキアラは、『黒妖犬《モディ》』の遠巻《とおま》きな包囲が、実は大きな網《あみ》、自分たちを打尽にする罠《わな》であったことを、肌に迫る実感から、ようやく悟《さと》った。

(いけない!)

しかし、時既《すで》に遅し――取り巻く咆哮が、一気に高音へと跳ね上がったと聞いた瞬間《しゅんかん》、

「――――!!」

包囲の内を破壊の反響《はんきょう》が荒れ狂い、逆巻《さかま》き、吠《ほ》えた『黒妖犬《モディ》』諸共《もろとも》に、弾《はじ》けた。

サーレも、キアラも、フィレスまで、自分の鼓膜《こまく》が破れ、肺が破裂《はれつ》した感触《かんしょく》だけが全てとなった。それ以外は全て、混沌《こんとん》と激痛《げきつう》を超えた麻痺《まひ》にまで追いやられる。

これぞ〝吠狗首《はいこうしゅ》〟ドゥーグの奥の手、〝燐子《りんね》〟『黒妖犬《モディ》』を自壊《じかい》させるほどの強烈な咆哮を一斉にぶつける『金切り声《トラッシュ》』。本来のこれは、数秒間、敵の意識を混乱・聴覚を麻痺させるのが

せいぜい、という攪乱《かくらん》の小技だったが、サラカエルの『呪眼《エンチャント》』による強化が加わることで、一定の破壊力をも併せ持つ、攻撃の力へと昇華していた。

サラカエルは直下、『金切り声《トラッシュ》』で細かく砕けた岩の中に埋もれるサーレをじっと見つめ、

「……」

しかしとどめを刺さずに飛び去る。所詮《しょせん》は音による攪乱を強化した程度の力である。時間稼《かせ》ぎにはなっても致命傷《ちめいしょう》には程遠《ほどとお》い。その致命傷を負っても立ち上がった、という事実――内《ない》情《じょう》を知らない彼にとっての、である――もある。傷つき消耗《しょうもう》した身で不用意な刺激《しげき》を与え、反射としての覚醒《かくせい》を呼ぶべきではなかった。

それよりも、こうして得た貴重《きちょう》な時間を自身の目的のために使うべきだった。

（私の命は、そう……あの『オベリスク』のためにこそ、在る）

その目は、暗夜の山頂に聳《そび》える巨塔《きょとう》だけを見据《みす》える。凪に乗る鳥のように、塔の中ほど、自身が潜る運命の扉《とびら》の前へと舞い降りた。傍《かたわ》らの伝声装置へと、呼びかける。

「同志《どうし》ダンタリオン教授」

《了《りょう》ぅー解《かい》！　搭乗部《とうじょうぶ》、開《かい》ぃーっ放《ほう》!!》

教授の返答とともに、空気の排出音《おん》と金属の擦過音《さつかおん》が響《ひび》き渡り、分厚《ぶあつ》い扉が外向きにゆっくりと開いた。

サラカエルは、千切《ちぎ》れた腕を押さえつつ、この中へと歩み入る。

中は外見とは違ってシンプルな作りで、壁床天井《かべゆかてんじょう》とも磨《みが》かれた金属製。奥にある、少し広い円形の部屋が行き止まりで、ここだけ天井が高く、表示《ひょうじ》ランプも多く並んでいる。

そして、薄明かりの点った天井に、異様《いよう》な物が据《す》え付けてあった。

「待ち焦《こ》がれていましたよ、この旅立ちの時を」

サラカエルは呟《つぶや》いて、左の人差し指で頭上を、指し示す。

途端《とたん》、低く豪壮《ごうそう》な音色《ねいろ》が、部屋中に反響《はんきょう》した。

天井に在る物とは、逆さになったパイプオルガン。

もちろん、見た目そのままの物ではない。教授意匠《いしょう》の『オベリスク』制御《せいぎょ》装置だった。

頭上を指差して使うこれを、サラカエルは眩《まぶ》しげに見上げて、

「行きましょう――〝徒《ともがら》〟と人間、我々の先にある道を、切り拓くために」

穏《おだ》やかに、新世界への進発を告げる。

「こぉーの『オベリスク』が発《は》あーっする、電っ波は！　現在、無《む》うー線《せん》電信に使われる周《しゅう》うー波数《はすう》帯とは違う、短あーい波長のものです」

教授はハリエットに解説しながら、起動《きどう》段階を迎えた『オベリスク』の各部をチェックしなおしている。

「現《げ》んー在の学説では通信には不ぅー向きと言ぃーわれていますが、笑止千万億兆京垓《しょうしせんばんおくちょうけいがい》!!　実はこぉーの波長は異ぃー常な到達《とうたつ》距離を持ぉーっているのってす！　どぉーうやら上空大《たい》ぃー気《き》の層《そう》と惑星表ぉー面を反射伝搬《でんぱん》しているらぁーしいんですねぇー」

今、司令室《しれいしつ》の床面に映し出された概略図《がいりゃくず》は、ハワイ島南東部ではなく、そこを中心とした太平洋全域《ぜんいき》へと表示対象《たいしょう》を広げている。

アメリカ西《にし》海岸からは電信網《もう》らしい線が、時折《ときおり》不確定《かくてい》の点滅《てんめつ》なども出しながら広まり、さらにケーブル伝いに大西洋を越え、遂《つい》には人類社会の先進地たる欧州《おうしゅう》へも到達する――これぞまさしく［革正団《レボルシオン》］の目指し夢見る、自分たちを宣布《せんぷ》する行為の針路《しんろ》図だった。

ハリエットはこれら、床面に映る圧倒的な光景を、戦慄《せんりつ》の中で眺《なが》めやる。

（始まる……もう、止められない）

誰も気付き得ない太平洋の深奥から、誰も予測し得ない手段で、誰も阻み得ない変化が、始まろうとしていた。嬉《うれ》しいことも悲しいことも、忘れぬままに受け止める世界が。齎《もたら》される結果にどれほどの意味があるのか、まだ分からない。しかし、

（私はそれを正しいと思い、兄《にい》さんもそれに託した）

全てを見届《みとど》けることだけを、今は心がける。

「こぉーの反射角《かく》、アアーンド、周波数の調《ちょう》ぅーっ節《せつ》を行うのが我《わ》ぁーが発信器！　そぉーこに自在法《じざいほう》を乗ぉーせる変換機《へんかんき》を動かすのが、サアーラカエルの『呪眼《エンチャント》』!!」

「こうすることで各地の受信機・送信機に次々と乗り移って、同系の伝播《でんぱ》性を持つ装置に〝征《せい》遼《りょう》の睟《すい》〟様の声と姿を映し出す、と言う仕組みなんでございますでふひははは《すぃたたた》！」

「ドォーミノォー！　私の説明を横取りすぅーるとは——」

《同志《どうし》ダンタリオン教授》

頬《ほお》を抓《つね》り上げられるドミノ、抓り上げる教授、二人の頭上に据《す》えられた伝声装置から、そのサラカエルの声が響《ひび》く。

《こちらの準備は完了です。私の消耗《しょうもう》具合を考えれば、余計《よけい》な時間はかけず即座《そくざ》に計画実行にかかるべきと思いますが……準備はどうなっています？》

「当ぅー然！　万《ば》んー全《ぜん》！　完《か》んー全っに、決ぃーまっているではありませんか！　こおぉーんなエーキサイティングな実験は、そぉーうはありませんからねぇぇー‼」

「ただ今《いま》最終チェックの三順目《さんじゅんめ》、必要なのは号令だけでございますです！」

二人の声を受けて僅《わず》か、思索《しさく》、あるいは躊躇《ためら》いの間を置いて、サラカエルは告げる。

《——『オベリスク』計画、最終シーケンス、始動《しどう》》

戦いの前、キアラはサーレに尋《たず》ねていた。

「もし、ハリエットさんを巻き込んでしまいそうになったら、どうすればいいんでしょう？」

全く今さらなことを、しかしそのときは真剣に尋ねていた。

返ってきたのは当然、師匠《ししょう》の厳《きび》しい言葉。

「一緒に片付けるしかないな。お互い了解済《りょうかいず》みのことだろうさ」

「人間だから、というのはどうでもいいことなんだよ、僕らのキアラ・トスカナ。何者であれ世界のバランスを乱す者は排除《はいじょ》する……そこで迷っていては、僕らは身動きが取れなくなる」

ギゾーも当然のこととして答えた。

それでも迷いの色の去らない弟子《でし》に、彼は言い放った。

「俺たちフレイムヘイズは、所詮《しょせん》人でなしなんだ。そういう奴《やつ》には、他人に同情してやれるような余裕《よゆう》はない」

「人で、なし？」

「性格の良し悪しを言ってるんじゃないぞ。〝徒《ともがら》〟に蹴落《けお》とされた鉄火場《てっかば》で、普通の人間なら、まず選ばない道を摑《つか》んで進むような人間の異端ってことだ。おまえだって、そのはずだ」

容赦《ようしゃ》のない指摘《してき》に、しかしキアラは妙《みょう》な切り返しをしていた。

「でも、師匠は違います」

「――」

一瞬《いっしゅん》、サーレは意表《いひょう》を突かれたような顔をした。たしかに、教授の『強制契約《けいやく》実験』でフレイムヘイズとなった彼は、通常の手順を踏んでいない。そんな彼だからこそ、人としての道に未だ意味を見出し、感じるものもあるか……といえば、そのようなこともない。

「——違わんよ」

彼は、むしろなおさら、自嘲《じちょう》する。

「どころかもっと、罪深いかもな。数百年前、親方や貴《き》族《ぞく》の旦那衆《だんなしゅう》に見放されて途方《とほう》に暮れてたあの大道芸人は、他のフレイムヘイズたちのような、他にどうしようもない事情なんて一切抱《かか》えちゃいなかったんだ。あの教授の勧誘《かんゆう》に、ホイホイと乗っかっただけだ」

「……」

「あの時のあいつは、他のどんな非道《ひどう》なことであっても、生き延びさせてくれる話なら乗っかっただろう。それがたまたまフレイムヘイズだった、ってえ笑い話なのさ」

言って話を打ち切った師匠《ししょう》の顔が、ぼやける。

「——おい！　目を覚ませ、キアラ」

そうして突然、ボロボロになった。

「見た目ほど効いてないはずだぞ」

「……ん、あ？」

目の前に、夜空が大きく広がっている。ようやくキアラは、自分が遠吠《とおぼ》えの連鎖《れんさ》による攻撃を受けたことを思い出した。助けに行ったはずの師匠に助けられて、それでも尋《たず》ねる。

「師匠……大丈夫、ですか？」

「大丈夫、って訊《き》かれるほどでもないけど、ヨレヨレのボロ雑巾《ぞうきん》には違いないわ」

「ダメージ自体は小さいけど、時間的には随分《ずいぶん》な足止め食った、ってとこかしらね」

お下《さ》げに戻っていた両の髪飾《かみかざ》りから、ウートレンニヤヤとヴェチエールニヤヤがボヤいた。

ようやく我に返ったキアラは辺りを見回す。どうやら、師匠によって岩陰に退避《たいひ》させられているらしかった。まだガンガンする頭を振って、無理矢理《むりやり》身を起こす。

「せ、戦況《せんきょう》は」

「どうしようもなく悪いな」

彼女の師匠は、こんなときでも笑って、説明した。サラカエルは山頂に飛び去り、『オベリスク』も健在《けんざい》、ステーションは動きを止めた、これはつまり二次的な作業が不要になり、計画を本格的に始動《しどう》させつつあることの証左《しょうさ》に違いない……。

「幸い〝彩飄《さいひょう》〟フィレスがすぐ立ち直って、クロードの奴《やつ》を食い止めてる」

見れば、さして遠くもない場所で、琥珀色《こはくいろ》の風が、空色《そらいろ》の翼《つばさ》と絡み合い縺《もつ》れ合いして鎬《しのぎ》を削《けず》っている。クロードは呆《あき》れるほどに強壮《きょうそう》で、フィレスを押しているようにすら見えた。

ギゾーがその印象《いんしょう》を補足する。

「その、食い止める、という以上のことは期待できないようだけれどね……首謀《しゅぼう》者の〝征遼《せいりょう》の睟《すい》〟も、『オベリスク』とかいう塔《とう》も、未だ野放しのままさ」

「まま、じゃない。今から、そっちに向かうんだ」

サーレが、ごく当たり前のこととして言い、立ち上がった。弟子《でし》に確認する。

「いけるか？」

そのキアラは師匠《ししょう》を見上げ、

「や、や、や、やっぱり、そうだ」

答えではない声で、返していた。今まで気にしたこともなかった、師匠にとっての当然の態度……『ただフレイムヘイズとして行動する』……それこそが、自分の欲していたことの証明なのだと、やっと理解できた気がした。戸惑うサーレに、また言う。

「今度は、前みたいに立ち上がることができないかもしれないのに……まだ行くんですね」

「まあ、動ける内はな」

再びの、ごく当たり前のことという証明に、思わず顔を伏せる。

「どうしたんだ、キアラ？」

「まさか、さっきの攻撃で意識が混濁《こんだく》して――」

気遣《きづか》う師匠二人を措《お》いて突然、弟子たる少女は立ち上がり、駆け出した。

マウナロア山頂に聳《そび》える『オベリスク』に向かって。

「どうしようもない事情なんて、今だってないじゃないですか!!」

走る中で大きく叫ぶ。

「それでも命を賭《か》けて戦ってる師匠が、『鬼功《きこう》の繰《く》り手《て》』サーレ・ハビヒツブルグが、罪深いとか、人でなしだなんて、私には思えません！　そういうの、間違ってます――絶対に!!」

「……」

ポカンとなって少女の後姿《うしろすがた》を見やっていたサーレは、ほどなく少女がどこと繋《つな》がった話をしていたのかを理解した。帽子《ぼうし》の鍔《つば》を深く下げて表情を隠《かく》し、

「……ったく、子供ってのは」

その後を追って駆け出す。

ドミノの慌《あわ》てた声が、稼動《かどう》に唸《うな》る『オベリスク』の中に響《ひび》く。

《き、『鬼功《きこう》の繰《く》り手《て》』と『極光《きよっこう》の射手《いて》』が覚醒《かくせい》、急速接近中《せっきんちゅう》でございますです！》

《おおーのれ、サアアーレ・ハビヒーッツブルグ!!　そおーこで寝ていればいいものを！》

「やはり来ましたか……流石《さすが》に回復が早い。余計《よけい》な戦いに時間を使わなくて正解でした」

サラカエルは、左の掌《てのひら》を広げて、頭上のパイプオルガン型制御《せいぎょ》装置を一斉《いっせい》に鳴らす。

《シーケンスを緊急《きんきゅう》に移行。チェック済みの手順を省略《しょうりゃく》して、カウントダウンを開始するのでございますです。よろしいでございますですか、〝征遼《せいりょう》の睟《すい》〟様？》

「構いません。どうせ猶予《ゆうよ》はなかったのです。早々《そうそう》に始めるとしましょう」

《了解《りょうかい》でございますです！》

《カアーウントダアーウンは、テエーンから開始しますよぉー!?》
サラカエルの傍《かたわ》ら、10の数字の下にあるランプが点《とも》る。
《テン!》
ドミノが地下司令室《しれいしつ》からカウントを読み上げ始める。
《ナイン!》
教授が『ノーメンクラタ』の表示《ひょうじ》に目を凝《こ》らす。
《エイト!》
同じくハリエットが事の成り行きを見守る。
《セブン!》
格納筒《かくのうとう》の底で、傷ついたヨーハンが呻《うめ》く。
《シックス!》
裾野《すその》の一隅《いちぐう》でドゥーグは身を潜《ひそ》める。
《ファイブ!》
クロードが歓喜《かんき》のままに空を飛ぶ。
《フォー!》
フィレスが風の中を華麗《かれい》に舞う。
《スリー!》

キアラが山頂に向かって走る。

《ツー！》

サーレが鉄の巨塔《きょとう》を仰ぐ。

《ワン！》

サラカエルが、笑う。

《ゼロ!!》

火花が『オベリスク』の根元、横一閃《いっせん》に走った。

《――イイイイイイイイイイイイイイイイイイ――グニッション!!》

教授の絶叫《ぜっきょう》に重なって、爆音がマウナロア全体を大きく揺るがす。

山頂近くまで迫っていたサーレとキアラは、山頂の異変《いへん》に驚愕《きょうがく》した。

深い夜を突如《とつじょ》破って、目を焼くような光が山頂に湧《わ》き上がったのである。

「爆発した!?」

「噴火《ふんか》!?」

いずれとも、違った。根元から噴煙《ふんえん》と輝きが、どこまでも夜空に膨《ふく》れ上がっていく。

爆発の炎《ほのお》でもなければ火山の噴火でもない。

『オベリスク』自身が、推進力《すいしん》となる噴射《ふんしゃ》の炎を吐き、煙を立ち上らせていた。

サーレもギゾーも、キアラもウートレンニヤヤもヴェチエールニヤヤも、眼前で繰《く》り広げられている現象事物《げんしょう》の規模があまりにも大きすぎて、起きていることの実感を得られない。

そんな、一同して放心する数秒の間に、『オベリスク』はさらに上へと伸長《しんちょう》していた――

否、根元から切り離され、上昇していた。

ゆっくり、と見えるのは、噴煙《ふんえん》と同じく過度な巨大さゆえの錯覚《さっかく》である。今や轟然《ごうぜん》と、切り離された下端《かたん》から炎《ほのお》を吐き光を撒《ま》いて、鉄の巨塔《きょとう》はジリジリと空に舞い上がりつつある。

最初に我に返ったのはサーレだった。

「なにやってんだ、あいつらは!?」

「飛ばそうとしているのか……あの質量を、丸ごと?」

ギゾーがようやく、端的《たんてき》に状況を表現した。

二人に触発《しょくはつ》されて、キアラは［革正団《レボルシオン》］の真の狙《ねら》いに気付く。

「飛んで、逃げる……完成した施設そのものを遠くに移動させるつもりなんじゃ!? 遠い太平洋上で自在法を発信されたら、私たちでも止める手立ては……!」

「さっきヨーハンが言いかけてたのはこれだったのね!」

「冗談《じょうだん》じゃない! 早く破壊しないと――キアラ!」

「はい!」

ウートレンニャヤ、ヴェチエールニャヤの指示を受けたキアラは、傍《かたわ》らの師匠《ししょう》に目をやり、そこに無言の了解《りょうかい》を得て、左手にオーロラの弓を形成する。精一杯《せいいっぱい》に引き絞《しぼ》って、

「っや!!」
射ち放った——が、
《無駄《むだ》ですよ》
サラカエルの声がどこからか響《ひび》き渡る。と同時に、その力『呪眼《エンチャント》』が、測ったように着弾《ちゃくだん》点をカバーして、これを難なく弾《はじ》き返した。
《どうか皆さん、気持ちよく見送ってください。新たな世界の生誕《せいたん》を》
「勝手《かって》に生むな、迷惑《めいわく》だ」
悪態《あくたい》を吐いたサーレが、両腰《こし》のホルスターから二丁神器《にちょうじんぎ》『レンゲ』と『ザイテ』を抜き、無数の糸を巨大な『オベリスク』へと鋭く伸ばす。
《無駄、と言っているでしょう》
今度は『オベリスク』全体を、大小無数《むすう》の『呪眼《エンチャント》』が覆《おお》い、糸を悉《ことごと》く跳ね除《の》けた。キアラの連射《れんしゃ》も防いで、ビクともしない。
「やはり、相性《あいしょう》は最悪、か」
「だからって容易《たやす》く袖《そで》にされる気もない……だろう?」
「まあ、な!」
サーレはギゾーと言い交わして、先のものと共に放っておいた、別の糸に力を通す。
瞬間《しゅんかん》、まるで別離を惜しむ手のように、というより手そのものが幾《いく》十本、伸び上がった。それは、ほんの数分前まで『オベリスク』の側で装甲板《そうこうばん》を受け取っていた巨大なアーム。陥没《かんぼつ》クレーターの円形に沿って全方位《ぜんほうい》に据《す》えられているクレーン大の鉄腕《てつわん》が、今まさに逃れようとしていた鉄の巨塔《きょとう》、その下端部《かたんぶ》をガッチリと捕らえた。推進《すいしん》力との鬩《せめ》ぎ合いが始まる。

「親父殿《おやじどの》め、今度ばかりは笑って壊して、じゃ済ませられんぞ」

壊して、はサーレの側での済ませる方法で、教授の側の同意は得ていない。

「どこまで、抑えられるか」

「やるだけのことをやるさ……いつも通りにね」

ギゾーの声で、苦笑《くしょう》とともに平静に戻る。これも、いつものこと。

サラカエルの乗り込む『オベリスク』自体には『呪眼《エンチャント》』の守りがあっても、切り離された物ならば操《あやつ》るのも可能なはず、というのが彼の読みであり、その読みは見事に当たった。

とはいえ、塔を浮上させるほどの莫大《ばくだい》な推進力《すいしんりょく》である。サーレの統制《とうせい》できる力を限界まで振り絞《しぼ》っても、そのアームは軋《きし》んで撓《たわ》み、また噴射《ふんしゃ》の熱を受けてジワジワと分解《ぶんかい》しつつあった。

自身の力だけでも援護《えんご》の人型《ひとがた》を組み上げることはできたが、やはり物理的な存在を媒介《ばいかい》にしなければ、巨重《きょじゅう》の上昇を手繰《たぐ》るだけの耐久《たいきゅう》力は得られない。アームが砕けてしまえば、もう人形を幾百体《いくひゃくたい》生み出したところで引き止めることは不可能となるだろう。

そんな繰りの危うさを指先に感じて、サーレは冷や汗《あせ》を頬《ほお》に一筋《ひとすじ》、弟子《でし》に言う。

「キアラ、連射《れんしゃ》でなく力を溜《た》めて打ち込め」

「はい！」

オーロラの矢を新たに番《つが》え、小気味《こきみ》よく返したキアラは、

「師匠《ししょう》！」

突然振り返って師匠に矢を向けた。

「!!」

咄嗟《とっさ》に身を伏せるサーレの帽子《ぼうし》、スレスレにオーロラの矢が飛んで、すぐ後ろに迫っていた鷲《わし》の爪《つめ》を引っ掛け、炸裂《さくれつ》した。その閃光《せんこう》の中、

「ちっ！」

舌打《したう》ちして空に舞い上がったのは、『空裏《くうり》の裂《さ》き手《て》』クロード・テイラー。

さらにすぐ後、サーレの帽子に軽く爪先《つまさき》を乗せ、

「ごめん、振り切られた」

謝って後を追ったのは〝彩飄《さいひょう》〟フィレスである。

サーレはその後《うしろすがた》姿を見上げて苦《にが》く笑う。

「いかんな、あそこまで露骨《ろこつ》な殺気にも気付けないほどバテてきたか」

「それよりも、まずいね……クロードの奴《やつ》、直接アームを破壊に来たようだ」

ギゾーに言われて、危機的《ききてき》状況を改めて認識《にんしき》した彼は、

（確かに、このままじゃジリ貧《ひん》だな……あんな馬鹿デカい花火、すぐ燃え尽きると思ったんだ

が、とんだ誤算《ごさん》だ――）

思ってから、ふと、いつもなら決してない声を、弟子《でし》にかけていた。

「――キアラ」

「！」

その声の含意《がんい》にキアラは気付いて、言ってから自覚したサーレもすぐ撤回《てっかい》する。

「いや、とりあえずクロードを塔《とう》の根元に近付けないよう頼む」

「はい！」

いつものように答えたキアラは内心《ないしん》、胸の動悸《どうき》を押し隠《かく》すのに苦労していた。

今、師匠《ししょう》がかけた声には、とあるものが込められていた。

十年から一緒にいる間柄《あいだがら》だから分かるそれは――期待。

この危急《ききゅう》の場において、師匠から頼られたのだった。

そうされるだけの力を、少女は確かに秘めている。

秘められて、しかし全く振るえない、一つの力。

フレイムヘイズ『極光《きょっこう》の射手《いて》』の、真の実力。

それを使えないか、と求められたのだった。

師匠に頼られたことが嬉《うれ》しくてたまらず、力を振るえないことが悔《くや》しくてたまらない。

（今なのに……歌うなら、今なのに!!）

それでも彼女は、歌えない。

地下司令室《しれいしつ》は、未だ操作と掛け声の喧騒《けんそう》に揺れている。

物理的にも、直上からの噴射《ふんしゃ》圧力を受けて揺れていた。

「乗っ取られた回収アームの23％は関節《かんせつ》部から破断《はだん》！　残余の牽引《けんいん》力も減衰中でございますです！」

計器類《るい》のランプの明滅《めいめつ》から状況を読み取ったドミノが、首だけを向けて報告した。

教授の方も、抓《つね》ることすら忘れて『ノーメンクラタ』の映像を注視《ちゅうし》する。

「こぉーこが土壇場正念場《どたんばしょうねんば》でぇーすよぉー、ドォーミノォー！　『我《が》あー学《がく》の結晶《けっしょう》エークセレント270711ー穿破《せんぱ》の楔《くさび》』の推進力は、まぁーだ持つんでしょうねぇー？」

「はいでございますです！　推進剤《ざい》は全力噴射であと25分、フレイムヘイズ追撃範囲《ついげきはんい》からの離《り》脱《だつ》に必要な時間は、加速含《ふく》め総計151秒。電波《でんぱ》発信の最適《さいてき》位置占位《せんい》に必要な時間は、最終的な姿勢制御《せいぎょ》含め総計81秒、両シーケンスを各個に行ったとして、21分強は余裕《よゆう》があるんでございますです！」

「エエークセレンゴッ！」

教授は、感動に思わず胸を逸《そ》らし逸らして逸らし過ぎ、後ろのパイプに頭をぶつけた。めげずにすぐさま体を起こして指示を下す。

「そぉーれでは続いてぇー！　回収アームの物理的パージを行いまぁーすよぉー！」

「はいでございますです！」

ドミノが膝元《ひざもと》にあった安全カバーを取り去り、点火用《てんかよう》のコックを露出《ろしゅつ》させた。

　これらを眺《なが》めつつ、ハリエットは思いを巡らせる。

（もうすぐ、同志《どうし》サラカエルは軛《くびき》から解き放たれる）

　教授らが行おうとしている物理的パージとは、要するにサーレに乗っ取られた回収アームを、土台から爆破《ばくは》する作業のことである。確実に不意討《ふいう》ちとなるだろうこれは、アームを吹き飛ばす本来の目的と同時に『オベリスク』を下から押し上げる、最後の圧力となるだろう。

（そうなれば、もう『オベリスク』の発動を止められるものはない）

　弾道《だんどう》飛行で太平洋を西《にし》に向かう『オベリスク』は、自身を巨大なアンテナに、全世界へと自《じ》在法《ざいほう》を織り交ぜた電波の発信を開始する。それが何処《いずこ》かに受信された瞬間《しゅんかん》、回線《かいせん》を伝ってサラカエルの姿と声が、『この世の本当のこと』を示す力・理《ことわり》として、人間の前に現れ出る。

（でも、その代償《だいしょう》として、同志サラカエルは力を使い果たして……消えてしまう）

　電波や電信網《もう》、その出入力装置《そうち》の力を借りたとはいえ、全世界に向けて自在法を波及《はきゅう》させるのである。消費する量が並みで済むわけもない。むしろ、サラカエルという〝紅世《ぐぜ》の王〟一人でその現象《げんしょう》を賄《まかな》えること自体、教授の技術力が生んだ奇跡《きせき》と言って良かった。

（だからって、納得《なっとく》なんか、できません……できるわけがありません、同志サラカエル）

全てを彼の口から説明されたとき、ハリエットは愕然《がくぜん》となり、次いで尋《たず》ねていた。他に方法はないのですか、と。もちろん彼は穏《おだ》やかに、ありません、と答えていた。彼は、ハリエットの心底《しんてい》を見抜《みぬ》いていた。その制止が、道標《みちしるべ》を失う不安からの懇願《こんがん》、という無様《ぶざま》なものだと。

（私は迷ってばかりですね、本当に……だから貴方《あなた》は、見届《みとど》けるという確固とした、辛《つら》さを存分に味わう立場を、私に与えてくれたのですか？）

対するサラカエルは、確実な死に恐怖せず、行為への陶酔《とうすい》も持たなかった。彼はあくまで、理性《りせい》に拠《よ》る率直《そっちょく》さで事に当たる男だった。ゆえにこそ、自身の能力が計画の遂行《すいこう》に必要とされたとき、躊躇《ちゅうちょ》なく己《おの》が身命《しんめい》を差し出したのである。

（兄の願いを、ミスター・テイラーの苦しみを、貴方の志《こころざし》を、私は見届けます……この道だけは絶対に揺るがず、進みます……必ず）

事態の進行に想いを新たにする彼女の傍《かたわ》ら、アームの物理的パージを行うために、再びのカウントダウンが始まっていた。

驚きは二度、立て続けに起こった。

一度目は、『オベリスク』の下端《かたん》を抑え込むことで離床を阻《はば》んでいた、サーレの操《あやつ》る回収アームが、土台から一挙《いっきょ》に爆発して吹き飛んだこと。

この不意な爆発によって、アームは全て真下《ました》から掬《すく》われ、衝撃《しょうげき》に砕け、過大な張力に折れた。同時に、爆圧《ばくあつ》は『オベリスク』を真下から押し上げた。いかにサーレが至芸《しげい》の使い手であっても、莫大《ばくだい》な推力《すいりょく》を、ただ自身の力のみで繋《つな》ぎ止めることは不可能である。

誰もが『オベリスク』は解き放たれた、と思った。

二度目は、その炎《ほのお》を敷いて飛び立とうとした鉄の巨塔《きょとう》の先端《せんたん》、すぐ真上《まうえ》に突如《とつじょ》、琥珀色《こはくいろ》の暴《ぼう》風《ふう》が渦《うず》を巻き、上昇を阻《はば》む壁となったこと。

引き止めていたものから解放され、弾《はじ》かれたような勢いで上昇しようとした、まさにその先《せん》端《たん》に障壁《しょうへき》ができたのだった。下を押さえられるよりも障壁への衝突の方が、大きな損害を受けるのは理《り》の当然である。塔の先端は潰《つぶ》れて拉《ひしゃ》げ、全体にも無視し得ない衝撃が走った。

誰もが、この状況を理解できなかった。

ただ一人、叫んだフィレスを除いては。

「ヨーハン!!」

応えて、クレーターの底、格納筒《かくのうとう》の中から、

「心配かけてごめんよ、フィレス」

一人の少年が風の踊るように飛び出していた。

まるで引き合う力のあるように、二つの風はぶつかり、寄り添い、手を取り合った。

ヨーハンはもう片方の掌《てのひら》に、『オベリスク』の上昇を抑える暴風と同じ形をした、小さな風を乗せている。それは、彼の起こした自在法《じざいほう》を制御する、細かな自在式《しき》の渦。

《あの放電《ほうでん》を受けて瀕死《ひんし》だった者が、ここまで強力な自在法を……!?》

サラカエルが当惑《とうわく》の声を漏らし、クロードがハッと気付いて解答を示す。

「――『零時迷子《れいじまいご》』か!」

「その通り!」

ヨーハンは頷《うなず》いて、フィレスと二人、迫る『サックコート』の爪《つめ》を軽やかにかわした。

彼、『永遠の恋人』ヨーハンは、宝具《ほうぐ》を身の内に宿したトーチ、旅する宝の蔵《くら》とも呼ばれる特別な存在、〝ミステス〟である。彼はフィレスと共に、『ずっと一緒にいたい』という願いを叶《かな》えるため、一つの宝具を作り上げた。

宝具の名は『零時迷子《れいじまいご》』。宿主《やどぬし》が一日に消耗《しょうもう》した力を毎夜零時に回復させる永久機関《きかん》である。時の事象《じしょう》に干渉《かんしょう》する、最も高度な部類に属することから、秘宝《ひほう》中の秘宝とも称されていた。

「本当は、中で暴れて回復後《ご》に離脱《りだつ》、って計画だったんだけどね。物事ってのは、なかなか上《う》手《ま》く行かないな」

「もう、どうでもいいことよ。貴方《あなた》はここにいるもの」

二人が協力に際して提示した条件、『クロードの始末《しまつ》を一任《いちにん》する』と、もう一つ……『午前零時より前に行動を開始する』は、サーレたちにとって受け入れることの容易《たやす》いものだった。

ただ、効果が得られるかどうかについては、ある程度の博打《ばくち》でもあった。

サラカエルら［革正団《レボルシオン》］は、成就《じょうじゅ》を急いでいる以上、目撃《もくげき》されにくい夜、隠《かく》れ家《が》の在るマウナロア、人気《ひとけ》のないハワイ島南東部、という状況を利して、すぐにでも行動を開始するだろうことは、容易に推測できた。ただし、それが午前零時《れいじ》という時刻にどの程度、前後の間を開けるかは、実際に遭遇《そうぐう》してみなければ分かるはずもない。

結局、この条件は『午前零時より以前に戦いが始まれば問題なし、以後に始まれば、ヨーハンの危機《きき》に際してフィレスは戦線を離脱《りだつ》する』という限定的な合意で妥協《だきょう》が成った。

放電《ほうでん》によるヨーハンの危機に、フィレスがすぐさま助けに向かわなかったのは、この事前の申し合わせがあったためだった（『零時前の危機は、敵の油断《ゆだん》を誘《さそ》うため放置する』という決定に駄々《だだ》を捏《こ》ねるフィレスを、ヨーハンが重々言って聞かせた、その賜物《たまもの》である）。

ともあれ、二人は再び真に手を取り合い、クロードの追撃《ついげき》をかわしながら『オベリスク』の上昇を食い止める。

もちろんサラカエルも、ただされるがままにはなっていない。

《まだ、まだ！》

思わぬ邪魔《じゃま》にも挫《くじ》けず、『オベリスク』の破損《はそん》した先端《せんたん》に、より大きな『呪眼《エンチャント》』を幾《いく》つも集中させ、彼の野望《やぼう》を阻《はば》む厚い壁の強引《ごういん》な突破を謀《はか》る。

近く渦巻《うずま》く星雲《せいうん》とも見える琥珀色《こはくいろ》の風と、放射状《ほうしゃ》に並んで煌《かがや》く碧玉《へきぎょく》の『呪眼《エンチャント》』は、激突《げきとつ》と鬩《せめ》ぎ合いの中、綯《な》い交ぜとなり、白く眩《まばゆ》く弾《はじ》け、夜空に異様壮麗《いようそうれい》な彩《いろど》りを振り撒《ま》いた。

その光を、フレイムヘイズの師弟《してい》は噴煙《ふんえん》の渦巻《うずま》く山腹《さんぷく》で受けている。

ふと、キアラは、

（……　れ　　い　　――）

輝き満ちる空に、抱いた感興に、強烈な既視感を覚えた。覚えて、それがどこから来たものか、気付いた。気付いて、その意味するところを、理解した。理解して、愕然となった。

「――!!」

「こうなれば、お互い消耗戦《しょうもうせん》でいくしかないか。持ってくれ、よ？」

傍《かたわ》ら、クレーター付近に岩石の巨人を生み出して、直接的な打撃《だげき》力で『オベリスク』の破壊を試みるサーレは、援護《えんご》射撃《しゃげき》が止まっていることに気が付いた。

「どうした、キアラ？」

「私、知ってる……そうか、これ、だったんだ」

振り向いた先で、少女は顔色を失い、胸元で拳を握っていた。

「そうだったんだ、だから」

「なに言ってんだ――くそっ」

語尾《ごび》は、地面から立ち上がらせたばかりの岩の巨人が、急《きゅう》降下したクロードによる両足蹴《げ》りで脳天《のうてん》から股間《こかん》まで、一気に打ち砕かれたことへの罵《ののし》りである。

「私、分かった……いえ、知ってたんです」

キアラは、胸元に握った拳に、渾身の力を込める。告白の勇気を振り絞るように。

「どうして、人でなしって言葉に拘ってたのか……オーロラの歌を歌えなかったのか……自分が本当に人でなしだった、た、た、た、たから、なんです」

その目は、自分たちの向かう先、天空を貫《つらぬ》こうと碧玉《へきぎょく》の火花を散らす塔《とう》、飛翔《ひしょう》を阻《はば》もうと渦《うず》巻《ま》く琥珀《こはく》色《いろ》の風、二つに据《す》えられて、しかしそれらを見ていなかった。

「私は今、あれを……『きれい』って思ってました」

「……？」

サーレもギゾーも、唐突《とうとつ》過ぎる話に、安易な返答を躊躇《ためら》う。常ならうるさく茶々《ちゃちゃ》を入れているはずのウートレンニヤヤとヴエチエールニヤヤが押し黙っていることにも、二人は不審《ふしん》を抱いた。自身の作業……新たな人形を、今度は数体《すうたい》呼び出して、各個に『呪眼《エンチャント》』の防御を破る打撃《だげき》を与える繰《く》りを行いながら、次の言葉を待つ。

すぐに、それは来た。

「十年前の……父さんを殺された、あの夜のように」

彼女が今を見ていないことに、遅まきながら二人は気付く。

「あの、夜？」

「契約のときの話……かい？」

サーレもギゾーも、危急《ききゅう》の場にもかかわらず、あるいは危急の場に声が表れたからこそ、訊《き》いていた。師である二人も、少女の過去について詳しくは知らない。フレイムヘイズは普通、自身の過去を語らない。最も辛《つら》い経験に直結する契約時の話となればなおさらだった。二人が行《こう》を共にする間で断片《だんぺん》的にでも聞いていたのは『早くに母を亡くした、父《ちち》一人子《こ》一人の家庭だった』、『学者だった父と調査旅行に出た北国で、〝徒《ともがら》〟に襲《おそ》われた』、『自分を庇《かば》った父に崖《がけ》から突き落とされ、その谷底で契約した』、という程度である。

彼らがキアラ・トスカナに出会ったのは、『契約時に受けたショックからか、事ある毎《ごと》に暴走するフレイムヘイズの少女をなんとか躾《しつ》けてくれ』と旧知《きゅうち》のフレイムヘイズ、パウラ・クレツキーに頼まれた十年ほど前のことである。

最初期《き》の彼女が、すぐ暴走して無駄《むだ》な破壊を周囲に振り撒《ま》いていた理由は、契約時の精神的なショックで理性《りせい》の箍《たが》が外れやすくなっているから、と皆が——サーレやギゾーも——思い込んでいた。

(たしかに、外に出る分には全く同じ現象《げんしょう》だが)

(真実は、契約時に見て心奪われてしまったオーロラ……フレイムヘイズたる彼女が持つ力そのものを忌避《きひ》していたための、激しい拒絶反応、という完全な理性の産物だったわけだ)

師匠二人は、ウートレンニヤヤとヴェチェールニヤヤが、今も黙っている理由を、今まで話さなかった理由を、ようやく理解する。

「あのとき、仰向《あおむ》けで雪に埋もれて見上げた、影絵《かげえ》みたいな黒い木の中に開けた満天《まんてん》、オーロラが広がっていたんです。すごく、きれいな」

言葉とは裏腹《うらはら》な、様々の感情がその上を覆《おお》っていた。聞く者が誰も額面《がくめん》どおりに受け取れないほどに、声は辛《つら》い。

「その向こうから聞こえてきた二つの声と契約して……最初に感じたのは、消えつつある父《とう》さんの命の火でした。なのに私は、雪の中で見惚《みと》れてました。あの輝きに」

キアラ・トスカナにとって、あの光景を美しいと思うことは、忌避《きひ》されるもの、許せない自分とイコールにすら、なっていたのだった。

(こんなことで、力を存分《ぞんぶん》に使えるわけがない)

(そこに今の今まで気付けなかった僕らも、相当な間抜《まぬ》けだね)

二人はこれまでキアラに、力を制御するコツを、ぞんざいにせよ教えてきた。そうすれば大抵《たいてい》のフレイムヘイズは、自身の特性や異能《いのう》の勘所《かんどころ》を実地に摑《つか》んでいくものなのである。

しかし少女は大抵のフレイムヘイズではなかった。制御すべき力が、心の奥底でがんじがらめに縛《しば》られ封じ込められているのだから、コツなど幾《いく》ら学んだところで役立つわけもない。

そう師匠《ししょう》として猛省《もうせい》する『鬼功《きこう》の繰《く》り手《て》』に、弟子《でし》たる『極光《きょっこう》の射手《いて》』は、請《こ》い求める。

「こんな人でなしの私でも、そうじゃない師匠のためになら、戦えるでしょうか。師匠のためになら、あのオーロラを受け入れて、戦えるでしょうか」

戦える、と答えれば、恐らくは容易《たやす》く力を得たかもしれない弟子の在り様が、しかし師匠は気に喰わなかった。普段は抱かない感情の反発が、声として出るほどに湧く。

「俺は、おまえの罪悪感を軽減する道具じゃないぞ」

「！」

キアラは、横《よこ》っ面《つら》を引っ叩《ぱた》かれたような顔になった。

「俺は誰かさんによると、人でなしじゃないらしいからな。おまえ向きの答えは用意できん」

完全な、回答の拒否だった。

「師匠……」

しかし、サーレは願って、拒否する。

「俺はそう思った。おまえのことは、俺には分からん」

「……」

回答の拒否こそが回答だと、十年の弟子が理解してくれることを。

「俺は今、戦うのに忙《いそが》しい」

「……──」

先から変わらず指先で行っている繰《く》りを、わざとらしく見せ付け、一押《ひとお》しする。

「俺は今、どうしている？」

「──」

「おまえは、どうなんだ？」

「――はい」

キアラは答えて、十年の師匠《ししょう》の横顔を見つめ、もう一度ハッキリ、

「はい！　私は、戦います!!」

言いなおして、駆け出す。

師匠も、止めなかった。

（そうだ、師匠には、どうしようもない事情なんてなかった）

なぜ走り出したのか、分からない。

ただ、そうするのがいい、と己《おの》が身に湧いた力が教えていた。

力の湧いた理由は、分かっていた。

（なのに、今までも、今も……ずっと命を賭けて戦っている）

師匠の言葉が頭の中で木霊《こだま》する。

（――「俺は今、どうしている？」――「おまえは、どうなんだ？」――）

その内の一つを裏返して、言う。

「師匠には、今、自分がどうするか……それしかないんだ」

もう一つを加えて、さらに言う。

「私の前には、今、世界を危険に晒すものがある……だから、阻む」

走る中で、また琥珀《こはく》と碧玉《へきぎょく》の壮麗《そうれい》な輝きを見上げた。

「あの夜の怒りも悲しさも、きれいだって思ったことも全部、事実」

それを塞《ふさ》いだ眼前の岩へと飛び乗り、山頂の広大なカルデラを望む。

「でも、それは今を縛る理由にはならない。する意味なんか……ない」

キアラは、自分がそんな自分を受け入れず、同じ場所で立ち止まっていたことを自覚した。

クロード・テイラーのように、そこに在る自分を受け入れず、逃げたことと同じだ、とも。

サーレ・ハビヒツブルグが、そんな自分を受け入れ、なお戦い続けていることとの、差も。

「今、正しいと思っていることを、全力でやる。それだけのことなんだ」

声の切りに合わせて、左手の弓が弾《はじ》けた。

「!?」

驚いたキアラの両掌《てのひら》に、それらは収まる。

握られた二つの鏃《やじり》『ゾリヤー』には、力が満ちていた。

「やっと、受け入れてくれたのね……歌えないわけは、練習不足なんかじゃない」

「ったく、頑固なんだから。持ってる力を嫌《きら》ってたら、貸せる力も出ないってのにさ」

「ごめん。真面目《まじめ》に取り合ってくれなかったのは、そういうことだったんだね」

ウートレンニヤヤとヴェチエールニヤヤは答えず、別の話を始める。

「ずっと昔……カールって男が、北の国にいたの」

右手から艶《つや》っぽい声で。

「粗暴《そぼう》で傲慢《ごうまん》でせっかちな、女ったらしの公子様《こうし》」

左手から軽く騒がしく。

「そのカールがね、初めて本気で恋をしたの。その女、フレイムヘイズの自在師《じざいし》でさ」

「で、いい仲になってから何年かして、自在師が〝紅世《ぐぜ》の王〟に殺されちゃったんだ」

今まで、訊《き》かない限りは詳しく話したことのなかった、以前の契約者――恐ろしく強かったという初代の『極光《きょっこう》の射手《いて》』のことを漫《そぞ》ろに語っていた。

「で、怒って契約した。でも、ただそれだけじゃなかった」

「彼はね、戦士を守るベールって言い伝えのあったオーロラの下で、高らかに歌ったのよ」

比較したら落ち込むから、と極力その話題を避けていたことを、キアラは知っている。窘《たしな》めもせず放埒《ほうらつ》に戦わせたせいで戦死させた後悔《こうかい》から、彼女を大事にしてくれていたことも。

「――『木を切るには斧《おの》をして。海を渡るには櫂《かい》をして。土を掻《か》くには鍬《くわ》をして』――」

「――『されば我、〝紅世《ぐぜ》の王〟を討《う》つに異能《いのう》を欲す。来たれ力よ、戦士を守護《しゅご》せよ』――」

その悲しみが艶っぽく、また軽やかに、声を張り上げていた。

「私は、ただ怒りや悲しみだけでは、動かない」

「私をキレイだって思う者に異能の力を与える」

カルデラの中空に、今にも空へ飛び出しそうな鉄の巨塔《きょとう》『オベリスク』が見える。

「「さあ、私と歌いましょう、『極光《きょっこう》の射手《いて》』キアラ・トスカナ!!」」

重なる二つの声に頷《うなず》いて、フレイムヘイズたる少女は、両手に握った二個一組の神器《じんぎ》たる鏃《やじり》『ゾリャー』を、合わせた。耳に、あの夜にも響《ひび》いた、遠く高い音が、木霊《こだま》する。

見上げるは、打ち砕くべき巨塔。

掌《てのひら》の中から、眩《まばゆ》い極光が奔《はし》った。

今や『呪眼《エンチャント》』を先端《せんたん》に配した『オベリスク』は、渦巻《うずま》く風の半《なか》ばにまで食い込んでいた。

これは、ヨーハンの自在法《じざいほう》がサラカエルのそれに劣《おと》る、という単純な比較の図式《ずしき》に当てはまるものではない。『約束の二人《エンゲージ・リンク》』が常にクロードの攻撃に晒《さら》されていたため、でもない。そういうことなら、サラカエルも同じく、サーレの岩《いわ》人形による断続《だんぞく》的な攻撃を受け続けている。

緩慢《かんまん》ながらも明確な差が現れたのは、単純な理由からである。即《すなわ》ち、サラカエルが後先《あとさき》考えない、命を代価《だいか》とする全力を吐き出し続けている、ということだった。

鉄の巨塔『オベリスク』を完全防御《ぼうぎょ》状態で鎧《よろ》った上に、ヨーハンの風を突破する衝角《しょうかく》としての『呪眼《エンチャント》』まで展開しているのである。並の消耗《しょうもう》で済むわけもない。

それでも彼は断じて行う。新たな世界を招来《しょうらい》する、という己《おの》が望みのために。望みの特異《とくい》さを除けば、彼は欲求に忠実《ちゅうじつ》かつ真摯《しんし》な……全く〝徒《ともがら》〟らしい〝徒《ともがら》〟だった。

その彼が、『オベリスク』内の搭乗部《とうじょうぶ》で高く天を指差す。その先、逆さに据《す》えられたパイプオルガンが荘厳《そうごん》な音色《ねいろ》を響《ひび》かせて、噴射《ふんしゃ》の勢いを強める。さらに止めの一撃《いちげき》として、特大の『呪眼《エンチャント》』を、風を穿《うが》つ先端《せんたん》に加えた。瞬間《しゅんかん》、

ボッ、

と塔《とう》を震わせた奇妙《きみょう》な轟音《ごうおん》、止まったものが動き出した慣性《かんせい》の違和感《いわかん》、床面に足裏《あしうら》を押し付けられる加速の実感、周囲のランプが次々に点《とも》ってゆく光景、次々と立ち現れるそれらが、彼に一つの事象《じしょう》を教える。

「風を、抜けた!」

その外、彼の言う通りの壮観《そうかん》が、繰《く》り広げられていた。

ヨーハンが、大きく上を振り仰いで叫ぶ。

「——しまった!」

琥珀色《こはくいろ》の風を貫《つらぬ》き散らし、群がる岩の巨人を振り切って、碧玉《へきぎょく》の目に守られた『オベリスク』が、遂《つい》に遮《さえぎ》る者のない天空へと、飛翔《ひしょう》を開始していた。

噴煙《ふんえん》を引き閃光《せんこう》を点す、その行き先は、新世界。

ヨーハンと手を繋《つな》ぐフィレスが言う、

「どうする? 今から追って間に——」

その声を断ち切るように、二人と空中戦《せん》を繰り広げていた敵——クロード・テイラーによる

鞭《むち》のように伸びた鷲《わし》の首、先端の鋭い嘴《くちばし》が、襲《おそ》い叩《たた》く。

「はは、はは、はははははは!!」

鉄のような男、重苦しい男が、壊れたように笑っていた。

「いいぞ、行け、サラカエル!!」

夜の彼方《かなた》に旅立つ巨塔《きょとう》を、それが齎《もたら》す変革を、望んで笑う。

変革の先など知らない、知ったことではない、変革されることだけを望んで、笑う。

「世界を変えろ！　俺を追ってくる世界をぶち壊せ!!」


その、世界の底。

闇《やみ》に蹲《うずくま》るマウナロア山頂から一点、眩《まばゆ》い輝きが立ち上ってくる。

「……」

とんでもない速度で一直線、輝きを尾と引いて立ち上ってくる。

「……なん、だ?」

その輝きは、緑から赤紫《あかむらさき》、さらには白までを朧《おぼろ》に揺らす、極光《きょっこう》。

「――なんだ、と!?」

鏃《やじり》、だった。

それも、馬より一回り大きな。

上面の切れ込みから覗《のぞ》いているのは、少女の頭。

解けた髪《かみ》を靡《なび》かせた、『極光《きよっこう》の射手《いて》』キアラ・トスカナだった。

夜空を一線《いっせん》立ち上る光跡《こうせき》は、まるで少女を乗せた鏃《やじり》を尖端《せんたん》とした、一本の長大な矢。

数秒、呆然《ぼうぜん》と『極光《きよっこう》の射手《いて》』真の顕現《けんげん》に見惚《みと》れていたクロードは、その飛翔《ひしょう》体が目指す先、当たり前と言えば当たり前の、矢の標的《ひょうてき》となっているものに気付き、戦慄《せんりつ》した。

「な――や、め、ろ!!」

言う間に『サックコート』の翼《つばさ》を全力で飛ばし、計算も勘《かん》も抜いた、ただの感情と衝動《しょうどう》のまま、矢の進路上に割って入る。

「よせ、馬鹿《ばか》野郎!」

カイムの制止も耳に入らない。怯《おび》えた世界を、脅《おびや》かす世界を破壊してくれるものを庇《かば》うために、翼を大きく広げ、その右腕に鷲《わし》の首を現す。

「来るなあああ――!!」

拒絶《きょぜつ》の絶叫《ぜっきょう》をあげて、鷲の首を鞭《むち》のように振るった。

鏃に僅《わず》か顔を覗かせたキアラには、常の頼りなさが微塵《みじん》も見られない。自分の目指す場所だけを見据《みす》え、貫徹《かんてつ》する意思を漲《みなぎ》らせ、ただ一筋、射抜く矢として突き進む。

全くついでのように、クロードの放った鷲の首が、弾《はじ》かれた。

鏃から、ウートレンニャヤが声なき声で素早く伝える。

（優等生《せい》さん、一つテストといくわよ）

同じく声を揃《そろ》えて、ヴェチエールニャヤが後に続ける。

（オーロラを凝縮《ぎょうしゅく》して流星《りゅうせい》に変える、『極光《きょっこう》の射手《いて》』最強の自在法《じざいほう》は!?）

エッジを効かせた鋭角な鏃、その両脇の窪みを、極光の輝きが満たし始めた。色をなくすほどに凝縮《ぎょうしゅく》されるそれの名を、キアラは声に出して叫ぶ。

「──『グリペンの咆《ほう》』!!」

一筋《ひとすじ》、

「──『ドラケンの哮《こう》』!!」

二筋、
超速《ちょうそく》の流星が空を貫《つらぬ》き、広がった『サックコート』の両翼《りょうよく》を一撃《いちげき》、霧散《むさん》させていた。

「避けろウスノロ！」

「な──っがぁっ!?」

カイムの声を理解する前、驚く間に、クロードは撥《は》ね飛ばされる。錐揉《きりも》みに墜落《ついらく》する中、

「やめろおおおおおおお──!!」

なおも恐れから手を差し伸ばし、叫んでいた。

キアラはそれを聞いて、しかし答えない。ただ、成すべきことの終着点《てん》だけを目指す。

星天を貫《つらぬ》いて飛ぶ、野望《やぼう》の巨塔《きょとう》『オベリスク』を。

緊急用《きんきゅう》のランプが明滅《めいめつ》する『オベリスク』内部、外に配した最後の『呪眼《エンチャント》』から状況を悟《さと》って、サラカエルは慨嘆《がいたん》した。

「ここまで来て、予定外《がい》の邪魔《じゃま》が入るとは……まったく、残念です」

傍《かたわ》らの伝声装置からは、ハリエットの絶叫《ぜっきょう》が響《ひび》いている。

「残念です」

《逃げて！　逃げてください、サラカエル様‼》

「離床に少々、手こずり過ぎましたからね。あの強烈な突撃《とつげき》を凌《しの》いで逃げ切るだけの『呪眼《エンチャント》』を使えば、その途中で私は力を使い果たして、消えてしまうでしょう。ならば、せめて数十秒でもいい、世界に力と理《ことわり》を伝えたい」

《そんな——私、サラカエル様——》

未練《みれん》の涙には答えず、彼は彼自身の望みに進む。最後の最後まで。

「同志《どうし》カンターテ・ドミノ、あと何秒で追いつかれるか、音声でカウントしてください。同志ダンタリオン教授、発信装置《そうち》の起動《きどう》を」

《は、はいでございますです！》

《照射角度《しょうしゃ》の調《ちょう》ぅー整《せい》もなしでは、電っー波が北米大《ほくべいたい》ぃー陸《りく》まで届くか、全く予《よ》ぉー測《そく》不能ですが、そぉーれでもいいぃーんでぇーすかぁー？》

「構いません。お任せします」

頷《うなず》きに、すぐさまの回答が来た。

《きよ、『極光《きょっこう》の射手《いて》』の速度《そくど》上昇中――残り、一五五秒！》

「短いですね――全てを見せるにも、真実を語るにも」

サラカエルは六年をかけて作り上げた巨大な装置を、愛《いと》おしげに見上げた。意味もなく残った左腕を振り上げて、制御《せいぎょ》装置であるパイプオルガンを鳴らす。気のせいか、その荘厳《そうごん》な音色《ねいろ》は、賛美歌《さんびか》ではなく鎮魂歌《ちんこんか》の響《ひび》きを持っているように聞こえた。その余韻《よいん》に隠《かく》すように、

「同志ハリエット・スミス」

彼女の呼び間違いを指摘《してき》するように強く言い、

《は、はい》

《――残り、一四〇秒！》

《んんー、『我《が》ぁー学《がく》の結晶《けっしょう》エークセレント27071ー穿破《せんぱ》の楔《くさび》』、予ぉー備起動《きどう》、スッタアアアアト!!》

様々な声に混ぜて、ただ同志に、同志たれと求める。

「最後に、貴女《あなた》に見届《みとど》ける者としての役割を託した、私の意図《いと》をお伝えします」

《……》
「我々［革正団《レボルシオン》］の掲げる『明白な関係』への志向は、これからさらに大きな広がりを持ち、世界を揺るがす風となるでしょう。それは〝紅世《ぐぜ》の徒《ともがら》〟が辿《たど》り着く、意思《いし》在る者の必然」
《それに、力を貸せと？》
おずおずとした声に、カウントダウンを挟んで返るのは、
《残り、一〇〇秒！》
意外《いがい》かつ明確な、否定。
「いいえ。決して加わらないで頂きたいのです」
《えっ？》
《最終チェックオォールグッリィイイイーン！　いいっきまぁーすよぉー!!》
「ただ、貴女が見たものを後世《こうせい》に伝えて欲しいのです。人間における先覚《せんかく》のように、正しくあれ過《あやま》ちであれ、人間であれ〝徒《ともがら》〟であれ、誰かが新たななにかを見つけるための、礎《いしずえ》となるために……お願い、できますか？」
《……はい、はい、必ず!!》
《残り、七〇秒！》
《つ『我《が》ぁー学《がく》の結晶《けっしょう》エークセレント２７０７１―穿破《せんぱ》の楔《くさび》』――起ぃーっ動!!》
装置の動く感覚があり、ランプが一斉《いっせい》に点《とも》る。

ふ、
と開いた静寂《せいじゃく》を経て、〝征遼の睟《せいりょうすい》〟サラカエルは語り出す。

「人間たちよ。聞こえて、見えていれば、幸いです。我々は〝紅世の徒《ぐぜともがら》〟……貴方《あなた》たちの隣人《りんじん》です。我々は、貴方たちを蹂躙《じゅうりん》し、喰らいます。我々は、貴方たちに混じり、隠《かく》れます」

なにも飾らない。なにも誇らない。名乗ることすら、なかった。

「貴方たちは、我々に敵《かな》わない、追うことすらできない、生来《せいらい》の力の劣《おと》った種です。しかし、我々と同じものも、持っています。それは意思、あるいは心と呼ばれるもの。貴方たちが生きる拠《よ》り所とし、常になにかを始める、きっかけとなるもの。貴方たちは、我々との間においても、そこから——」

声は、最後まで語れず、塔《とう》を直下から砕き貫《つらぬ》くオーロラの輝きの中に消えた。

声は、一帯の海域《かいいき》に漂い行き交う船舶《せんぱく》に、、、、僅《わず》か届いたのみだった。

それが彼らの六年間が生み出した、成果の一つだった。

司令《しれい》室の床面に点《とも》っていた映像が、消える。

「おおーのれ、まぁーたまたまたまたまたまたまたまたまたやぁーってくれましたねぇー、サーレ・ハビヒーッツブルグ!!」

「今、止めを刺したのは『極光《きょっこう》の射手《いて》』だったんでははひはは《ぁぃたたた》」

　ドミノを抓《つね》り上げる教授は、開いた方の手で、周囲の書類やら部品やらを、どんどん親方《おやかた》エプロンのポケットに詰め込んでゆく。

「まあ、そぉーれなりに成果もあぁーりましたねぇー。まぁーともな方法でエッネエールギーの変換を行っても〝存在の力〟は生うーみ出せない……やぁーはり人間を変っ換することでしか得ぇーられないのか!?　かぁーっての『都喰《みやこく》らい』が起こした変っ質《へんしつ》は、混《ま》ぁーざった人間による連鎖《れんさ》反応、チェ――ンリアックションなのか!?　かぁーねてより純度の問題と言ぃーわれていましたが、どぉーうも質そのもの……しかし、あの『零時迷子《れいじまいご》』ならば賄《まかな》うのも可能か……ぬぅううう!　なぁーぜに成果よりも疑問《ぎもん》、疑問疑問疑ぃー問だらけに!?」

　悩めるマッドサイエンティストは頭をガシガシと掻《か》き毟《むし》って、今度はエプロンのポケットから在り得ない大きさの樽《たる》を引っ張り出した。古いオーク材の表面には奇怪《きかい》な紋様が刻まれ、各所に短剣《たんけん》が突き刺されている、ただの樽でないことは明らかなそれに、細い足を突っ込む。

「なぁーにをグゥーズグズしていぃーるんですか、ドォーミノォー!　あぁーのしつこいサーレ・ハビヒーッツブルグが追ぉーってくる前に、こぉーの『我《が》あー学の結晶《けっしょう》エエークセレント7931ー阿《あ》の伝令《でんれい》』で逃げるんでぇーすよぉー!!」

「でも、格納筒《かくのうとう》には自爆《じばく》装置がセットされてますし、連中《れんちゅう》が入って来てから、このスイッ」

　ポチ、と教授が手を伸ばして、ドミノの示したそれを押した。

「ああ――っ!? きょきょ教授、ななにやってるんでございますでふひはひひはひ《すぃたぃぃたぃ》！」

「自《じ》ぃー爆《ばく》装置に目ぇーのない私の前にスイーッチを差し出してどぉーうするんです!!」

理不尽《りふじん》と言うも生温《なまぬる》い逆ギレで返した教授は、絶叫《ぜっきょう》する間に樽《たる》の中に消える。

「ハリエットさん、早く！ 格納筒《かくのうとう》が爆破《ばくは》されたら、上に出られなくなっちゃひはは《ぃたた》っ！」

樽の中から教授の手が伸びて、ドミノを引きずり込んだ。

ハリエットは傍《かたわ》ら、ゆっくりと輪郭《りんかく》を消してゆく樽を見て、しかし次に遠く、表示《ひょうじ》すべき対《たい》象《しょう》を失って床に転がった宝具《ほうぐ》『ノーメンクラタ』を見る。

「……同志《どうし》サラカエル」

呟《つぶや》いて駆け出し、その銀色の円盤《えんばん》を拾い上げた。振り向けば、樽は既《すで》に消えている。不思議《ふしぎ》と後悔《こうかい》も恐怖もなかった。

(今《いま》成すべきことを、彼のように成す)

頭の中でひたすら念じて、また駆け出す。司令室《しれいしつ》を出て、螺旋状《らせんじょう》の長い廊下を『オベリスク』格納筒まで一気に走り抜けて、最《さい》下層に降りていたデッキに飛び乗る。放電《ほうでん》で黒焦《くろこ》げになったそれを操作するが、一向に動く気配《けはい》がない。

(それなら)

次の行動に移る。格納筒最下層から、気の遠くなるような長さの螺旋階段《かいだん》を駆け上がる。息を切らして、足を震わせ、汗《あせ》だくになって、それでも構わず、どこまでも足を動かす。

格納筒の内部に、自爆装置が起動《きどう》したらしい、鈍い鳴動《めいどう》を感じても、構わず。

すぐ頭上で、猛火《もうか》を撒《ま》く大《だい》爆発が起き、通路が崩落《ほうらく》してきても、構わず。


夜の片隅《かたすみ》で、クロードは座り込んでいた。

逃げ場を失った男は、過去からの使者を前に、項垂《うなだ》れていた。

「クロード・テイラー」

その前に、夜風を巻いたヨーハンが立っても、顔すら上げない。ただ、自分が齎《もたら》した宝具『ヒラルダ』によって消えたはずの、妻のことを尋《たず》ねる。

「死んだんだろう、あいつは」

「ええ、死んだわ」

フィレスが容赦《ようしゃ》のない声を浴びせかけた。

「俺が、殺したんだな」

地面だけを見て、クロードは呟《つぶや》く。

「使えるわけがないと思ったから渡した……己《おの》が存在を代償《だいしょう》にして？　なぜあいつが、俺のことを忘れたあいつが、そこまでしなければならなかったんだ……なぜ」

どうしようもないことを呟く男に、

「どんな日に、彼女が僕らを呼んだと思う？」

ヨーハンは疑問で返した。

答えようもないクロードに代わって、フィレスが示す。

「あなたの奥方《おくがた》はね、あなたから聞かされた過去を、全て清算《せいさん》したから、命を捧《ささ》げたのよ」

「どういう、意味だ」

「彼女の許《もと》を去ってから何年経《た》ったか、計算してみたことは？」

ヨーハンは、また疑問で返した。

また、フィレスが後を受ける。

「あなたの娘さん――」

ピクリ、と僅《わず》かに反応があった。捨ててきた、もう一人の家族。

しかし、それは彼にとっての一人でしかなかった。

「――の息子、つまりお孫さんが、かつての誰かのような、幸せいっぱいの結婚式を迎えた夜に、私たちは召還《しょうかん》されたの。あなたがなくした家族の光景を、あなたの代わりにもう一度作って、しっかりと見届《みとど》けた……その夜にね」

「――!!」

「可愛《かわい》いお婆《ばあ》さんは、死ぬ前に言ったわ――『あの人は、私に会いたくて帰ってきたくせに、今の私を愛してはいけない、そう思い込んでいたのよ。絆《きずな》を失う前の私に、操《みさお》を立てていたんだわ。馬鹿だけど、愛《いと》しい人』――って」

ヨーハンも笑う。見せ付けるように、フィレスの手を取って。

「僕らは、頼まれたんだ――『あの人の流離《さすら》いを止めてあげて。彼は、きっとどこへ行っても迷うわ。だって、帰るべき場所から出て行ったんだもの……あの人に、私が死んだことと、もう一言を伝えて』――」

逃げ続けた男は、初めて、メッセンジャーへと顔を上げた。

真の愛情から遣《つか》わされた二人は、真の愛情から逃げた男へと、声を合わせて、伝える。

「――『私は、そう、あなたなら何度だって愛するのよ』――」

クロードは黙って、言葉を受け止める。ピシ、と音がした。

長い、長い沈黙《ちんもく》の末、口の悪いパートナーに、別れを告げる。

「カイム、長い間、世話をかけた」

「……馬鹿《ばか》野郎が。俺たち〝徒《ともがら》〟に取っちゃ、瞬《また》きの間よ」

とはいえ、とカイムは声色《こわいろ》も低く呟《つぶや》く。また、ピシ、と音がした。

「お前の力が惜しくて、ズルズル付き合ってた俺も、馬鹿野郎か……まさか、俺の方が腰抜《こしぬ》けから三行半《みくだりはん》を突き付けられるとはな。たしかに、ヤキが回った引き時か」

さらに、ピシ、と音がした。フレイムヘイズの、契約《けいやく》解除が始まっていた。

「フィレス、ヨーハン。調子の良い望みだと分かった上で、聞いて欲しい」

より大きく、ビシ、と音がして、クロードの、鉄の輪郭《りんかく》に、亀裂《きれつ》が入った。

「俺が見ていた、一人の娘を、頼まれてくれないか……」

二人は、ただ黙って聞いている。器が、目の前で砕けてゆく。

「あいつが道を諦《あきら》め、不要と言うまでていい。俺のように逃げる者ではない、進むと決めた、あの娘――こそ、必要――おまえた 助力――を―― 頼《たの》――」

末期《まつご》の望みに返事の間を与えず、やはりクロードは、消滅《しょうめつ》へと逃げていた。

格納筒《かくのうとう》の爆発からどれほど経《た》ったのか。

耳に繰《く》り返し届く潮騒《しおさい》に、声が混じる。

「――起きろ、同志《どうし》、ハリエット・スミス」

ハリエットは、夜の海辺らしい岩場で自分を覗《のぞ》き込んでいるのが、見知った真円《しんえん》の双眸《そうぼう》であることに、我ながら驚くほどの、泣きたいほどの喜びを覚えた。

「同志ドゥーグ！　――っく、痛……」

感情のまま身を起こし、古傷《ふるきず》と新しい傷、双方からの痛みで思わず呻《うめ》く。気付けば、サラカエルにもらった修道服《しゅうどうふく》は、無残《むざん》に破れ引き攣《つ》れ、煤《すす》と泥と粉塵《ふんじん》に塗《まみ》れていた。ドゥーグも似たり寄ったりの乱れた毛並みである。

「あなたが、助けてくれたんですか？」

縮こまった中から、今さらのような確認をした。

黒い大きな犬は、人間っぽい仕草《しぐさ》で頷《うなず》いて見せた。

「ああ。おまえも、大事な役割を、同志サラカエル、にもらったから、な」

「おまえ、も？」

そういえば、とハリエットは気付く。最後の戦いで、『黒妖犬《モディ》』が『金切り声《トラッシュ》』を放った後、彼はずっと戦場の外で動かなかった。サラカエルを慕《した》っていたはずの、彼が。

「同志、サラカエルに、『金切り声《トラッシュ》』を使っ、たら隠《かく》れろ、どんな状況、になって、も絶対に戦いに加わるな、おまえ、には大事な役割が、ある、ときつく言、われてた」

「大事な役割……？」

「これ、だ」

毛皮のどこからか、ドゥーグは真新しい装丁《そうてい》の分厚《ぶあつ》い本を取り出した。

「これ、アメリカ、の同志に、託せ、と。同志サラカエルの思っ、たこと考えたこと……〝徒《ともがら》〟の側からの、意見、全部書《か》い、てあるから渡せ、と……今から、泳いで、渡る」

「泳いで……幾《いく》ら〝徒《ともがら》〟でも、そんな無茶《むちゃ》なこと」

「無茶でも、やる」

ハリエットは、自分が格納筒の崩落《ほうらく》前にやっていたことを、改めて他人に示されてハッとなった。目の前の黒犬《くろいぬ》が急に愛《いと》おしく思えて、思わず抱き締める。

ドゥーグはグルグルと咽喉《のど》を鳴らしつつ、同志《どうし》に言う。

「コレで、お別れだ。もう二度、と会うことも、ないだろう。おまえも、おまえの、役割を果たして、くれ。でなきゃ、俺、怒る。同志サラカエルの、ために」

「はい」

まるでサラカエルに対するように、ハリエットはドゥーグに誓っていた。サラカエルの憂《うれ》いを、抱き締めるドゥーグの近しさにこそ、感じる。

「どうして貴方《あなた》たちは、人を喰らうんですか？　それさえ、それさえなければ……」

「しようが、ないんだ」

ドゥーグは、慰《なぐさ》めるように言った。

「俺たちは、止まらない。同胞《どうほう》たちは、どんどんやって来る。止められ、ないんだ。だから、だから、同志サラカエルは、探して、いたんだ」

ハリエットは今こそ、その男に同志と呼んでもらった自分を、誇りに思っていた。


朝が、来る。

戦いは、ハワイ島南東沿岸に無残《むざん》な傷跡《きずあと》を刻んでいた。

「――甘い記憶《きおく》が私に帰ってくる――」

砕け折れたアームをばら撒《ま》くステーションは、半《なか》ば地に沈んでいる。

輸送《ゆそう》船団は、座礁《ざしょう》し、接岸《せつがん》した場所に、そのまま打ち捨てられている。

「――過去の思い出が鮮《あざ》やかに蘇《よみがえ》る――」

山腹《さんぷく》を走るレール、その上に乗った装甲《そうこう》板も、壊れ汚れた姿を晒《さら》している。

山頂、陥没《かんぼつ》クレーター付近には、基地の残骸《ざんがい》が、誰かの夢の跡を転がしている。

「――親《した》しい者よ、おまえは私のもの――」

諸島東端《とうたん》に位置するハワイ島の東には、広大な太平洋が広がるのみである。

その太平洋を光輝《こうき》の塊《かたまり》に変えて、朝日がどこまでも眩《まばゆ》く、昇っていく。

「――おまえから真実の愛が去ることはない――」

戦いの後とは思えない、美しい夜明けを、海岸に立つ全身に感じて、
しかし寂しい、哀切《あいせつ》の歌を、ハリエット・スミスは歌っていた。

「――さようなら《アロハ》、あなた《オエ》　さようなら《アロハ》、あなた《オエ》――」

誰に向けて歌っているのか明らかではない、哀切の歌を。

歌い終えた彼女は振り向き、背後に現れた人々を見やる。

「私を、罰しますか？　それとも、殺しますか？」

どう返されても受け入れる、その覚悟《かくご》を込めた問いかけだった。

もう、渇望《かつぼう》も激情《げきじょう》も、懐疑《かいぎ》も困惑《こんわく》も抱いてはいない。

道を見つけ、進むと決め、迷いも払ったのである。

信仰《しんこう》でも盲従《もうじゅう》でも屈服《くつぷく》でもない、自らの意思で。

なにが起きても、もう道の変わることはない。

できるかどうか、それすらも関係なかった。

疲弊《ひへい》した身を岩に凭《もた》れ掛からせるサーレは、そんな彼女の様子《ようす》を見て、諦《あきら》めるように肩をすくめた。仕様《しよう》がなく、自分の方の懸案《けんあん》を尋《たず》ねる。

「そんなことより、親父殿《おやじどの》は、〝探耽求究《たんたんきゅうきゅう》〟ダンタリオンは、どこにいった?」

「樽《たる》のようなもので、逃げられました」

ハリエットの明確な答えに返ったのは、溜《た》め息。

「またか……仕様《しよう》がない、またぶっ壊して、止めるか」

笑う契約者に代わり、ギゾーが先の質問に答える。

「君も知ってのとおり、僕らフレイムヘイズは人間の法《ほう》体系の外にいる無法者《アウトロー》だから、賞罰《しょうばつ》も適当でね……今《いま》現在が無害なら、あとは個々人で賞罰を判断する。無論《むろん》、これからやることを有害と見做《みな》せば、粛々《しゅくしゅく》と予防させてもらうけれど」

ハリエットは、その中の一言だけを取り出して、確《しか》と答えた。

「これからは、決まっています」

そこに、岩に腰掛けたヨーハンが言う。

「クロードが、君のことを頼む、だってさ。本当、迷惑で勝手な男だよ」

「なにをどう、頼まれればいいの？　退屈《たいくつ》しない限りは、付き合ってあげてもいいわ」

彼と背を合わせて座るフィレスも、興《きょう》深《ぶか》げに尋《たず》ねた。

二人の言葉に、ハリエットは逃げ回っていた男の帰結《きけつ》を感じ、頷《うなず》きで了承《りょうしょう》する。

「ありがとうございます。でも、退屈でないかどうかの保証はできません……ただ、ひたすら見て、見つめて、見続けて、見届《みとど》ける、それだけなのですから」

その顔は、背負う夜明けのように、晴れやかだった。

『約束の二人《エンゲージ・リンク》』は、お互い顔を見合わせて、これからの日々にせいぜいの期待をかける。

ハリエットは、その二人と師匠《ししょう》の間に、同じく確と立って、彼女を強い視線で見つめるフレイムヘイズの少女を、同じく強い視線で見返した。しばらく、お互い手に入れたものを競うように睨《にら》み合ってから、意味のないことと先に折れる。

「私、覚えてるんです。全てを、悲しみと一緒に」

キアラは、互いの立場から来る隔意《かくい》よりも、

「悲しいと思ってるのに、そうさせたのは私たちなのに」

ただ目にした疑問を、素直にぶつけていた。

「あなたは、笑っているんですね」

ハリエットも素直に、思ったことを隠《かく》さずに示す。

「兄の言っていたことを、ようやく理解できましたから」

寂しい喜びが、満面を飾っていた。

「私は皆さんに、酷な幸せをもらったんです。兄が、同志サラカエルが、全ての人に感じてもらいたかった、大切な……『この世の本当のこと』である、悲しみを」

喜びに、誇りを加えて、宣言する。

「だからこそ、私は、この道を笑って進みます」

「……意地《いじ》っ張《ば》り」

遂《つい》に相容《あいい》れることのなかった女性に、キアラは一言だけで答えた。


ハリエット・スミスは、この地で九十年、命数《めいすう》の尽き果てるまで見続けた。

世界を、人間を、〝紅世《ぐぜ》の徒《ともがら》〟を、[革正団《レボルシオン》]を……『約束の二人《エンゲージ・リンク》』と一緒に。

海に去ったドゥーグ、持ち去られた本、いずれも、その行方《ゆくえ》は杳《よう》として知れない。

ただ、彼の『黒妖犬《モディ》』は、今も地下司令室《しれいしつ》で、天に向かって、咆哮《ほうこう》の姿を見せている。

エピローグ

駅前、ショッピングモールの、北の出口。
ちらつく雪の中で、シャナは待っていた。
来ない、などとは考えたこともなかった。
(悠二《ゆうじ》)
だから今、どうすればいいのか分からなかった。
ここに来てから、もう一時間は経《た》っただろうか。
(悠二)
戦いの後、二人が別々の場所で待っていると告げて、別れた。
汚れた服を着替え、勇んで待ち合わせ場所へと、やって来た。
(悠二が、来ない)
別れた場所からゆっくり歩いても、こんなに時間はかからない。
今、自分の置かれた状況が、いったいなにを意味しているのか。

それは、自分ではない……もう一人の少女の方を、選んだから。
(悠二《ゆうじ》、来ないの?)
理屈《りくつ》では分かっていた。
しかし、認めたくない。
(来て、悠二)
雪が、肩に淡《あわ》く降り積んでいた。
それでも、ここに立っていたかった。
このまま、凍ってもいいと思うくらいに。
(お願いだから)
黒い瞳《ひとみ》に、雪が一粒《ひとつぶ》、舞い込んだ。
雪は、瞳の温かさに、すぐ溶ける。
(お願いだから、来てよ、悠二)
溶けて、雫《しずく》になった。
雫は、溶けた雪よりも多く、零《こぼ》れる。
二つの瞳から、止《と》め処《ど》なく、零れ落ちる。
(嫌だよ、悠二、こんなの)
見るもの全てを滲《にじ》ませる涙を、擦《こす》って拭《はら》う。

ここに来る少年を、見つけなければならない。
しかし、どこにも、少年はいない。
(悠二、どこ)
シャナは、ここに来て初めて、一歩を踏み出した。
まるで、ここにいない少年を、探すように。
(悠二、どこ?)
踏み出した一歩は、やがて早足に、すぐ駆け足になる。
胸の苦しさと痛さを、行動で振り払うかのように。
向かう先は、ショッピングモールの分かれ道。
少年の前で、南と北に分かれる、T字路。
そこで少年は、選択するはずだった。
南と北で待つ少女、どちらかを。
(悠二)
本当に行くのか、行ってどうするのか、考えられない。
友達が、あの少女が、少年と、その断片《だんぺん》しか、頭にない。
今《いま》取っている行動に意味がない、持たせることができない。
ただ、よろけながら、躓《つまず》きながら、それでも前に走っていた。

（悠二《ゆうじ》！）

ここにいない少年の姿を求めて。

クリスマス・イブの人混《ひとご》みに分け入って、突き飛ばして、涙を拭《ふ》きながら。

分かれ道には、すぐ辿《たど》り着いた。

どこを見ても、人、人、人だらけで、しかし、彼だけが、どこにもいない。

（悠二!!）

今にも咽喉《のど》を突き破って飛び出しそうな、叫び声。

それが突然、消えた。

人の行き交う、ずっとずっと向こう——南の出口。

そこに、立っている。

（どう、して……だって……）

見えたものの意味が、理解できなかった。

さっきまでの自分のように、自分よりも長く、待っている。

少年と一緒にいるはずの友達——吉田《よしだ》一美《かずみ》が。

小さく寂しく、掌《てのひら》に吐息《といき》をかけて。

一人、待っている。

「……悠、二？」

声が零《こぼ》れ、悪寒《おかん》が走った。
少年が、どこにもいない。
坂井《さかい》悠二が、どこにも。
どこにも、いなかった。

翌日《よくじつ》、二人の許《もと》に届け物があった。
シャナの許には、封を切られた、薄桃色《うすももいろ》の封筒。
吉田一美の許には、封を切られた、空色《そらいろ》の封筒。
二人が悠二に届けた、手紙だった。
他には、なにもなかった。

時の奥に、欠片《かけら》は埋もれる。
再びの光に、出遭《であ》う日を期して。
世界は、全てを鏤《ちりば》めて、動き続ける。

あとがき（すし詰め版その弐《に》）

はじめての方、はじめまして。久しぶりの方、お久しぶりです。高橋弥七郎《たかはしやしちろう》です。また皆様のお目にかかることができました。ありがたいことです。

さて本作は、痛快娯楽《ごらく》アクション小説です。今回は、これまで名前だけ出ていた人物や組織に、よく知る人物を絡《から》めて描かれる外伝《がいでん》です。お待たせしました、次回から本編再開です。テーマは、描写的《びょうしゃ》には「彷徨《ほうこう》と道標《みちしるべ》」。内容的には「つかむ」です。二十世紀初頭、常夏《とこなつ》の楽園を舞台に、面倒《めんどう》な人々と簡単な人々とが、絡まり拗《こじ》れて大波乱を引き起こします。

担当の三木《みき》さんは、海外旅行大好きな人です。スケジュールを圧迫しないよう、気を引き締めたいと思います。今回もあのシーンを入れるため、戦闘機相対《あいたい》して天空の争覇《そうは》を（以下略）。

挿絵《さしえ》のいとうのいぢさんは、表情に意味を込めた絵を描かれる方です。今回は表紙を先に拝《はい》見《けん》させて頂いておりますが、その憂《うれ》いと目線《めせん》は、まるで文字に拠《よ》らない物語のようです。ご多忙の中、この度《たび》も拙作《せっさく》への甚大《じんだい》なる御助力をいただけたことに、深く深く感謝いたします。

県名五十音順に、愛知《あいち》のT田さん、青森《あおもり》のK田さん、T花さん、茨城《いばらき》のA胡さん、K木（ヒカリ）さん、大阪《おおさか》のU田さん、岡山《おかやま》のN村さん、香川《かがわ》のO下さん、鹿児島《かごしま》のS冥さん、神奈川《かながわ》のI村さん、岐阜《ぎふ》のK藤さん、K野さん、京都《きょうと》のH井さん、M林さん、熊本《くまもと》のN野さん、群馬《ぐんま》のI崎さん、佐賀《さが》のHさん、滋賀《しが》のM山さん（おめでとうございます）、O槻さん、静岡《しずおか》のS訪さん、千葉《ちば》のI藤さん、K柳さん、M原さん、S崎さん、U田川さん（沢山、有難《ありがと》うございます）、東京《とうきょう》のN口さん、徳島《とくしま》のI脇さん、栃木《とちぎ》のE老根さん、長崎《ながさき》のS治さん、新潟《にいがた》のK桐さん、兵庫《ひょうご》のK居さん、K藤さん、M下さん、広島《ひろしま》のF岡さん、H沢さん、M好さん（お大事にしてください）、福岡《ふくおか》のM口さん、O部さん、北海道《ほっかいどう》のK子さん、O川さん、宮城《みやぎ》のS木さん（沢山、有難うございます）、山形県《やまがた》のA木さん、S々木さん、山口《やまぐち》のN田さん、山梨《やまなし》のK藤さん、住所不詳《ふしょう》のA山さん、住所・御名前とも不明の方、いつも送ってくださる方、初めて送ってくださった方、いずれも大変励《はげ》みにさせて頂いております。どうも有難うございます。アルファベット一文字は苗字《みょうじ》一文字の方で、県が同じ場合はアルファベット順になっています。

何度か書かせて頂きましたが、当方いささか事情あって、返信ができません。お手紙はしっかり読ませてもらっていることを右に示して、これに代えさせて頂きたいと思います。

ところで先日、いとうのいぢさん二冊目の画集「華焔《かえん》」が発売となりました。頂いたご要望に沿って書き上げたシャナ番外編も収録されております。宜《よろ》しければそちらもご覧《らん》ください。

それでは、今回はこのあたりで。

この本を手に取ってくれた読者の皆様に、無上の感謝を、変わらず。

また皆様のお目にかかれる日がありますように。

二〇〇七年六月　　高橋弥七郎

いとうのいぢ画集II
華焔
2007年8月9日発売

今年、８月９日の私の誕生日に、三冊目となる画集
『華焔』を出して頂く事となりました。

以前より自分の表現したい色が出せるようになった
と思います。
そんな絵が沢山掲載されたこの画集、『紅蓮』も勿論
お気に入りの一冊なのですが、更に気に入っている
イラストが多数収録されています。

描きおろしも何点かしました。
一緒にシャナを追いかけてきた皆さんにも是非見て
頂きたいです！

私にとって、とても大切な日であるこの日に発売
して頂けるなんて、一生忘れない日になる事だろう。

私自身も完成を楽しみにしています！

2007.07　いとうのいぢ

◉高橋弥七郎著作リスト

「A／Bエクストリーム　CASE-314［エンペラー］」（電撃文庫）

「A／Bエクストリーム ニコラウスの仮面」（同）
「アプラクサスの夢」（同）
「灼眼のシャナ」（同）
「灼眼のシャナ II」（同）
「灼眼のシャナ III」（同）
「灼眼のシャナ IV」（同）
「灼眼のシャナ V」（同）
「灼眼のシャナ VI」（同）
「灼眼のシャナ VII」（同）
「灼眼のシャナ VIII」（同）
「灼眼のシャナ IX」（同）
「灼眼のシャナ X」（同）
「灼眼のシャナ 0」（同）
「灼眼のシャナ XI」（同）
「灼眼のシャナ XII」（同）
「灼眼のシャナ S」（同）
「灼眼のシャナ XIII」（同）
「灼眼のシャナ XIV」（同）

本書に対するご意見、ご感想をお寄せください。

■

あて先

〒102-8177 東京都千代田区富士見2-13-3
電撃文庫編集部
「高橋弥七郎先生」係
「いとうのいぢ先生」係

■

電撃文庫

灼眼《しゃくがん》のシャナXV

高橋《たかはし》弥《や》七郎《しちろう》

2007年８月25日　初版発行
2023年10月25日　９版発行

発行者　山下直久
発行　株式会社KADOKAWA
〒102-8177　東京都千代田区富士見2-13-3
0570-002-301（ナビダイヤル）
装丁者　荻窪裕司（META＋MANIERA）
印刷　株式会社 KADOKAWA
製本　株式会社 KADOKAWA

●お問い合わせ
https://www.kadokawa.co.jp/（「お問い合わせ」へお進みください）
※内容によっては、お答えできない場合があります。
※サポートは日本国内のみとさせていただきます。
※ Japanese text only

※定価はカバーに表示してあります。

ISBN978-4-04-868745-4　C0193　Printed in Japan

電撃文庫創刊に際して

文庫は、我が国にとどまらず、世界の書籍の流れのなかで〝小さな巨人〟としての地位を築いてきた。古今東西の名著を、廉価で手に入りやすい形で提供してきたからこそ、人は文庫を自分の師として、また青春の想い出として、語りついできたのである。

その源を、文化的にはドイツのレクラム文庫に求めるにせよ、規模の上でイギリスのペンギンブックスに求めるにせよ、いま文庫は知識人の層の多様化に従って、ますますその意義を大きくしていると言ってよい。

文庫出版の意味するものは、激動の現代のみならず将来にわたって、大きくなることはあっても、小さくなることはないだろう。

「電撃文庫」は、そのように多様化した対象に応え、歴史に耐えうる作品を収録するのはもちろん、新しい世紀を迎えるにあたって、既成の枠をこえる新鮮で強烈なアイ・オープナーたりたい。

その特異さ故に、この存在は、かつて文庫がはじめて出版世界に登場したときと、同じ戸惑いを読書人に与えるかもしれない。

しかし、〈Changing Times,Changing Publishing〉時代は変わって、出版も変わる。時を重ねるなかで、精神の糧として、心の一隅を占めるものとして、次なる文化の担い手の若者たちに確かな評価を得られると信じて、ここに「電撃文庫」を出版する。

1993年6月10日
角川歴彦

電撃文庫

A／Bエクストリーム CASE-314［エンペラー］
高橋弥七郎
イラスト／金田榮路

異空間〈ゾーン〉に巣くうグレムリン駆除を生業とするA／B＝アンディとボギーのハイエンドアクション！ 第8回電撃ゲーム小説大賞〈選考委員奨励賞〉受賞！

た-14-1 0659

A／Bエクストリーム ニコラウスの仮面
高橋弥七郎
イラスト／金田榮路

第8回電撃ゲーム小説大賞〈選考委員奨励賞〉受賞作家の第2弾！ 仮面の道化師ニコルと謎の巨大物体を背負う美少女ルー。彼らの目的とは……!?

た-14-2 0689

アプラクサスの夢
高橋弥七郎
イラスト・メカデザイン／凪良(nagi)

〈ゾーン〉に漂う不気味な『幽霊《ファントム》』は、赤いパラソルを持つ、一人の少女によって生まれた。『心穏やかに《トランクィロ》』、それが少女の夢見た世界——。奇才が放つアクションストーリー！

た-14-9 0950

みずたまぱにっく。 -This is MIZUTAMASHIRO!!-
ハセガワケイスケ
イラスト／七草

由緒正しき超名門校の豪華な女子寮。そこで、何故か『お手伝いさん』をすることになった、いたって庶民な水玉シロー。そしてそこには、波乱が待っていたんだった……。

は-4-11 1366

みずたまぱにっく。② -This is MIZUTAMASHIRO!!-
ハセガワケイスケ
イラスト／七草

忍が部活をやるとか言い出して、マシロの『お手伝いさん』ライフはやっぱり大騒ぎ。そんなどさくさに紛れ、千尋の秘密が明らかに!? マシロの〝みずたま〟な日々、第2弾登場。

は-4-13 1438